UN MUNDO FELIZ

Aldous Huxley

Un Mundo Feliz

EDITORIAL ÉPOCA, S.A. DE C.V.
Emperadores 185
Col. Portales
C.P. 03300-MEXICO, D.F.

Versión
Luys Santamarina
Un Mundo Feliz
©   Derechos reservados
©   Por Editorial Época, S.A. de C.V.
        Emperadores No. 185
        03300-México, D.F.

        ISBN-970-627-200-1

Impreso en México - *Printed in Mexico*

Sería pueril querer descubrir a Aldous Huxley a los lectores del orbe hispánico: el novelista mayor inter vivos de la joven Inglaterra no necesita de presentaciones.

Cuatro líneas, mejor, cuatro fechas: nace en Surrey, el 94; estudia en Eton; enferma de la vista y queda casi ciego tres años; ello le impide ser médico, y le libra de la guerra. Durante aquella pesadilla corta árboles, enseña en una escuela, trabaja en una oficina del gobierno, se gradúa en Oxford en literatura inglesa. Se lanza al periodismo: crítica literaria, musical, de teatros, de arquitectura. Escribe libros; se casa con una dama francesa, tiene un hijo.

Su obra es ya copiosa: Limbo, Leda, Crome Yellow, Antic Hay, Those Barren Leaves, Two or three Graces, *etc. En medio del camino de su vida — a los treinta y cuatro años — publica* Point counter point.

☆

Nace de una casi dinastía de sabios: su hermano buen biólogo, su madre sobrina de Mateo Arnold, pedagogo de altos vuelos; ambiente familiar con puntas de snobismo intelectual (quizá la madre); su nombre: Aldo; el de su hermano: Julián Sorel. Pero, en suma, culto, fino, comedido, rico. Inglaterra en su isla. Fuera ya es otra cosa: desdén, razas inferiores, puño fuerte, codicia... Nos lo sabemos de memoria . . .

En tales circunstancias, en tal medio, se puede ser dis-

creto, ecuánime, cultivar el yo — y el infra yo — a lo bonzo o a lo casuista, complicados por la biología. Y claro que una inteligencia despierta y aguda, y un temperamento fino, sutil — esto es Huxley — hacen milagros y descubren maravillas.

Era un pueblo — tomado in solidum — demasiado feliz Inglaterra. El campanillazo boer pasó pronto y no sonó en todas las puertas. Vino la guerra grande con su secuela de desastres. Los pobres — y las naciones pobres — se cansaron de serlo. Inglaterra — y los ricos de Inglaterra — lo empezaron a pasar mal. Y también los pobres; pues cuando la nación decae, todos decaen. Parados, emigrantes, fracasos diplomáticos, heridas en el amor propio, derrotas deportivas... Malo; y todo esto no se vive — o por lo menos no se vive junto a todo esto — impunemente. Queda un dejo de amargura, de desencanto, de mal humor, aunque se quiera vencer — o atenuar — con lo socorrido de la ironía. Quien haya leído con algún cuidado Contrapunto, su obra cumbre, a mi ver, hasta ahora — aunque sea, como dice muy bien Marichalar, el negativo, el revés de una gran novela — bien claro lo habrá visto.

★

Un mundo feliz, es otra cosa, en cierto modo. Pertenece a la familia de las utopías noveladas, con todas las ventajas y los riesgos que supone el traficar con el futuro. Es un libro hecho a fuerza de puños, a fuerza de intelecto. Hay algo frío en él, y atrayente a la par. Achaque de inteligentes. El autor se da cuenta y contrapesa con páginas crudas y humanas aquel mundo de entelequias. Sabido, sabidísimo — y ahí está don Francisco rezongándolo bajo su sombrerón — que los sueños de la razón producen monstruos. Monstruoso a fuerza de implacable lógica es este mundo nuevo en que todos se creen muy felices y no se cansan de decirlo. La tal felicidad tiene, sin embargo, una falla: la perenne angustia — ansiedad, descontento o como quiera llamársele — humana. Y la curan ni más ni menos, con unos comprimidos tan prodigiosos como los polvos de la madre Celestina, el soma, que produce una magnífica exaltación, una escapada al país de los sueños dorados, graduable a voluntad, y que al despertar le deja a uno — al parecer — tan fresco. Al parecer nada más, y si no que lo diga Linda. El corazón — en este feliz mundo nuevo — tiene menos cuerda, por decirlo así, se vive menos: no hay viejos, porque se muere antes y la juventud dura más, hasta el fin; ni enfermedades, ni cansancio, ni arrugas.

Y esto hay que pagarlo: no es sól menos vida, es vida disminuída; no hay pasiones, ni esfuerzo, ni luchas, ni dolores... ni grandeza de alma, ni Shakespeare. Así lo ve, al menos, aquel Salvaje de Malpaís, aquel Andrenio en tierra de Critilos fordiano-marxistas, que no se paran en barras y han logrado hasta algo que raya en lo inaudito: implantar el sistema métrico en Inglaterra. Claro que para ello fué menester naciese un nuevo Mesías, y otra porción de cosas más.

En tal cañamazo, un escritor del talento y la maestría de Huxley puede bordar primores. Y los borda. Estilo finísimo — se ciñe al tema como un guante de goma, — ironía sin palabras casi, y ese ambiente esotérico, mágico, ese carlyliano sobrenaturalismo natural, que lo envuelve todo, que lo invade todo,

           ...vihuelas invisibles
      en invisibles, pero diestras manos,
      con voces más suaves que sensibles...

★

Es difícil traducir tal autor y tal libro. El contraste entre el inglés moderno y el shakespeariano, que Huxley señala en el prólogo de la traducción francesa, se pierde por completo, y no podía ser por menos. *Las canciones de niños* — las nursery rhymes — *nada nos dicen a los hispanos que jamás las hemos oído. Y lo mismo los pormenores topográficos de Londres y del Surrey nativo.*

Otro escollo eran los versos de Shakespeare. Los hubiese dejado en prosa de muy buena gana; pero dado el carácter mágico, de vero conjuro que el autor les presta, como suma, como quintaesencia, como arquetipo de pasiones, exigían el ritmo. Los traduje bien que mal en verso blanco; que el Cisne del Avon me perdone.

L. S. M.

Capítulo Primero

Un macizo edificio gris de sólo treinta y cuatro pisos. Sobre la entrada principal, las palabras: *Centro de Incubación y Acondicionamiento de la Central de Londres,* y en una tarjeta: *Comunidad, Identidad, Estabilidad,* la divisa del Estado Mundial.

La enorme pieza del piso bajo estaba orientada al Norte. A pesar del calor de fuera y de la temperatura casi tropical del interior, sólo una luz cruda, pálida e invernal, filtrábase a través de los cristales buscando con avidez algunos ensabanados cuerpos yacentes, algún trozo de carne descolorida, producto de disecciones académicas; pero sólo hallaba cristal y níquel y las pulidas y frías porcelanas del laboratorio. Invierno respondía a invierno. Blancas eran las batas de los que allí trabajaban con manos enfundadas en guantes de goma de color cadavérico. La luz era helada, muerta, fantasmal. Sólo los tubos amarillos de los microscopios le prestaban algo de vida mientras resbalaba lúbricamente sobre su pulidez, formando una larga serie de ricos destellos todo a lo largo de las mesas de trabajo.

—Ésta — dijo el Director, al abrir la puerta — es la Cámara de Fecundación.

Inclinados sobre los instrumentos, trabajaban trescientos fecundadores cuando el director de Incubación y Acondicionamiento entró en la habitación, sumidos en un silencio en que apenas se oía la respiración, inconsciente susurro de la atención más absorta. Una turba de novatos, jovenzuelos rosados y bisoños, le seguían nerviosa o, por mejor decir, abyectamente, pisándole los talones. Iban provistos de sendos cuadernos donde garrapateaban con ansia cuanto el grande hombre iba diciendo. Bebían la sabiduría en su propia fuente. Era un raro privilegio. El D. I. A. de la Central de Londres consideraba como cosa de su cometido acompañar en persona a los nuevos alumnos, por las diversas dependencias.

—Únicamente para darles una idea general — les decía.

Pues claro que habían de tener alguna idea general para llevar a cabo un trabajo útil, si bien ésta fuera lo más breve posible, para que pudieran ser al par buenos y felices miembros de la sociedad: pues son los pormenores, como todo el mundo sabe, los que dan lugar a la virtud y a la felicidad, mientras que las generalidades son, intelectualmente consideradas, males necesarios. No son los filósofos sino los que se dan a la marquetería y los coleccionistas de sellos, quienes constituyen la espina dorsal de la sociedad.

—Mañana — agregó con sonrisa impregnada de una levemente amenazadora campechanía — comenzaréis un trabajo serio. Tendréis que prescindir de generalidades: Mientras tanto...

Mientras tanto, era cuestión de aprovechar tan raro privilegio: directamente de la fuente al cuaderno. Y los muchachos garrapateaban como locos.

Alto, delgado, pero derecho como un huso, el director avanzó hacia el interior de la estancia. De barbilla prominente, tenía los dientes recios y algo salientes, cubiertos, cuando no hablaba, por labios carnosos y redondos. ¿Viejo, joven? ¿Treinta, cuarenta, cincuenta y cinco? Sería difícil precisarlo. Y, desde luego, a nadie le interesaba; en el año 632 de la era Fordiana a nadie se le ocurría siquiera el preguntarlo.

—Empezaré por el principio — dijo el Director, y los estudiantes más celosos anotaron en el cuaderno sus propósitos:

"Empezar por el principio..."

—Éstas — señaló con la mano — son las incubadoras.

Y abriendo una puerta aisladora mostró una serie de ringleras superpuestas de tubos de ensayo.

—La provisión semanal de óvulos — explicó — a la temperatura de la sangre. Aquí las gametas macho — y abrió otra puerta — que deben conservarse a treinta y cinco en vez de a treinta y siete. La temperatura normal de la sangre esteriliza. Los carneros envueltos en termógeno no engendran corderos.

Apoyado en las incubadoras, mientras los lápices se deslizaban ilegiblemente a través de las páginas, comenzó una breve descripción del moderno proceso de fecundación. Habló primeramente, por supuesto, de su prólogo quirúrgico: "operación sufrida voluntariamente en beneficio de la sociedad, sin contar que proporciona una bonificación equivalente a seis meses de honorarios"; continuó relatando el procedimiento para conservar el ovario extirpado, vivo y en pleno desarrollo; siguió extendiéndose en consideraciones sobre el óptimo de vida en cuanto a temperatura, grado de salinidad y viscosidad del medio, y prosiguió aludiendo al licor en el que se conservan separados los óvulos maduros; llevólos luego ante las mesas de trabajo y les mostró cómo se extrae aquél de los tubos de ensayo y se echa, gota a gota, en láminas de vidrio, previamente caldeadas, para poner al microscopio; cómo se inspeccionan los óvulos contenidos en ellas con vistas a posibles anormalidades, se cuentan y se trasladan a un receptáculo poroso; cómo (y esta vez llevólos a ver la operación) se introduce éste en un caldo tibio, que contiene los espermatozoos libres —a una concentración mínima de cien mil por centímetro cúbico, insistió—; y cómo, tras diez minutos, se saca el receptáculo del caldo y se examina su contenido nuevamente; cómo, si alguno de los óvulos queda sin fecundar, se le sumerge una segunda vez, y aún una tercera, si fuese necesario. Cómo los óvulos fecundados vuelven a las incubadoras, donde los Alfas y Betas permanecen hasta ser definitivamente envasados, mientras que los Gammas, Deltas y Epsilones se sacan a las treinta y seis horas para ser sometidos al procedimiento Bokanowsky.

—Al procedimiento Bokanowsky — repitió el Director.

Y los estudiantes subrayaron estas palabras en sus cuadernos.

—Un ovulo: un embrión: un adulto, es lo normal. Pero he aquí que el óvulo bokanowskyficado rebrota, se reproduce, se segmenta; y resultan de ocho a noventa y seis brotes, y cada uno se convertirá en un embrión perfecto, y cada embrión en un adulto de perfecta talla. Es decir, que se producen noventa y seis seres humanos de lo que antes se formaba uno. Progreso...

—En lo esencial — concluyó el D. I. A. — la bokanowskyficación consiste en una serie de interrupciones en el desarrollo. Detenemos un crecimiento normal y, por una paradoja de la Naturaleza, el óvulo reacciona reproduciéndose.

"Reacciona reproduciéndose". Los lápices se apresuraban.

Hizo una pausa. Una larga banda, que se movía lentamente, introducía un portatubos lleno de éstos, de ensayo, en una gran caja metálica, por cuyo lado opuesto salía otro. Leve rumor de máquinas. Ocho minutos invertían los tubos en atravesar la caja, les decía. Ocho minutos sometidos a intensos rayos X, es decir, casi el máximo que un óvulo puede soportar. Algunos mueren; de los que quedan, los menos aptos se segmentan en dos; la mayoría producen cuatro; algunos, ocho, y todos vuelven a las incubadoras donde comienza el desarrollo de los brotes; transcurridos dos días, se les enfría bruscamente. Dos, cuatro, ocho, los brotes, a su vez, se desdoblan y retoñan de nuevo, siendo entonces sometidos a una dosis de alcohol casi mortal; en consecuencia, brotan de nuevo, y una vez que han brotado, se les deja desarrollarse en paz — brotes de brotes de brotes, — pues una nueva interrupción en su desenvolvimiento es generalmente fatal. Durante este lapso de tiempo, el óvulo original puede convertirse en un número de embriones que oscila entre ocho y noventa y seis, prodigioso perfeccionamiento — tendréis que reconocerlo — de la obra de la Naturaleza. Seres idénticos, no por grupos de dos o tres, como en los viejos tiempos vivíparos, cuando los gérmenes se dividían accidentalmente, sino por docenas, por veintenas, a la vez.

—Por veintenas —repitió el Director, abriendo los brazos como si estuviese repartiendo dádivas—, por veintenas.

Uno de los estudiantes fué lo bastante tonto para preguntar en qué estribaba la ventaja.

—¡Hijo mío! — respondió el Director, mientras se volvía rápidamente hacia él. — ¿No lo ve usted? ¿No se le ocurre a usted?

Levantó una mano con expresión solemne.

—El procedimiento Bokanowsky es uno de los instrumentos más eficaces de la estabilidad social.

Instrumentos más eficaces de la estabilidad social.

Hombres y mujeres en serie, en grupos uniformes. Todo el personal de una pequeña fábrica podría ser procedente de un solo óvulo bokanowskyficado.

—¡Noventa y seis seres idénticos trabajando en noventa y seis máquinas idénticas! —decía el Director, con un trémolo de emoción en la voz. — Sabemos bien a dónde vamos. Por primera vez en la Historia — y aquí repitió la divisa del Estado Mundial: —"Identidad, Comunidad, Estabilidad". Sublimes palabras. "Si pudiésemos bokanowskyficar indefinidamente, el gran problema estaba resuelto".

Resuelto por Gammas en serie, Deltas uniformes, Epsilones invariables. Millones de gemelos idénticos, el principio de la producción en masa aplicado por fin a la Biología.

—Pero, ¡ah! — siguió el Director, moviendo la cabeza — no *podemos* bokanowskyficar indefinidamente.

"Noventa y seis parece ser el máximo y setenta y dos un buen promedio. Fabricar tantos grupos o remesas de gemelos idénticos como puedan salir de un mismo ovario y con gametas del mismo macho; eso es todo lo que se puede lograr (perfección muy relativa) y hasta esto no es fácil.

"Pues en la Naturaleza son necesarios treinta años para que maduren doscientos huevos. Pero nuestra labor es estabilizar la población en este momento, aquí y ahora. Producir gemelos con cuentagotas durante un cuarto de siglo, ¿para qué serviría?

"Para nada. La técnica de Podsnap ha acelerado inmensamente el proceso de madurez. Se pueden asegurar, cuando menos, ciento cincuenta huevos maduros en dos años. Fertilizar y bokanowskyficar — es decir, multiplicar por setenta y dos — y obtener un promedio de casi once mil hermanos en ciento cincuenta series de gemelos idénticos y todos de la misma edad, con una diferencia máxima de dos años.

"Y en casos excepcionales, hasta quince mil adultos iguales de un mismo ovario.

Volviéndose hacia un joven alto y rubio que entraba en este momento:

—Mr. Foster — dijo.

El joven rubio se cercó.

—¿Querría usted decirnos la marca de un solo ovario?

—Dieciséis mil doce, en este Centro — replicó míster Foster, sin la menor vacilación.

Hablaba muy de prisa, tenía ojos azules y vivos, y sentía un evidente placer en citar cifras.

—Dieciséis mil doce — repitió — en ciento ochenta

y nueve series. Pero, desde luego, no es el máximo que se puede alcanzar, ni mucho menos, sobre todo en algunos de los Centros tropicales. En Singapur pasan con frecuencia de dieciséis mil quinientos y en Mombasa han llegado a los diecisiete mil. Pero es que gozan de excepcionales ventajas. ¡Hay que ver cómo responde un ovario de negra al líquido pituitario! Resulta asombroso cuando se está habituado a trabajar con material europeo. Todavía — prosiguió, riendo (pero el fuego de la lucha brillaba en sus ojos y su quijada avanzaba desafiadora), — todavía habremos de vencerlos, como podamos. Estoy en este momento con un estupendo ovario Delta-Menos, que acaba de cumplir los dieciocho meses. Lleva ya doce mil setecientos niños decantados o en embrión. Y aún se muestra resistente. Aún los venceremos.

—¡Así, así me gusta! —gritó el Director dando palmaditas en el hombro de Mr. Foster. — Venga con nosotros para que estos chicos se aprovechen de sus conocimientos de especialista.

—Con mucho gusto — concedió Mr. Foster con una sonrisa.

Le siguieron.

En la Sala de Envasado reinaba una armoniosa presura y una ordenada actividad. Trozos de peritoneo de cerda, fresco, cortados ex profeso y a medida, subían disparados en los ascensores del Almacén de Órganos, situado en el sótano. Un ligero zumbido, luego un chasquido y las puertas del ascensor se abrían de par en par. El equipaenvases sólo tenía que extender la mano, coger la lámina, meterla, aplastar los bordes, y antes que el envase así forrado quedase fuera de alcance, llevado por el transbordador de cinta sin fin, otro zumbido, otro chasquido y una nueva lámina de peritoneo había ascendido de las profundidades subterráneas, presta para deslizarse en otro envase, el siguiente del interminable y lento desfile sobre la banda móvil.

Junto a los Equipadores estaban los Registradores.

Avanzaba la procesión; uno a uno, los óvulos eran trasladados de los tubos de ensayo a recipientes mayores; cortábase con destreza el revestimiento de peritoneo, poníase la morula en su sitio, se vertía la solución salina y... el envase había pasado; era el turno de los encargados de poner los marbetes. Herencia, fecha de la fecundación, número del grupo Bokanowsky; detalles todos que pasaban al envase desde el tubo de ensayo. Cesaba el anónimo y, nombrada e identificada, seguía la procesión lentamente su marcha a través de una abertura en el muro, pasando a la Sala de Predestinación Social.

—Ochenta y ocho metros cúbicos de fichas — dijo con complacencia Foster, al entrar.

—Conteniendo *todo* cuanto pueda interesar — agregó el Director.

—Puestas al día cada mañana.

—Y coordinadas cada tarde.

—Que forman la base de nuestros cálculos.

—Tantos individuos de tal y cual calidad.

—Distribuídos en tales y cuales cantidades.

—El óptimo porcentaje de decantación, en cualquier momento.

—Siendo rápidamente compensadas las pérdidas imprevistas.

—Rápidamente — repitió Mr. Foster —. ¡Si supieseis cuántas horas extraordinarias hube de trabajar tras el último terremoto japonés! — Y rió de buena gana, moviendo la cabeza.

—Los Predestinadores envían sus cifras a los Fecundadores.

—Que les facilitan los embriones pedidos.

—Y los envases vienen para ser predestinados con todo detalle.

—Después de lo cual vuelven al Almacén de Embriones.

—Adonde ahora mismo vamos a ir nosotros.

Y abriendo una puerta, guióles Mr. Foster por una escalera que conducía al sótano.

La temperatura era aún tropical. Descendieron en una creciente oscuridad; dos puertas y un pasadizo con doble mampara protegían el sótano contra toda posible infiltración de la luz del día.

—Los embriones son como las películas fotográficas — dijo Mr. Foster en tono festivo, cuando empujaba la segunda puerta —: sólo pueden soportar la luz roja.

Y, en efecto, la oscuridad en que se iban sumergiendo los alumnos que le seguían era visible y carmesí, como la oscuridad que se percibe con los ojos cerrados una tarde de verano. Los flancos panzudos de los envases que se alineaban en filas y más filas brillaban como innumerables rubíes, y entre los rubíes movíanse vagos y rojos espectros de hombres y mujeres con ojos amoratados y todo el aspecto sintomático de lúpicos. El leve chirrido de los aparatos llenaba el ambiente.

—Dénos algunas cifras, Mr. Foster — dijo el Director, que se había cansado de hablar.

Mr. Foster estaba muy satisfecho de dárselas.

—Doscientos veinte metros de largo, doscientos de ancho y diez de alto. — Y señalaba el techo. Los estudiantes, como los pollitos cuando beben, miraron también hacia lo alto.

Tres series de estantes: a nivel del suelo, en la primera galería y en la segunda.

La armazón metálica de las galerías superpuestas se extendía en todas direcciones hasta perderse en la oscuridad. Cerca, tres fantasmas rojos estaban muy atareados descargando damajuanas que cogían de una escalera portátil. Ésta partía de la Cámara de Predestinación Social. Cada envase podía colocarse en uno de los quince bastidores o estantes que, aunque a la vista de los visitantes no lo pareciese, era un transportador a una velocidad de treinta y tres centímetros y un tercio por hora. Doscientos setenta y siete días a razón de ocho metros diarios. Dos mil ciento treinta y seis metros en total. Un circuito del sótano a nivel del suelo, otro en la galería primera, medio en la segunda, y en la mañana del día doscientos sesenta y siete, la luz diurna en la Sala de Decantación. Desde entonces la denominada Existencia Independiente.

—Sólo que en el intervalo — concluyó Mr. Foster — hemos hecho muchas cosas con ellos. Muchas cosas, sí. — Y sonreía triunfalmente.

—Así, así me gusta — volvió a exclamar el Director. — Demos una vuelta y vaya explicándolo todo, míster Foster.

Mr. Foster lo explicó copiosamente.

Hablóles del desarrollo del embrión en su lecho de peritoneo; hízoles probar la sangre artificial de que se alimentaba. Explicóles por qué era necesario estimularle con placentina y tirosina. Les habló del extracto de *corpus luteum* y mostró cómo se inyectaba automáticamente cada doce metros desde el cero hasta el 2040. Habló de cómo aumentaban gradualmente las dosis de líquido pituitario durante los postreros noventa y seis metros de su recorrido. Describió la circulación maternal artificial instalada en cada envase en el metro 112 y enseñó los depósitos de la sangre artificial y la bomba centrífuga que mantenía el líquido en movimiento sobre la placenta y lo impulsaba a través del pulmón sintético y del filtro para residuos. Aludió a la tendencia del embrión a la anemia y las grandes dosis de extracto de estómago de cerdo y de hígado de potro fetal que se le suministraban para evitarla.

Explicó el sencillo mecanismo por medio del cual, durante los dos últimos metros de cada ocho, se agita simultáneamente a todos los embriones para familiarizarlos con el movimiento, e insistió acerca de la gravedad del llamado ''traumatismo de decantación'' y enumeró las precauciones tomadas para reducir a un mínimo, por medio de manipulaciones del envase, este choque peligroso. Expuso las pruebas de sexo que se llevaban, a cabo alrededor del metro 200 y el sistema de poner marbetes — una T para los machos, un círculo para las hembras y una interrogación, negra sobre fondo blanco, para los que habían de ser neutros.

—Porque es inútil agregar — continuó Mr. Foster — que, en la gran mayoría de los casos, la fecundidad es simplemente una molestia. Un ovario fecundo de cada mil doscientos bastaría con creces par; nuestro objeto. Pero queremos tener donde elegir, y dejar, por supuesto, un gran margen de seguridad. Y por eso dejamos desenvolverse normalmente hasta un treinta por ciento de los embriones femeninos. A los restantes se les suministra una dosis de hormonas sexuales masculinas cada veinticuatro metros durante el resto de la carrera. En resumen: decantan como neutros siendo estructuralmente casi normales (si se exceptúa — se vió obligado a admitir — que tienen una leve tendencia a echar barba y que son estériles). Garantizada su esterilidad. Lo que nos lleva al fin — continuó Mr. Foster — fuera del reino de la servil imitación de la Naturaleza, para entrar en el campo, mucho más interesante, de la invención humana.

Se frotó las manos.

—No era bastante incubar los embriones — añadió. — Eso cualquier vaca puede hacerlo. Predestinamos y condicionamos — continuó. — Decantamos nuestros infantes como seres humanos socializados, como Alfas o Epsilones; es decir, como futuros poceros o futuros... — iba a decir: "futuros Inspectores Mundiales", pero se contuvo a tiempo y terminó —: "...futuros Directores de Incubación".

El D. I. A. agradeció el cumplido con una sonrisa.

Pasaban por el metro 320 en el portaenvases número 11. Un joven mecánico Beta-Menos se afanaba en apretar con un destornillador y una llave inglesa la bomba de sangre artificial de un recipiente que pasaba. El zumbido del motor eléctrico se tornaba profundo según iba templando... más sordo, más sordo. Una vuelta final, una mirada al cuentarrevoluciones, y terminó. Dió dos pasos a lo largo de la fila y comenzó la misma operación con la bomba siguiente.

—Reduciendo el número de revoluciones por minuto — explicó Mr. Foster —, la sangre artificial circula más despacio y suministra menos oxígeno al embrión. No hay nada como la escasez de oxígeno para conservar a un embrión por debajo de lo normal. — Se frotó otra vez las manos.

—¿Y para qué se necesita conservar el embrión por debajo de lo normal? — se arriesgó a preguntar un estudiante de buena fe.

—¡Qué burro! — dijo el Director rompiendo su prolongado silencio. — ¿Nunca se le ha ocurrido a usted pensar que un embrión Épsilon necesita un ambiente Épsilon y una herencia Épsilon?

No se le había ocurrido, y la respuesta le dejó confundido.

—Cuanto más baja es la casta — dijo Mr. Foster — se le da menos oxígeno. El primer órgano afectado es el cerebro y después el esqueleto. Al setenta por ciento del oxígeno normal se obtienen enanos, y por debajo de este porcentaje monstruos sin ojos. Que carecen absolutamente de utilidad — concluyó Mr. Foster. — Si se consiguiese encontrar — y su voz se hacía confidencial y anhelante — un procedimiento técnico para acortar el período de maduración, ¡qué triunfo! ¡qué beneficio para la Sociedad! Consideren si no al caballo.

Todos le consideraron.

—Madura a los seis años; a los diez el elefante, mientras el hombre no está aún maduro sexualmente a los trece y no ha terminado su desarrollo hasta los veinte años. De ahí proviene, desde luego, el fruto de ese lento desarrollo: la inteligencia humana. Pero en los Epsilones — decía muy exactamente Mr. Foster — no necesitamos de inteligencia humana. Y como no se necesita, no se la damos. Mas, aun cuando la mente madura a los diez en los Epsilones, su cuerpo no es apto para el trabajo hasta los dieciocho. Largos e inútiles años de inmadurez. Si el desarrollo físico pudiese hacerse tan rápido, por ejemplo, como el de la vaca, ¡qué enorme economía para la Comunidad!

—¡Enorme! — murmuraron los estudiantes. El entusiasmo de Mr. Foster era contagioso.

Se hacía cada vez más técnico; hablaba de la coordinación anormal de las endocrinas, que hace crezcan los hombres tan lentamente, y admitió para explicarlo una mutación germinal: ¿Se podía anular los efectos de esta mutación germinal? ¿podía hacerse retroceder un embrión de Épsilon por medio de una técnica adecuada al carácter normal de los perros y las vacas? ¡He aquí el problema! Y estaba a punto de ser resuelto.

Pilkington, en Mombasa, había logrado individuos sexualmente maduros a los cuatro años y totalmente desarrollados a los seis y medio. Un triunfo científico. Pero carente de utilidad social. A los seis años, hombres y mujeres eran demasiado estúpidos incluso para realizar el trabajo de un Épsilon. Y el sistema era de los de ser o no ser; o se modificaba todo o no se hacía nada. Se estaba estudiando el punto ideal de avenencia entre adultos de veinte años y adultos de seis. Hasta entonces sin éxito alguno, y Mr. Foster movía la cabeza y suspiraba al decirlo.

Sus peregrinaciones por el rojizo ambiente les habían llevado a las proximidades del metro 170, en el portaenvases número 9. Desde allí en adelante éste quedaba cerrado y los recipientes terminaban su carrera por una especie de túnel interrumpido de trecho en trecho por aberturas de dos a tres metros de ancho.

—Acondicionamiento calorífico — dijo Mr. Foster.

Los túneles calientes y los fríos se sucedían alternativamente. La frialdad se unía a otras molestias bajo la forma de rayos X intensos, y cuando llegaban a ser decantados los embriones, tenían horror al frío. Eran los predestinados a emigrar a los trópicos, a ser mineros, tejedores de seda al acetato o metalúrgicos. Más tarde se formaría su espíritu en consonancia con las inclinaciones de sus cuerpos.

—Les preparamos — resumió Mr. Foster — para que soporten bien el calor. Nuestros colegas de arriba les enseñarán a amarlo.

—Y he aquí — dijo el Director sentenciosamente — el secreto de la felicidad y la virtud: amar lo que hay obligación de hacer. Tal es el fin de todo el acondicionamiento: hacer que cada uno ame el destino social, del que no podrá librarse.

En un espacio entre dos túneles, una enfermera sondeaba delicadamente con una larga y fina jeringuilla el contenido gelatinoso de uno de los envases que circulaban. Los estudiantes y sus guías quedaron un momento silenciosos, observando.

—Bien, Lenina — exclamó Mr. Foster cuando al fin terminó e incorporóse.

La joven se volvió con rapidez y, pese a la máscara de lupus y a sus ojos enrojecidos, era excepcionalmente hermosa.

—¡Henry! — y su sonrisa dejó ver una hilera de dientes de coral.

—Encantadora, encantadora — murmuró el Director dándola dos o tres azotitos y recibiendo en cambio una deferente sonrisa.

—¿Qué les está usted poniendo? — preguntó míster Foster en un tono muy profesional.

—La inyección usual contra el tifus y la enfermedad del sueño.

—Los trabajadores tropicales — explicó Mr. Foster a los estudiantes — comienzan a sufrir inoculaciones en el metro 150. Los embriones tienen aún branquias. Nosotros inmunizamos a estos peces de las enfermedades del futuro hombre. — Y volviéndose a Lenina: —A las cinco menos diez en la azotea, como siempre — terminó.

—Encantadora — volvió a decir el Director, con otro azotito de despedida, y salió tras los demás.

En el portaenvases número 10, hileras de futuros trabajadores de industrias químicas de la futura generación se iban acostumbrando al alquitrán, al plomo, a la sosa cáustica, al cloro... El primer grupo de una serie de doscientos cincuenta futuros mecánicos de aviones-cohetes pasaba por el metro 1100 en el portaenvases número 3. Un mecanismo especial mantenía los envases en constante rotación.

—Para perfeccionarles el sentido del equilibrio — explicó Mr. Foster. — Hacer reparaciones al exterior del avión-cohete, en pleno vuelo, es cosa delicada. Retardamos la circulación cuando están en posición normal hasta que están semihambrientos, y se redobla la afluencia de sangre artificial cuando están cabeza abajo. Así comienzan a asociarlo con el bienestar. No se encuentran bien sino cabeza abajo. Y ahora — prosiguió míster Foster — quisiera mostraros un acondicionamiento muy interesante de Intelectuales-Alfa. Tenemos un grupo de ellos en el portaenvases número 5. En la primera galería — dijo Mr. Foster en voz alta a dos muchachos que comenzaban a descender al piso bajo. —Deben de estar hacia el metro 900 — aclaró. — No es posible hacer nada útil de acondicionamiento intelectual hasta que los fetos han perdido la cola. Síganme.

Pero el Director había mirado el reloj.

—Las tres menos diez — dijo. — No queda tiempo para los embriones intelectuales, y lo siento. Hemos de ir a los cuartos de los niños antes de que hayan terminado su siesta.

Mr. Foster hizo un gesto de desilusión.

—Al menos un vistazo a la Cámara de Decantación — suplicó.

—¡Bueno, bueno, una ojeada! — asintió el Director, sonriendo indulgentemente. — ¡Sólo una ojeada!

Capítulo II

Mr. Foster se quedó en la Sala de Decantación mientras el D. I. A. y sus oyentes se dirigieron al ascensor más próximo, que los condujo al quinto piso.

Sección de niños. Salas de acondicionamiento neopauloviano, rezaba el cartel de la entrada.

El Director abrió la puerta; entraron en una gran estancia vacía, alegre y soleada, cuya pared meridional era toda una ventana. Media docena de niñeras, con las chaquetas y pantalones reglamentarios de tela blanca de glutina, asépticamente ocultos los cabellos bajo los gorros blancos, estaban ocupadas en colocar búcaros con rosas, en larga hilera, en el suelo de la sala. Grandes vasos repletos de flores, de millares de pétalos aterciopelados como mejillas de innumerables querubines, querubines que, en esta luz brillante, no eran exclusivamente rosados y arios, sino también luminosamente chinos y mejicanos, apopléticos unos a fuerza de soplar en las trompetas celestiales, pálidos cual la muerte otros, con la póstuma blancura del mármol.

Las niñeras se cuadraron cuando entró el D. I. A.

—Preparen los libros — dijo éste secamente.

Las niñeras obedecieron en silencio. Colocaron los libros entre los vasos floridos; una hilera de *in-cuartos* para niños, tentadoramente abiertos, mostrando cada cual una figura de alegres colores que representaba animales, peces o pájaros.

—Que entren los niños.

Salieron rápidamente para volver, al cabo de uno o dos minutos, empujando una especie de cunas-jaulas en las que se agitaban niños de ocho meses, todos exactamente iguales. Evidentemente, se trataba de un Grupo Bokanowsky y, por pertenecer a la clase Delta, todos ellos vestidos de color caqui.

—Déjenlos en el suelo.

Los niños fueron depositados en el mismo.

—Pónganlos ahora de modo que vean los libros y las flores.

Una vez hecho esto, los niños quedaron un momento silenciosos, para comenzar en seguida a arrastrarse hacia ellos, atraídos por los gayos colores de las páginas. Cuando ya estaban cerca, el sol se libró del momentáneo eclipse en que le había tenido una nube. Flamearon las rosas como bajo el efecto de una súbita pasión interna; una vida nueva y profunda pareció comunicarse a las brillantes páginas de los libros. De las filas de niños que avanzaban a gatas, brotaron débiles gritos de alegría, murmullos y ronroneos de placer.

El Director se frotó las manos:

—¡Magnífico! No hubiese salido mejor de haberlo preparado adrede.

Los gateadores más listos habían ya llegado a su meta. Las manecitas tendíanse, inseguras, asían, deshojándolas, las transfiguradas rosas, rasgaban las páginas iluminadas de los libros. Esperó el Director a que estuviesen todos alegremente entretenidos. Y:

—Fijaos bien — dijo. Y alzando la mano dió la señal.

La Niñera Mayor, situada junto a un cuadro de distribución al otto lado de la sala, bajó una pequeña palanca.

Sobrevino una violenta explosión. Aguda, cada vez

más aguda, silbó una sirena. Los timbres de alarma sonaron enloquecedores.

Sobresaltados, los niños chillaron, lívidos de terror los rostros.

—Completemos ahora — gritó (pues el ruido era ensordecedor) — la lección con una suave sacudida eléctrica.

Movió otra vez la mano y la Niñera Mayor bajó una segunda palanca. Cambiaron súbitamente de tono los gritos de los niños. Eran algo desesperado, casi vesánico, los alaridos penetrantes y espasmódicos que comenzaron entonces. Contraíanse y retorcíanse sus cuerpecitos: sus miembros se sacudían violentamente, cual manejados por invisibles hilos.

—Podríamos electrificar toda esa zona del suelo — dijo el Director a modo de explicación; — pero basta con esto. — E hizo una señal a la niñera.

Cesaron las explosiones, callaron los timbres, fuése amortiguando el aullido de la sirena, bajando de tono hasta el silencio. Relajáronse los contraídos cuerpos, y lo que habían sido sollozos y alaridos de locos furiosos, volvió a los límites de un terror normal.

—Enseñadles otra vez las flores y los libros.

Obedecieron las niñeras; pero al acercarles las rosas, al ver tan sólo las figuras vivamente iluminadas del *michino*, del *quiquiriquí* y del *be be* de negras lanas, los niños retrocedieron con terror; y volvió a subir súbitamente el tono de sus gritos.

—Observad — dijo triunfalmente el Director, — observad.

Los libros y los estrépitos, las flores y las sacudidas eléctricas, quedan irremisiblemente unidos en la imaginación de estos niños; y al cabo de repetir doscientas veces esta lección u otra semejante, su maridaje será indisoluble. Lo que une el hombre, la Naturaleza es incapaz de separarlo.

Crecerán con lo que los psicólogos llamaban "horror

instintivo" a los libros y a las flores. No son sino reflejos inalterablemente condicionados. Quedan inmunizados de libros y botánica para toda su vida.

Volvióse el Director a las niñeras:

·—Llévenselos.

Chillando aún, los niños fueron metidos en sus cunas-jaulas, las que rodaron fuera de la sala, dejando tras ellos olor a leche agria y un grato silencio.

Uno de los estudiantes alzó su mano; y, aun cuando comprendía muy bien por qué no se podía tolerar que las castas inferiores malgastasen con libros el tiempo de la comunidad, y que corríase siempre el riesgo de que leyesen algo que pudiese "desacondicionar" con peligro sus reflejos, sin embargo... no podía comprender lo de las flores. ¿Por qué molestarse en hacer psicológicamente imposible a los Deltas el gusto por las flores?

Pacientemente, lo explicó el D. I. A. Si se hacía que los niños comenzasen a aullar al ver una rosa, era por razones de superior política económica. No hacía mucho (cosa de un siglo), se había acondicionado a los Gammas, Deltas, y aun a los Epsilones, para que amasen las flores en particular y la naturaleza salvaje en general. La idea era hacerles desear ir al campo tantas veces como tuviesen ocasión, obligándoles así a consumir transporte.

—¿Y no consumían transporte? — preguntó el alumno.

—Sí, y en bastante cantidad — dijo el D. I. A., — pero nada más. Las prímulas y los paisajes — observó — tienen un grave inconveniente: son gratuitos. El amor a la Naturaleza no da trabajo a las fábricas. Se decidió abolir el amor a la Naturaleza, entre las clases bajas cuando menos; pero *no* la inclinación a consumir transporte. Pues, por otra parte, era esencial que siguiesen saliendo al campo aunque le odiaran. El problema era hallar para el consumo del transporte una razón económica más sólida que un mero afecto hacia las prímulas y los paisajes. Al fin se dió con ella. Acondicionamos a las masas — concluyó el Director — para que odien a la Naturaleza, pero simultáneamente las acondicionamos para que les gusten los deportes campestres. Y a la vez nos las arreglamos para que todos los deportes al aire libre exijan aparatos fabricados. De este modo consumen artículos manufacturados y medios de transporte. De ahí las sacudidas eléctricas.

—Comprendo — dijo el alumno, y guardó silencio, mudo de admiración.

Hubo una pausa; y, tosiendo para aclarar la voz:

—Una vez, hace tiempo — comenzó el Director, — cuando aún nuestro Ford estaba en este mundo, había un muchachillo llamado Reuben Rabinovitch. Sus padres hablaban el polaco. — Se interrumpió: —Sabéis lo que es el polaco, ¿verdad?

—Una lengua muerta.

—Como el francés y el alemán — agregó oficiosamente otro alumno haciendo alarde de su erudición.

—¿Y "padre"? — preguntó el D.I.A.

Se hizo un embarazoso silencio. Varios muchachos enrojecieron. No sabían aún distinguir la línea de separación, importante pero a menudo muy tenue, que separa la obscenidad de la ciencia pura. Uno, al fin, tuvo valor suficiente para alzar la mano.

—En otro tiempo, los seres humanos eran... — titubeó; la sangre afluyó a sus mejillas. — Bien, eran vivíparos.

—Muy bien — aprobó el Director moviendo la cabeza.

—Y cuando los niños se decantaban...

—Nacían — corrigió. — Bien; entonces, esto eran los padres, es decir, no los niños, sino los otros. — El pobre chico estaba sumido en confusión.

—En pocas palabras — resumió el Director, — los padres eran el padre y la madre. — Tal obscenidad, que era realmente ciencia, cayó como una bomba en el embarazoso silencio de los muchachos, que no se atrevían a mirarse. — La madre — repitió en voz alta para que les entrase bien la ciencia; y recostándose en su silla: — Son — dijo gravemente — hechos desagradables, bien lo sé. Pero la mayor parte de los hechos históricos *son* desagradables.

Volvió al pequeño Reuben — al pequeño Reuben, en cuya habitación su padre y su madre (¡ejem, ejem!) habían dejado por olvido funcionando la radio.

(Pues no hay que olvidarse de que en aquellos tiempos de grosera reproducción vivípara los niños eran criados siempre por sus padres y no en los Centros de Acondicionamiento del Estado).

—Mientras dormía el niño, comenzó a oírse por la radio el programa de la emisora de Londres; y a la mañana siguiente, con gran asombro de su... (¡ejem!) y de su... (¡ejem!) (los más atrevidos de los chicos se aventuraron a cambiar risitas entre sí), el chiquitín se despertó repitiendo palabra por palabra una larga conferencia de ese singular escritor antíguo (uno de los pocos cuya obra se ha permitido llegar hasta nosotros), Jorge Bernard Shaw, que hablaba, según tradición fidedigna, de su propio genio. Para el... (guiño) y la... (risita) del pequeñín, la tal conferencia fué, como es de suponer, perfectamente incomprensible, e imaginándose que su niño se había vuelto loco de repente, llamaron al médico. Entendía éste, por fortuna, el inglés, y reconoció la conferencia de Shaw radiada la víspera, se dió cuenta de lo sucedido y escribió sobre el caso una carta a la prensa médica. Había sido descubierto el principio de la enseñanza durante el sueño o hipnopedia.

El D. I. A. hizo una solemne pausa.

—El principio había sido descubierto; pero pasaron muchos años antes que el principio tuviese aplicaciones útiles. El caso del pequeño Reuben ocurrió sólo veintitrés años después de que nuestro Ford lanzase al mercado su primer Modelo T. — Y aquí el Director hizo el signo de la T sobre su estómago, y todos los estudiantes le imitaron reverentemente. — Y sin embargo...

Locamente garrapatearon los estudiantes: *"La hipnopedia fué empleada por primera vez oficialmente en el año 214 de N. F. ¿Por qué no antes? Por dos razones: a)..."*

—Los primeros experimentadores — fué diciendo el D. I. A. — iban por mal camino. Creyeron que podían hacer de la hipnopedia un instrumento de educación intelectual...

Un niño, dormido sobre el lado derecho, el brazo laxo fuera de la cama, con la mano colgando. Una voz habla quedamente por entre la rejilla redonda que cubre uno de los costados de una caja.

"El Nilo es el mayor río del África, y el segundo del mundo en longitud. Aunque más corto que el Mississipi-Missouri, el Nilo está a la cabeza de todos los ríos por la extensión de su cuenca, que abarca 35 grados de latitud..."

Al día siguiente, al desayuno, se le preguntaba:

—Tomasín, ¿sabes cuál es el río mayor del África?

Y el niño sacudía la cabeza.

—¿Y no te acuerdas de algo que empieza "El Nilo es el..."?

—El-Nilo-es-el-mayor-río-del-África-y-el-segundo-del-mundo-en-longitud... — Las palabras salían atropellándose unas a otras. —Aunque-más-corto-que...

—Bueno, dime ahora cuál es el mayor río del África.

—No lo sé — respondía con mirada inmutada.

—El Nilo, Tomasín.

—El-Nilo-es-el-mayor-río-del-África...

—¿Cuál es, pues, el río más largo, Tomasín?

Tomasín se echaba a llorar.

—No lo sé — decía lloriqueando. Estos lloriqueos desesperanzaron a los primeros investigadores. Se abandonaron las experiencias y no se volvió a pensar en enseñar a los niños, durante el sueño, la longitud del Nilo. Bien hecho. No se puede aprender una ciencia sin saber perfectamente de lo que se trata. Sin embargo, si hubiesen comenzado por la educación *moral* . . . — dijo el Director guiándoles hacia la puerta. Los alumnos le siguieron garrapateando desesperadamente, mientras andaban y dentro del ascensor. — La educación moral, que no debe nunca ser racional en modo alguno.

"Silencio, silencio", murmuraba un altavoz cuando llegaron al piso décimocuarto, y "Silencio, silencio", repetían infatigablemente los altavoces, a intervalos regulares, a lo largo de cada corredor. Los estudiantes y hasta el propio Director comenzaron a andar de puntillas automáticamente. Eran Alfas, naturalmente, pero hasta a los propios Alfas se les acondicionaba bien. "Silencio, silencio". Todo el ambiente del piso catorce vibraba con tal imperativo categórico.

Cincuenta metros recorridos en puntillas lleváronles a una puerta que el Director abrió cuidadosamente. Entraron en la penumbra de un dormitorio con las ventanas cerradas. Ochenta camitas se alineaban a lo largo de la pared. Sentíase el rumor de respiraciones lentas y regulares, y un murmullo continuo, como de voces muy quedas que susurraran lejos.

Una niñera se levantó cuando entraron y cuadróse ante el Director.

—¿Cuál es la lección de esta tarde? — preguntó.

—Ha sido de Sexo Elemental durante los primeros cuarenta minutos — respondió. — Pero ahora hemos conectado con la de elementos del Sentido de las Clases Sociales.

El Director recorrió lentamente la larga fila de camitas. Entregadas al sueño, ochenta rosadas criaturas yacían, respirando suavemente. De debajo de cada almohada salía un susurro. El D. I. A. se detuvo e, inclinándose sobre una cama, escuchó atento.

—¿Elementos del Sentido de las Clases Sociales, decíais? Lo haremos repetir un poco más alto en el altavoz.

Al extremo del cuarto, había uno de éstos que sobresalía del muro. Fué hasta él el Director y oprimió un interruptor.

"...visten de verde", decía una voz suave, pero clara, comenzando por la mitad de la frase, "y los niños Deltas, de caqui. ¡Oh! no, no quiero jugar con los niños Deltas. Y los Epsilones son aún peores. Son demasiado tontos para aprender a leer y escribir. Además, van de negro, que es un color antipático. ¡Cuán contento estoy de ser un Beta!"

Hubo una pausa; continuó la voz:

"Los niños Alfas van de gris. Trabajan mucho más que nosotros porque son prodigiosamente inteligentes. La verdad es que estoy muy satisfecho de ser un Beta, pues no tengo un trabajo tan pesado. Y además somos mucho mejores que los Gammas y los Deltas. Los Gammas son unos tontos. Visten de verde. Y los niños Deltas, de caqui. No, no, no quiero jugar con los niños Deltas. Y los Epsilones son aún peores. Son demasiado tontos para aprender..."

El Director dió vuelta a la llave y la voz cesó. Sólo un susurro fantasmal continuó bajo las ochenta almohaditas.

—Se les repetirá aún cuarenta o cincuenta veces antes de que se despierten; y lo mismo el jueves y el sábado, ciento veinte veces, tres veces por semana, durante treinta meses. Tras lo cual pasarán a otra lección más adelantada.

Rosas y sacudidas eléctricas, el caqui de los Deltas y una bocanada de asafétida, unidos indisolublemente antes de que el niño supiese hablar. Pero el acondicionamiento sin palabras es grosero y rudo; no puede hacer captar las distinciones más finas, no puede inculcar las normas de conducta más complejas. Para eso son necesarias las palabras, pero palabras sin razón. Hipnopedia en suma.

—La mayor fuerza moralizadora y socializadora de todos los siglos.

Lo alumnos lo escribieron en sus cuadernos. Ciencia bebida en la propia fuente.

El Director oprimió de nuevo el interruptor:

"...prodigiosamente inteligentes — decía la voz dulce, insinuante, incansable. — La verdad es que estoy muy satisfecho de ser un Beta, pues..."

No como gotas de agua, aunque el agua es capaz, en verdad, de horadar a la larga el más duro granito; sino como gotas de lacre derretido que se adhieren, se incrustan, se incorporan al objeto sobre el que caen, hasta que por fin la roca quede convertida en un bloque escarlata.

—Hasta que al fin la mente del niño *sea* esas sugestiones, y la suma de esas sugestiones *sea* la mente del niño. Mas no sólo la mente del niño, sino también la del adulto, y para toda su vida. La mente que juzga, y desea, y decide, integrada por esas sugestiones. ¡Pero he aquí que todas esas sugestiones son *nuestras* sugestiones! — El Director casi gritó de orgullo. — Sugestiones del Estado — golpeó sobre la mesa más próxima, — y por consiguiente...

Un ruido le hizo volverse.

—¡Oh, Ford! — dijo cambiando de tono. — ¡He despertado a los chiquillos!

Capítulo III

Era la hora del recreo en el jardín. Desnudos bajo el sol de junio, seiscientos o setecientos niños y niñas dejaban oír sus agudos gritos mientras correteaban sobre el césped, jugaban a la pelota, o se agrupaban silenciosamente dos o tres entre los arbustos floridos. Se habían abierto las rosas, dos ruiseñores tejían sus soliloquios en los sotillos y el cuco desafinaba concienzudamente entre los tilos. El aire parecía adormecerse al murmullo de las abejas y los helicópteros.

El Director y sus discípulos se detuvieron un momento para ver jugar una partida de pelota centrífuga. Veinte niños se agrupaban en corro alrededor de una torrecilla de acero cromado. Una pelota lanzada al aire de forma que cayese en la plataforma situada en lo alto de la torrecilla, descendía por el interior, caía sobre un disco giratorio a mucha velocidad, y salía disparada por una de las numerosas aberturas de la caja cilíndrica, habiendo que atraparla al vuelo.

—Es curioso — murmuró el Director mientras se alejaban, — muy curioso pensar cómo, aun en los tiempos de Nuestro Ford, la mayoría de los juegos se jugaban sin más aparato que una o dos pelotas, unos palos y, en algunos casos, un trozo de red. Imaginaos qué tontería es permitir a la gente jugar a juegos complicados que en ninguna manera aumentan el consumo. Es una locura.

Hoy en día los Inspectores aceptan sólo los juegos nuevos, que requieren, cuando menos, tantos accesorios como el más complicado de los existentes. — Hizo una pausa. — ¡Qué hermoso grupo! — dijo, señalando con el dedo.

En un trozo de césped, entre dos altas manchas de brezos mediterráneos, un niño de unos siete años y una niña de uno más, se entretenían jugando, con la misma concentrada atención que sabios sumidos en trabajos de investigación, a un juego sexual rudimentario.

—¡Hermoso, muy hermoso! — repitió sentimentalmente el D. I. A.

—¡Muy hermoso! — asintieron cortésmente los jóvenes.

Pero su sonrisa tenía mucho de condescendencia: hacía demasiado poco que habían dejado semejantes juegos, para que los miraran sin cierto desdén. ¿Hermoso? ¡Pero si no eran más que un par de cachorros retozando! Cachorros, ni más ni menos.

—Me ha parecido siempre... — continuaba el Director en el mismo lírico tono, cuando le interrumpió una recia chillería.

De un sotillo próximo salió una niñera, llevando de la mano un crío, que berreaba sin dejar de andar. Una nena algo asustada le seguía casi corriendo.

—¿Qué pasa? — preguntó el Director.

La niñera se encogió de hombros.

—No es nada — respondió. — Este chiquillo que no quiere jugar a los acostumbrados juegos eróticos. Ya lo había notado una o dos veces. Y hoy ha vuelto a las andadas, y se ha puesto a gritar...

—Yo — interrumpió la niña — no quise hacerle daño, se lo aseguro...

—Ni que decir tiene, nena — dijo la niñera tranquilizándola. — Así, pues — continuó dirigiéndose de nuevo al Director — le llevo a ver al Inspector Auxiliar de Psicología, sólo por ver si le ocurre algo de anormal.

—Muy bien — dijo el Director. — Llévelo. Tú quédate aquí, nena — agregó, mientras la niñera se llevaba al crío confiado a sus cuidados, que seguía berreando a más y mejor. — ¿Cómo te llamas?

—Polly Trotsky.

—Bonito nombre — dijo el Director. — Corre por ahí a ver si encuentras otro niño para jugar.

La nena se metió entre las matas, perdiéndose de vista.

—¡Deliciosa criatura! — dijo el Director, siguiéndola con la vista. Y volviéndose a los alumnos: — Lo que ahora voy a deciros os parecerá increíble. Pero es natural que cuando no se está habituado a la Historia, la mayoría de los hechos del pasado parezcan increíbles.

Reveló la pasmosa verdad. Durante un larguísimo período antes de Nuestro Ford, y aun varias generaciones después, los juegos eróticos entre niños habían sido considerados anormales (carcajada general); y no sólo anormales, sino positivamente inmorales (¡no es posible!); y, por consiguiente, habían sido rigurosamente prohibidos.

En las caras de los oyentes apareció una atónita incredulidad. ¿Pero es que los pobres críos no tenían derecho a divertirse? No podían creerlo.

—Hasta a los adolescentes — decía el D. I. A., — hasta a los adolescentes como vosotros...

—¡No es posible!

—Aparte de un poco de autoerotismo y homosexualismo, practicado a escondidas, absolutamente nada.

—¿Nada?

—En la mayoría de los casos, hasta pasar de los veinte años.

—¿Veinte años? — repitieron como un eco los alumnos, llenos de escepticismo.

—Veinte años — repitió el Director. — Ya os dije que os parecería increíble.

—Peo, ¿qué sucedía? — preguntaron — ¿cuáles fueron los resultados?

—Los resultados eran horribles. — Una voz profunda y sonora se mezcló súbitamente en el diálogo.

Miraron en torno. A un extremo del grupo, estaba en pie un extranjero, hombre de mediana estatura, pelo negro, nariz aguileña, rojos y carnosos labios, y ojos agudos y sombríos.

—Horribles — repitió.

El D. I. A., que se había sentado en uno de los bancos de acero cauchotado convenientemente diseminados por los jardines, se puso en pie de un salto al ver al extranjero, y precipitóse hacia él, con las manos extendidas, sonriendo efusivamente.

—¡Inspector! ¡Qué inesperado placer! ¿Quién os creéis que es, chicos...? El Inspector, Su Fordería Mustafá Mond.

En los cuatro mil cuartos del Centro, cuatro mil relojes eléctricos dieron simultáneamente las cuatro. Secas voces salían de las bocinas de los altavoces:

"¡Relevo del primer turno! ¡Entrada del segundo turno! ¡Relevo del primer turno...!".

En el ascensor, subiendo a los vestuarios, Henry Foster y el Subdirector de Predestinación daban la espalda intencionadamente a Bernard Marx, del Departamento de Psicología, a causa de su mala reputación.

El zumbido y leve ruido de las máquinas estremecía el rojizo ambiente del Depósito de Embriones. Los dos turnos iban y venían; a un rostro color de lupus sucedía otro; majestuosamente, por siempre jamás, continuaban los transportadores su lenta marcha con su cargamento de futuros hombres y mujeres.

Lenina Crowne se dirigió con viveza hacia la puerta.

¡Su Fordería Mustafá Mond! Los ojos de los estudiantes que le saludaron se salían casi de sus órbitas. ¡Mustafá Mond! ¡El Inspector de la Europa Occidental! ¡Uno de los Diez Inspectores Mundiales! Uno de los

Diez... y se sentaba en el banco con el D. I. A., y se iba a quedar allí, y a hablarles... La ciencia de su propia fuente... De la propia boca de Ford.

Dos chiquillos, menudos y atezados, salieron de entre las matas, les miraron un momento abriendo mucho los ojos de pasmo, y volvieron a sus juegos entre el follaje.

—Todos recordaréis — iba diciendo el Inspector con su voz grave y profunda, — todos recordaréis, supongo, la hermosa e inspirada máxima de Nuestro Ford: "La Historia es una paparrucha". La Historia — repitió lentamente — es una paparrucha.

Agitó su mano, y parecía como si con un invisible plumero hubiese quitado un poco de polvo, y el polvo era Harappa, y Ur de los Caldeos; unas telarañas, Tebas y Babilonia y Cnossos y Micenas. Un plumerazo, otro... ¿dónde estaban Odiseo y Job, dónde Júpiter y Gautama y Jesús? Otro pumerazo, y las pellas de barro viejo llamadas Atenas y Roma, Jesuralén y el Celeste Imperio, desaparecieron. Otro plumerazo, y el lugar donde había estado Italia quedó vacío. Otro, hundiéronse las catedrales; otro y otro, deshechos el *Rey Lear* y los *Pensamientos* de Pascal. Otro plumerazo, ¡adiós la *Pasión*!; otro, ¡adiós el *Réquiem*!; otro, ¡adiós la *Sinfonía*!; otro...

—¿Va usted al cine sensible esta tarde, Henry? — preguntó el Subdirector de Predestinación. — He oído decir que la nueva cinta del Alhambra es de primer orden. Hay una escena de amor sobre una piel de oso, que dicen es maravillosa. Están reproducidos todos los pelos del oso. Los efectos táctiles son pasmosos.

—Por eso no se os enseña Historia — decía el Inspector. — Pero ha llegado ya el momento...

El D. I. A. mirábale inquieto. Corrían extraños rumores acerca de viejos libros prohibidos ocultos en una caja de caudales en el despacho del Inspector. Biblias, poesía. — ¡Ford sabe qué!

Mustafá Mond cazó al vuelo la ansiosa mirada y sus rojos labios se plegaron en una mueca irónica.

—Bien, Director, bien — dijo en un tono de ligera burla; — no los corromperé... ·

El D. I. A. quedó lleno de confusión.

Quienes se sienten desdeñados, hacen bien en mirar con desdén. La sonrisa que salió de los labios de Bernard Marx era desdeñosa. Conque todos los pelos del oso, ¿eh?

—¿Todos...? No faltaré.

Mustafá Mond se inclinó hacia adelante, sacudiendo ante ellos el dedo extendido.

—Tratad de imaginaros — dijo, y su voz les produjo un estremecimiento extraño en el diafragma. — Tratad de imaginaros lo que era tener una madre vivípara.

Otra vez la palabra obscena. Pero nadie pensó ahora en sonreír.

—Tratad de imaginaros lo que significaba "vivir con la familia".

Trataron, pero palmariamente sin el menor resultado.

—¿Y sabéis lo que era un hogar?

Denegaron con la cabeza.

Dejando la roja penumbra del sótano, Lenina Crowne subió de un golpe los diecisiete pisos, torció a la derecha al salir del ascensor, siguió un largo pasillo hasta llegar a una puerta: *Vestuario de muchachas*, y abriéndola, hundióse en un ensordecedor caos de brazos, senos y ropa interior. Ríos de agua caliente entraban en cien bañeras, o salían de ellas gorgoteando. Zumbando y silbando, ochenta aparatos neumáticos de vibromasaje sobaban y chupaban simultáneamente la carne firme y tostada de ochenta soberbios ejemplares femeninos. Todas hablaban a grito pelado. Un aparato de música sintética arrullábales con un solo de supercornetín de pistón.

—¡Hola, Fanny! — dijo Lenina a la joven que tenía el armario junto al suyo.

Fanny trabajaba en la Sala de Envases y su apellido era también Crowne. Pero como los dos mil millones de habitantes del planeta sólo tenían para todos diez mil apellidos, la coincidencia no era muy extraña.

Lenina tiró de sus cierres-cremallera: hacia abajo en la chaqueta, hacia abajo con un doble movimiento de sus manos en los pantalones, hacia abajo otra vez para soltarse la ropa interior, y sólo con las medias y zapatos dirigióse hacia las salas de baño.

—El hogar, la casa — unos cuantos cuartos pequeños en los cuales se amontonaban un hombre, una mujer periódicamente embarazada y una lechigada de críos de todas las edades. Ni aire, ni espacio; una cárcel insuficientemente esterilizada; obscuridad, enfermedades, hedores.

(Tan viva era la evocación del Inspector, que uno de los jóvenes, más delicado que los otros, se puso pálido sólo de oírlo, y estuvo a punto de sentir náuseas).

Lenina salió del baño, se secó con la toalla, cogió un largo tubo flexible fijo al muro, aplicóse la boca de él al pecho y como si fuese a suicidarse apretó el gatillo. Un chorro de aire caliente espolvoreóla de finísimo polvo de talco. Sobre la palangana se alineaban los pequeños grifos de un distribuidor de ocho clases de perfumes diferentes y de agua de Colonia. Abrió el tercero de la izquierda y perfumóse de chipre, y, llevando en la mano medias y zapatos, salió a ver si estaba libre alguno de los aparatos de vibromasaje.

—Y el hogar era tan sórdido psíquicamente como físicamente. Físicamente era un vivar de conejos, un ester-

colero, caldeado por los roces de la vida que se amonto-
naba, hediendo de emociones. ¡Cuántas bochornosas
intimidades, cuántas relaciones peligrosas, insensatas,
obscenas, entre los miembros de la familia! Maniática-
mente, la madre criaba a sus hijos (*sus* hijos)... los
criaba como una gata a sus gatitos... pero como una
gata que habla, una gata que sabe decir: "¡Niño mío!
¡Niño mío!". Y que lo repite hasta la saciedad. "¡Niño
mío! ¡Oh, sentirlo a mi pecho, sus manitas, su hambre,
ese placer inefablemente doloroso! ¡Ya se durmió mi
niño, ya se durmió mi niño, con una gota de leche en los
labios! Mi niño duerme...". Sí — dijo Mustafá Mond,
moviendo la cabeza, — comprendo que os horroricéis.

—¿Con quién sales esta noche? — preguntó Lenina
volviendo del vibromasaje rosada y reluciente como una
perla iluminada interiormente.

—Con nadie.

Lenina arqueó las cejas asombrada.

—Hace algún tiempo que no me encuentro bien —
explicó Fanny. — El doctor Wells me ha dicho que
tome un sucedáneo de Embarazo.

—Pero, niña, tú no tienes más que diecinueve años.
El primer sucedáneo de Embarazo sólo es obligatorio a
los veintiuno.

—Ya lo sé. Pero hay a quien le prueba mejor empezar antes. El doctor Wells me ha dicho que las morenas
de pelvis ampla como yo, deberían tomar el primer su-
cédáneo de Embarazo a los diecisiete; así que, en realidad, llevo dos años de atraso y no dos de adelanto.

Abrió la puerta de su armario y señaló con el dedo
unos frascos y cajitas rotulados que se alineaban en el
estante superior.

—*Jarabe de Corpus Luteum* — Lenina leyó los nombres en voz alta; — *Ovarina fresca garantizada, no debe
usarse pasado el 1º de agosto del año 632 de N. F. Extracto de glándulas mamarias: tómese tres veces al día*

antes de las comidas, con un poco de agua. Plasentina,
5 c. m.[8] *para inyecciones intravenosas: tómese una cada*
tres días... ¡Aj! — dijo Lenina estremeciéndose, —
me cargan las intravenosas. ¿Y a ti?

—También. Pero cuando convienen...

Fanny era una chica de buen componer.

—Nuestro Ford, o Nuestro Freud, como por una
razón impenetrable le gustaba llamarse cuando hablaba
de materias psicológicas; Nuestro Freud fué el que primero reveló los espantosos males de la vida familiar.
El mundo estaba lleno de padres, y lleno por consiguiente de miseria; lleno de madres, y por lo tanto de
perversiones, desde el sadismo a la castidad; llenos de
hermanos, hermanas, tíos, tías; lleno de locura y suicidio.

—Y sin embargo, entre los salvajes de Samoa, en
algunas islas de la costa de Nueva Guinea...

El sol tropical caía como caliente miel sobre los desnudos cuerpos de los niños que retozaban promiscua-
mente entre las flores de hibisco. Su casa era una cualquiera de las veinte cabañas con techo de palma. En las
islas Trobriand, la concepción era obra de los manes de
los antepasados; nadie había oído nunca hablar de un
padre.

—Los extremos se tocan — dijo el Inspector. — Por
la sencilla razón de que se les hace tocarse.

—El doctor Wells dice que tres meses de sucedáneo
de Embarazo ahora, mejorarán notablemente mi salud
en los tres o cuatro años próximos.

—Así sea —dijo Lenina. — Pero, Fanny, ¿es que
durante esos tres meses no podrás...?

—¡No; quiá, nena! Una semana o dos todo lo más.
Iré esta noche al Club a jugar al bridge musical. ¿No
sales?

Lenina hizo un signo afirmativo.

—¿Con quién?

—Con Henry Foster.

—¿Aún? — El rostro de Fanny, redondo más bien y lleno de bondad, tomó una expresión de doloroso asombro, llena de reproches. — ¿De veras que sales *aún* con Henry Foster?

Madres y padres, hermanos y hermanas. Pero había también maridos, esposas, amantes. Y monogamia y romanticismos.

—Aunque, probablemente, no sabéis lo que significa todo esto — dijo Mustafá Mond.

Negaron todos ellos con la cabeza.

La familia, la monogamia, el romanticismo. Por doquiera exclusivismo; por doquiera la concentración del interés, la estrecha canalización del impulso y la energía.

—Todos pertenecemos a todos — terminó citando un proverbio hipnopédico.

Los estudiantes afirmaron con la cabeza, mostrando así rotundamente su conformidad con una afirmación que sesenta y dos mil repeticiones les habían hecho aceptar, no sólo como cierta, sino como axiomática, evidente, absolutamente indiscutible.

—A fin de cuentas — protestaba Lenina, — sólo hace unos cuatro meses que estoy con Henry.

—¿*Sólo* cuatro meses? ¡Tiene gracia! Y además — continuó Fanny señalándola acusadoramente con el dedo — no has tenido a nadie más que Henry en todo ese tiempo, ¿verdad?

Lenina enrojeció hasta las orejas; pero sus ojos, el tono de su voz continuaron desafiadores:

—No, ningún otro — respondió casi colérica. — Y aunque te empeñes, no veo por qué había de tenerlo.

—¡Ah, y no ve por qué había de tenerlo! — dijo Fanny, como dirigiéndose a un invisible oyente situado tras el hombro izquierdo de Lenina.

Y cambiando súbitamente de tono:

—Pero en serio, me parece que tiene que tener un poco de cuidado. Está muy mal lo que haces. ¡Siempre con un solo hombre! No estaría mal a los cuarenta, o a los treinta y cinco. ¡Pero a *tu* edad, Lenina! ¡No, no puede ser! Y ya sabes lo opuesto que es el D. I. A. a todo lo intenso o demasiado largo. ¡Cuatro meses con Henry Foster, sin tener otro hombre! Se pondría furioso si lo supiera.

—Imaginaos el agua a presión en una tubería.

Se la imaginaron.

—Hagamos en ella un solo agujero — dijo el Inspector, — ¡qué hermoso chorro!

Se le agujerea veinte veces y sólo surgen veinte míseros chorrillos.

—¡Niñito mío! ¡Niñito mío...!

—¡Mamá!

La locura es contagiosa.

Madre, monogamia, romanticismos. Sube el chorro muy alto, impetuoso y blanco de espuma. El impulso tiene una sola salida. Amor mío, niñito mío. No es de extrañar que esos pobres premodernos estuviesen locos y fueran malos y desgraciados. Su mundo no les permitía llevar fácilmente las cosas; no les permitía ser sanos de espíritu, buenos, felices. Con sus madres y sus amantes, con prohibiciones para las que no estaban previamente condicionados, con sus tentaciones y sus solitarios remordimientos, con todas sus enfermedades y su inacabable y aislante dolor, con su incertidumbre y su pobreza, por fuerza habían de sentir mucho las cosas. Y sintiéndolas mucho (y lo que es más, en soledad, en un aislamiento desesperadamente individual), ¿cómo podían lograr la estabilidad?

—Mirándolo bien, no es necesario que le dejes. Vete con otro de cuando en cuando, y está arreglado. Él andará con otras, ¿no es verdad?

Lenina asintió.

—Ni qué decir tiene. Henry Foster es un caballero siempre correcto. Y, además, no hay que perder de vista al Director. Ya sabes cuánta importancia da...

—Esta tarde me ha dado un azotito — dijo Lenina asintiendo.

—¡Ya lo ves! — dijo Fanny radiante. — Esto os muestra su modo de pensar: el más estricto respeto a las conveniencias.

—Estabilidad — dijo el Inspector, — estabilidad. No hay civilización sin estabilidad social. No hay estabilidad social sin estabilidad individual.

Su voz era como un clarín. Escuchándola sentíanse grandes, inflamados.

La máquina rueda, rueda y debe seguir rodando siempre. Si se detiene, es la muerte. Mil millones escarabajeaban sobre la corteza de la Tierra. Los engranajes empezaron a girar. Al cabo de ciento cincuenta años eran dos mil millones. Páranse las ruedas. Al cabo de ciento cincuenta semanas, no quedan otra vez más que mil millones; mil millares de millares de hombres y mujeres han muerto de hambre.

Es preciso, pues, que las ruedas anden con regularidad, pero no pueden andar así sin vigilancia. Es preciso que haya allí hombres que las vigilen, tan constantes como ruedas sobre sus ejes; hombres sensatos, obedientes, establemente satisfechos.

Gritando: "¡Niño mío, madre mía, mi solo, mi único amor!"; gimiendo: "¡Mis pecados, terrible Dios mío!"; aullando de dolor, desvariando de fiebre, aquejándose de vejez y miseria, ¿cómo se pueden vigilar mecanismos? Y si no pueden vigilarse... Los cadáveres de mil millares de millares de hombres y mujeres son difíciles de enterrar o quemar.

—Y a fin de cuentas — la voz de Fanny era arrulladora — no hay nada de doloroso ni de desagradable en tener un hombre o dos además de Henry. Y siendo así, *debías* ser algo más accesible...

—Estabilidad — insistía el Inspector. — Estabilidad. Necesidad primordial y final. Estabilidad De ahí todo esto. — Y con un ademán de la mano señaló los jardines, el enorme edificio del Centro de Acondicionamiento, los niños desnudos que se ocultaban entre las flores o corrían sobre el césped.

Lenina movió la cabeza:
—No sé por qué — dijo pensativa — no me siento muy inclinada a andar con unos y con otros de un tiempo a esta parte. Hay temporadas en que no gusta. ¿No te ha sucedido a ti también, Fanny?
Fanny demostró que se hacía cargo, con un movimiento de cabeza.
—Pero hay que hacer los posibles — dijo sentenciosamente — para seguir la corriente. Después de todo, cada uno pertenece a todos los demás.
—Sí, cada uno pertenece a los demás — repitió Lenina lentamente, y, suspirando, se detuvo un instante; después, cogiendo la mano de Fanny, la estrechó suavemente: — Tienes razón, como siempre, Fanny. Haré un esfuerzo.

El impulso contenido se desborda en una ola de sentimiento, de pasión, hasta de locura; todo depende de la fuerza de la corriente, de la altura y resistencia de la presa. El arroyo sin obstáculos se desliza continuamente por los canales que le han sido dispuestos hacia un tranquilo bienestar. (El embrión tiene hambre; día tras día, la bomba de sangre artificial marcha sin cesar a ochocientas revoluciones por minuto. El bebé decantado grita; inmediatamente viene la nodriza con un biberón de secreción externa. El sentimiento acecha en el intervalo que media entre el deseo y su realización. Reducid ese intervalo, derribad esas viejas e inútiles barreras).

—¡Juventud feliz! — dijo el Inspector. — Ningún esfuerzo se ha omitido para hacer vuestras vidas emotivamente fáciles, para evitaros, hasta donde ha sido posible,.sentir emociones.

—.Ford está en el volante — murmuró el D. I. A.; — todo marcha bien en el mundo.

—¿Lenina Crowne? — dijo Henry, repitiendo como un eco la pregunta del Subdirector de Predestinación, mientras ajustaba el cierre-cremallera de sus pantalones. — ¡Soberbia muchacha! Maravillosamente neumática. Es extraño que no la hayas poseído.

—No sé cómo ha sido — dijo el Subdirector de Predestinación. — Pero ya lo haré en la primera ocasión.

Desde la otra punta del vestuario oyó Bernard Marx lo que decían, y palideció.

—A decir verdad — dijo Lenina, — comienza a cansarme no tener más que a Henry todos los días.

Se puso la media izquierda.

—¿Conoces a Bernard Marx? — preguntó en un tono cuya excesiva indiferencia era evidentemente forzada.

Fanny la miró sorprendida:

—¿No querrás decir...?

—¿Por qué no? Bernard es un Alfa-Mas. Y además me ha invitado a visitar con él una Reserva de Salvajes. Siempre he deseado ver una Reserva de Salvajes.

—¿Y su reputación?

—Y a mí ¿qué me importa su reputación?

—Dicen que no le gusta el Golf de Obstáculos.

—Dicen, dicen... — comentó burlona Lenina.

—Y, además, está *solo* la mayor parte del tiempo.

La voz de Fanny estaba horrorizada.

—Bueno, cuando esté conmigo ya no estará solo. Y

además, ¿por qué se muestran tan huraños con él? A mí me parece más bien agradable.

Sonrióse a sí misma. ¡Qué ridículamente tímido había sido con ella! Casi espantado, como si hubiese sido ella un Inspector Mundial y él un Gamma-Menos de los que cuidan las máquinas.

—Pensad en vosotros mismos — decía Mustafá Mond. — ¿Alguno ha encontrado nunca un obstáculo insuperable?

La pregunta tuvo por respuesta un negativo silencio.

—¿Ha pasado alguno un largo intervalo de tiempo entre la consciencia del deseo y su realización?

—Yo... — comenzó a decir uno de los muchachos, pero se contuvo.

—Habla — díjole el D. I. A. — No hagas esperar a Su Fordería.

—En una ocasión tuve que esperar casi cuatro semanas a que una chica a quien deseaba accediese a ser mía.

—Y ¿sentiste por ello una emoción intensa?

—¡Algo horrible!

—Horrible, es la palabra — dijo el Inspector. — Tan estúpidos eran nuestros antecesores y tan cortos de vista, que cuando los primeros reformadores quisieron libertarles de tan horribles emociones, se negaron a tener ningún trato con ellos.

—Hablan de ella como si fuese un pedazo de carne —Bernard rechinó los dientes. — Que si la he gustado por aquí, que si la he gustado por allá. ¡Como si fuera un pedazo de carnero! La relegan a la misma consideración que al carnero. Me dijo que lo pensaría y me contestaría esta semana. ¡Oh, Ford, Ford, Ford!

Sentía ganas de darles de bofetadas.

—La verdad, le aconsejo que pruebe — decía Henry Foster.

—Sea, por ejemplo, la Ectogénesis. Pfitzner y Kawaguchi expusieron su teoría completa. Pero, ¿se dignaron los Gobiernos prestarle atención? No. Había una cosa llamada Cristianismo. Y las mujeres fueron forzadas a seguir siendo vivíparas.

—¡Es tan feo! — dijo Fanny.
—Pero tiene algo que me gusta.
—¡Y además tan *pequeño*!
Fanny hizo una mueca: la poca estatura era algo horrible y típicamente peculiar de las castas inferiores.
—Sin embargo, en él lo encuentro agradable más bien — dijo Lenina. — Entran ganas de mimarle; ya me comprendes, como a un gato.
Fanny se horrorizó.
—Dicen que alguien se equivocó cuando aún estaba en envase y, creyéndole un Gamma, echó alcohol en su sangre artificial. Por eso es tan esmirriado.
—¡Qué tontada!
Lenina se indignó.

—La enseñanza durante el sueño estaba entonces prohibida en Inglaterra. Había una cosa que se llamaba liberalismo. El Parlamento, no sé si sabéis lo que era esto, votó una ley prohibiéndolo. Quedan pruebas de ello. Los discursos sobre la libertad del individuo. La libertad de no servir para nada y ser desgraciado. La libertad de ser como clavija redonda en agujero cuadrado.

—No, al contrario; tendré mucho gusto, se lo aseguro. — Y Henry Foster daba amistosas palmaditas en el hombro al Subdirector de Predestinación. — A fin de cuentas, cada uno pertenece a todos los demás.
—Cien repeticiones tres noches por semana durante cuatro años — pensó Bernard Marx, que era especialista en hipnopedia. — Sesenta y dos mil cuatrocientas repeticiones hacen una verdad. ¡Valientes idiotas!

—O bien el Sistema de las Castas. Constantemente propuesto y constantemente rechazado. Había entonces algo llamado democracia. ¡Como si los hombres fuesen iguales en algo más que físicoquímicamente!

—Bueno; lo que te digo es que aceptaré su invitación.

Bernard les odiaba, les odiaba. Pero eran dos, eran altos, eran fuertes.

—La guerra de los Nueve Años empezó en el año 141 de N. F.

—Aun cuando fuese cierto ese cuento del alcohol en su sangre artificial...

—El fosgeno, la cloropicrina, el yodoacetato de etilo, la difenilcianarsina, el cloroformiato de triclormetilo, el sulfuro de dictoretilo. Y no hablemos del ácido cianhídrico.

—Lo cual no me da la gana de creer — terminó Lenina.

—El ruido de catorce mil aviones que avanzan desplegados. En la Kurfürstendamm y en el Distrito Octavo, la explosión de las bombas de ántrax apenas si era más perceptible que la de una bolsa de papel reventada por un niño.

—Pues porque me he empeñado en visitar una Reserva de Salvajes.

—$CH_3 C_6 H_2 (NO_2)_3 + Hg (CNO)_2 = $ ¿a qué? A un enorme hoyo en el suelo, pilas de cascote y algunas piltrafas humanas, un pie arrancado de cuajo y con

la bota puesta aún, volando por los aires y cayendo —
¡zas! — en un macizo de geranios, geranios escarlata;
¡qué hermoso espectáculo el de aquel verano!

—Eres incorregible, Lenina; hay que dejarte, no se
puede contigo.

—La técnica rusa para inficionar los depósitos de
agua era particularmente ingeniosa.

Volviéndose la espalda, Fanny y Lenina siguieron mu-
dándose los trajes en silencio.

—La guerra de los Nueve Años, fué el gran derrum-
bamiento económico. Había que escoger entre la Inspec-
ción Mundial y la destrucción. Entre la estabilidad y...

—También Fanny Crowne es una muchacha bonita
— dijo el Subdirector de Predestinación.

En las salas de los niños, terminaba la lección de Con-
cepto Elemental de las Clases Sociales; las voces adap-
taban la futura demanda a la futura oferta industrial:
"¡Cómo me gusta ir en avión — susurraban, — cómo
me gusta ir en avión!, ¡cuánto me gusta estrenar un
traje!, ¡cuánto me gusta...!".

—El liberalismo, ni qué decir tiene, murió de ántrax,
pero, a pesar de todo, cuanto había que hacer no se podía lograr por la fuerza.

—Dista mucho de ser tan neumática como Lenina.
¡Mucho!

"Los trajes viejos son horribles — continuaba el infatigable murmullo. — Hay que tirarlos. Vale más des-

echar que tener que remendar; vale más desechar, que tener que remendar; vale más...".

—Se gobierna legislando, no pegando. Se gobierna con el cerebro y las asentaderas, no con los puños. Hubo, por ejemplo, un régimen de consumo obligatorio.

—Ya estoy lista — dijo Lenina; pero Fanny seguía callada y volviéndole la espalda. — Hagamos las paces, Fanny.

—Cada hombre, cada mujer y cada niño tenía la obligación de consumir un tanto al año. Para favorecer la industria. El único resultado...

"Vale más desechar que haber de remendar. Cuanto más remiendo, más pobre me siento".

—Eso acabará mal el mejor día — dijo Fanny tristemente.

—Escrupulosas objeciones en gran escala: era cosa de no consumir. El retorno a la Naturaleza.

"¡Cómo me gusta ir en avión! ¡Cómo me gusta ir en avión!".

—El retorno a la cultura. Sí, sí a la cultura. Pero no se consume gran cosa cuando se pasa uno las horas muertas leyendo libros.

—¿Estoy bien así? — preguntó Lenina.
Su chaqueta era de paño de acetato verde botella, con piel verde de glutina en los puños y cuello.

—Ochocientos que practicaban la Vida Sencilla, fueron segados por las ametralladoras en Golders Green.

"Vale más desechar que tener que remendar; vale más desechar que tener que remendar".

Unos calzones de pana verde y medias blancas de lana de glutina dobladas bajo las rodillas.

—Sobrevino después la célebre Matanza del British Museum. Dos mil fanáticos de la cultura fueron exterminados con gases de sulfuro de dicloretilo.

Una gorrilla de jockey, verde y blanca, sombreaba los ojos de Lenina; sus zapatos eran de un verde vivo y muy brillantes.

—Por fin — continuó Mustafá Mond — los Inspectores cayeron en la cuenta de que nada se lograba con la fuerza. Los métodos lentos pero infinitamente más seguros de la ectogénesis, del acondicionamiento neopauloviano y de la hipnopedia...

Y ciñóse al talle una especie de cartuchera verde de imitación de tafilete con cierre de plata, llena de preservativos (pues Lenina no era neutra).

—Se logró al fin que se practicasen los descubrimientos de Pfitzner y Kawaguchi. Una intensa propaganda contra la reproducción vivípara.

—¡Estupenda! — gritó entusiasmada Fanny. Nunca podía resistir mucho tiempo el encanto de Lenina.— ¡Y qué precioso cinturón malthusiano!

—Se emprendió al propio tiempo una campaña contra el Pasado: cierre de museos, destrucción de monumentos históricos (afortunadamente la mayoría de ellos habían sido destruídos durante la guerra de los Nueve años); la supresión de todos los libros publicados **antes** del año 150 de la era fordiana.

—Tengo que conseguirme otro igual — dijo Fanny.

—Había, por ejemplo, unas cosas llamadas pirámides.

—El mío viejo, de charol negro...

—Y un tal Shakespeare, de quien, **naturalmente**, no habréis oído nunca hablar.

—Pero es feísimo...

—Tales son las ventajas de una educación **verdade**-ramente científica.

"Cuanto más remiendo, más **pobre me encuentro;** cuanto más remiendo...".

—La introducción del primer modelo T de **Nuestro** Ford...

—Hace casi tres meses que la tengo.

—Que fué el punto de partida de la nueva **era.**

"Vale más desechar que tener que remendar; **vale más** desechar...".

—Había una cosa, como ya dije, llamada **Cristia**-nismo...

"Vale más desechar que tener que **remendar".**

—La ética y la fiosofía del subconsumo...

—"¡Cómo me gustan los trajes nuevos!; ¡cómo me gustan los trajes nuevos!; ¡cómo me gustan....!".

—De la mayor importancia en la época de la subproducción; pero en la era del maquinismo y de la fijación del ázoe, un verdadero crimen contra la sociedad.

—Es un regalo de Henry Foster.

—Se cortó el remate a todas las cruces (y quedaron convertidas en T. Había también una cosa llamada Dios.

—Es verdadera imitación de tafilete.

—Actualmente tenemos el Estado Mundial. Y las fiestas del Día de Ford, los Cantos en Común y los Ritos de Solidaridad.

—¡Cómo les odio, oh, Ford! — pensaba Bernard Marx.

—Había también una cosa llamada cielo; pero con todo ello no dejaban de beber enormes cantidades de alcohol.

—Como si fuese un pedazo de carne; como si fuese un pedazo de carne.

—Había una cosa llamada alma y una cosa llamada inmortalidad.

—Pregúntale a Henry dónde lo ha comprado.

—Pero tomaban morfina y cocaína.

—Y lo que es peor, es que ella misma se considera un pedazo de carne.

—Pensionó el Estado dos mil especialistas en farmacología y bioquímica el año 178 de N. F.

—Parece muy malhumorado — dijo el Subdirector de Predestinación señalando a Bernard Marx.

—Seis años después, se lanzaba al mercado la droga perfecta.

—Vamos a hacerle hablar para divertinos.

—Eufórica, narcótica, agradablemente alucinante.

—¡Siempre de mal humor, Marx, siempre de mal humor! — La palmada en el hombro le hizo sobresaltarse y levantar los ojos. Era aquel bárbaro de Henry Foster. — Lo que necesitas es un gramo de *soma*.

—Todas las ventajas del alcohol y ninguno de sus inconvenientes.

—"Oh, Ford, le mataría!" — pero limitóse a decir: —No, gracias — y a rechazar el tubo de tabletas que le ofrecía.

—Puede uno descansar de la realidad cuando le venga en gana y tornar sin el más mínimo dolor de cabeza ni la menor mitología.

—Toma, hombre, toma — insistía Henry Foster.

—La estabilidad quedó así asegurada.

—"Un centímetro cúbico cura diez pasiones" — dijo el Subdirector de Predestinación recitando una fórmula hipnopédica elemental.

—Sólo faltaba vencer a la vejez.

—¡Déjame en paz! — gritó Bernard Marx.

—¡Chico! ¡Vaya un genio!

—Las hormonas gonadales, la transfusión de sangre joven, las sales de magnesio.

—Y piensa que un grámo vale más que un terno. Y salieron riéndose.

—Se han suprimido todos los estigmas de la vejez. Y con ellos, naturalmente...

—No te olvides de preguntarle lo del cinturón malthusiano — dijo Fanny.

—...todas las características mentales de los viejos. Se conserva el mismo carácter durante toda la vida.

—...tengo que jugar antes de la noche dos partidas de golf con obstáculos. Me marcho.

—Trabajo, diversiones. A los sesenta años tenemos los mismos gustos y las mismas fuerzas que a los diecisiete. Los viejos, en los pésimos tiempos antiguos, renunciaban, se retiraban, se entregaban a la religión, pasaban el tiempo leyendo, pensando, ¡pensando!

—"¡Cochinos, idiotas!" — decía para sí Bernard Marx, mientras se dirigía al ascensor.

—Hoy en día — he aquí el progreso — los viejos trabajan, practican la cópula y no tienen tiempo que perder, ni un momento para sentarse a pensar; y si, por cualquier malhadada circunstancia, el tiempo produjese una grieta en la masa compacta de sus distracciones, queda el *soma*, el delicioso *soma*, del que medio gramo equivale a medio día de descanso, un gramo a un fin de semana, dos a una escapada por el Oriente magnífico, tres a una sombría eternidad en la Luna; y al retorno se hallan al otro lado de la grieta, sanos y salvos en la tierra firme de los trabajos y diversiones cotidianos, corriendo de cine-sensible en cine-sensible, de chica en chica neumática, de campo en·campo de Golf Electro-magnético...

—¡Largo de aquí, niña! — dijo irritado el Director. —¡Largo de aquí, niño! ¿No veis que Su Fordería está ocupado? Idos a otra parte a proseguir vuestros juegos eróticos.

—¡Pobres niños! — dijo el Inspector.

Lentamente, majestuosamente, con un leve zumbido de máquinas, avanzaban los transportadores a razón de treinta y tres centímetros por hora. En la rojiza obscuridad, centelleaban innumerables rubíes.

Capítulo IV

1

El ascensor estaba lleno de hombres procedentes de los vestuarios de los Alfa, y la entrada de Lenina fué acogida con saludos y sonrisas amigas. Era sumamente popular entre sus compañeros, y en una o en otra ocasión había dormido con casi todos ellos.

"Guapos chicos", pensaba mientras les devolvía sus saludos. "¡Guapos chicos!" Sin embargo hubiese preferído que las orejas de George Edzel no fuesen tan grandes (¿no le habían echado una gota de paratiroide de más en el metro 328?). Y mirando a Benito Hoower, no pudo remediar el acordarse de que era demasiado velludo cuando se quitaba la ropa.

Al volverse, algo tristes los ojos por el recuerdo del pelo negro y rizoso de Benito, vió en un rincón el cuerpo esmirriado y el rostro melancólico de Bernard Marx.

—¡Bernard! — y avanzó hacia él. — Te andaba buscando.

Su voz clara dominó el zumbido del ascensor. Los demás se volvieron con curiosidad.

—Quería hablarte de nuestra excursión a Nuevo Méjico...

Con el rabillo del ojo veía a Roberto Hoover, a quien el pasmo dejaba boquiabierto. La molestó. "Le extraña

que le pida ir con él otra vez", dijo para sus adentros.
Y luego, en voz alta y más efusivamente que nunca:

—Estoy encantada de pasar contigo una semana en el
mes de julio — le dijo. (De esta forma manifestó públi-
camente su infidelidad a Henry. Fanny podía estar contenta, aunque fuese con Bernard). — Claro está — y
Lenina ofrecióle su más deliciosa y significativa sonrisa
— si es que aún deseas mi compañía...

Enrojeció el pálido rostro de Bernard.

—¿Qué diablos le pasa? — se preguntó admirada,
mas enternecida al mismo tiempo por aquel extraño ho-
menaje a su ascendiente.

—¿No sería mejor hablar de esto en cualquier otro
sitio? — susurró él, muy apurado.

"Ni que hubiese dicho alguna inconveniencia" —
pensó Lenina. — No se habría quedado más cortado
si hubiese dicho cualquier obscenidad: si le hubiese preguntado quién era su madre o algo así".

—Quiero decir con todos éstos alrededor...

El azoramiento no le dejaba hablar.

La risa de Lenina fué franca y sin malicia.

—¡Qué gracia tienes! — dijo; y verdaderamente le
hacía gracia. — Me avisarás una semana antes por lo
menos, ¿no es verdad? — repitió, cambiando de voz. —
Supongo que tomaremos el Cohete Azul del Pacífico.
¿Es el que sale de la Torre de Charing-T? ¿O el de
Hampstead?

Antes de que Bernard pudiese contestar, llegó el ascensor al final.

—¡Azotea! — gritó una voz chillona.

El encargado del ascensor era un hombrecito simiesco,
vestido de negro como los Semienanos Épsilon-Menos.

—¡Azotea!

Abrió de par en par las puertas. El calor triunfal del
sol del mediodía le hizo estremecerse y guiñar los ojos.

—¡Ah, azotea! — repitió arrobado.

Se hubiera dicho que súbita y alegremente acababa de despertarse de un sombrío y anonadante estupor.

—¡Azotea!

Alzó los ojos, sonriendo, con una especie de perruna admiración a los rostros de los pasajeros. Hablando y riendo salieron hacia la luz. El encargado del ascensor siguióles con los ojos.

—¿Azotea? — dijo una vez más, con tono interrogante.

Oyóse después un timbre y del techo del ascensor comenzó un altavoz a dar órdenes, muy suave y sin embargo muy imperiosamente.

—¡Abajo! — decía, — ¡abajo! ¡Piso dieciocho! ¡Ascensor al piso dieciocho! ¡Abajo, al piso...!

Cerró las puertas, apretó un botón y cayó instantáneamente en la penumbra rumorosa del hueco del ascensor, en la penumbra de su propio estupor habitual.

El calor y la luz inundaban la azotea. La tarde era adormecedora con el zumbido de los helicópteros que pasaban; y el bordoneo más profundo de los aviones-cohetes que cruzaban raudos e invisibles por el cielo luminoso, a nueve o diez kilómetros de altura, parecía una caricia en el aire tibio. Bernard Marx respiró a sus anchas. Levantó los ojos al cielo, recorrió el azul horizonte y, por último, posó sus ojos en el rostro de Lenina.

—¿Verdad que es hermoso? — Su voz temblaba un tanto.

Sonrióle ella en señal de comprensiva inteligencia.

—Completamente perfecto para el Golf de Obstáculos — respondió arrobada. — Y ahora tengo que marcharme, Bernard. Henry se enfada si le hago esperar... Avísame a tiempo la fecha.

Y agitando las manos cruzó sonriendo la ancha azotea hacia los hangares.

Bernard siguió inmóvil mirando el centelleo cada vez más lejano de sus medias blancas, de su tostadas rodillas plegándose y desplegándose ágiles, y el suave vaivén de los pantalones cortos de pana, ceñidos bajo la chaqueta verde botella. El semblante de Bernard tenía una expresión dolorosa.

—En verdad que es muy bonita — dijo una voz fuerte y alegre detrás de él.

Bernard volvióse sobresaltado. La cara gordinflona y plácida de Benito Hoover se inclinaba hacia él sonriéndole, llena de franca cordialidad. Benito era notoriamente de buena pasta. Se decía de él que podría haber pasado la vida sin siquiera un gramo de *soma*. Las ruindades y los malos humores que les obligaban a tomarse a los otros aquellos artificiales asuetos, no le afectaban nunca. Todo lo veía de color de rosa.

—¡Y neumática por añadidura ¡Vaya si lo es!

Luego cambiando de tono:

—Pero parece que estás triste. Necesitas un gramo de *soma* — y hundiendo su mano en el bolsillo derecho de su pantalón, sacó el tubo de pastillas: — un centímetro cúbico cura diez pasiones... ¡Pero oye!

Bernard, repentinamente, se había vuelto y echado a correr.

Benito le siguió con la mirada atónita.

—Pero, ¿qué le pasa a ése? — exclamó, y moviendo la cabeza pensó que era cierto el chiste del alcohol vertido en la sangre artificial de aquel pobre chico. — Debió afectarle al cerebro seguramente.

Guardó su tubo de *soma* y sacando de su bolsillo un paquete de goma para mascar de hormona sexual, se introdujo un trozo en la boca y se encaminó, rumiando, hacia los hangares.

Cuando llegó Lenina, Henry Foster había ya sacado fuera del cobertizo su aparato y la esperaba, sentado, en la cabina.

—Cuatro minutos de retraso — díjola simplemente mientras se sentaba junto a él.

Puso los motores en marcha y embragó el helicóptero. El aparato subió verticalmente. Henry aceleró; el ruido de la hélice se hizo más agudo, pasando del zumbido de un abejorro al de una avispa, del zumbido de una avispa al de un mosquito; el velocímetro acusaba una velocidad ascensional de unos dos kilómetros por minuto. Londres se empequeñecía bajo ellos. Los enormes edificios de techos planos no fueron más, al cabo de pocos segundos, que un semillero de hongos geométricos que surgían entre el verdor de parques y jardines. Y en medio de ellos, sobre un delgado tallo, un hongo más alto, más esbelto, la Torre de Charing-T, alzaba hacia el cielo un disco de brillante cemento.

Como vagos torsos de fabulosos atletas, enormes nubes carnosas flotaban perezosamente en el aire azul, sobre sus cabezas. De una de esas nubes desprendióse súbitamente un diminuto insecto escarlata, zumbando durante su caída.

—El Cohete Rojo — dijo Henry — que llega de Nueva York.

Y mirando su reloj:

—Siete minutos de retraso — agregó, moviendo la cabeza. — Este servicio del Atlántico es de una falta de puntualidad escandalosa.

Quitó el pie del acelerador. El ruido de las hélices sobre sus cabezas bajó un octavo y medio, pasando de nuevo del zumbido de la avispa y del abejorro, al del moscardón, al del escarabajo. La velocidad ascensional del aparato disminuyó; un momento después estaban inmóviles en los aires. Henry movió una palanca; oyóse un ligero choque. Lentamente primero; cada vez más aprisa después, hasta no ser más que una bruma circular ante sus ojos, la hélice de propulsión comenzó a girar, y el viento, producido por la velocidad horizontal silbó cada vez más en los estays. Henry tenía fijos los ojos en el cuentarrevoluciones; cuando la aguja marcó mil doscientos, desconectó las hélices verticales: el aparato podía ya volar sólo con sus alas.

Lenina miró por el ventanillo que se abría en el piso

y que quedaba entre sus pies. Volaban sobre los seis kilómetros de parque que separaban Londres Central de su primer cinturón de suburbios. El verdor hormigueaba de vida. Bosques de torres de pelota centrífuga brillaban entre los árboles. Cerca de Shepherd's Bush, dos mil Betas-Menos, en dobles parejas, jugaban al tenis en los campos de Riemann. Una doble fila de canchas de pelota en plataforma móvil bordeaba la carretera desde Notting Hill a Willesden. En el Estadio de Ealing se celebraba un festival gimnástico y coral de Deltas.

—¡Qué feo es el color caqui! — observó Lenina, recordando los prejuicios hipnopédicos de su casta.

Los edificios del Estudio del Cine Sensible de Hounslow ocupaban siete hectáreas y media. En sus inmediaciones, un verdadero ejército de trabajadores vestidos de negro y de caqui estaban ocupados en revitrificar la Gran Carretera Occidental. Abrían uno de los grandes crisoles portátiles cuando ellos pasaron. Un chorro de piedra fundida caía vertido sobre el camino, con incadescencia cegadora. Los rodillos compresores de asbesto iban y venían; tras un carro-aljibe, térmicamente aislado se alzaba el vapor en nubecillas blancas.

En Brentford, la fábrica de la Sociedad de Televisión parecía una ciudad en pequeño.

—Debe de ser la hora del relevo — dijo Lenina.

Cual afidios y hormigas, las muchachas Gamma, de verde claro, y los Semienanos, de negro, se apiñaban junto a las puertas, o hacían cola para tomar los tranvías monorrieles. Los Betas-Menos color de mora iban y venían entre la multitud. El techo del edificio principal se animaba con la llegada y salida de los helicópteros.

—¡Palabra! — dijo Lenina; — estoy muy contenta de no ser Gamma.

Diez minutos después estaban en Stoke Poges y habían comenzado su primera partida de Golf de Obstáculos.

2

Con los ojos casi siempre bajos y apartándolos inmediata y furtivamente si por azar tropezaban con uno de sus compañeros, apresuróse Bernard a atravesar la azotea. Semejaba un hombre perseguido, pero perseguido por enemigos a quienes no desea ver, porque no le parezcan aún más hostiles que los imagina, y por no sentirse a sí mismo más culpable y más desamparado.

—¡Ese empecatado Benito Hoover!

Y sin embargo, a fin de cuentas, el hombre lo había hecho con buena intención. Y ello aún ponía peor la cosa. Los que tenían buenas intenciones se producían de la misma manera que los que las tenían malas. Hasta Lenina le hacía sufrir. Recordaba las semanas de tímida indecisión, durante las cuales la había contemplado y deseado, desesperando de no tener jamás suficiente valor para decírselo. ¿Se atrevería a afrontar el riesgo de verse humillado por una negativa desdeñosa? Pero si ella hubiese dicho sí, ¡qué inmensa alegría! Y sin embargo, ella lo había dicho ya y seguía siendo desgraciado, desgraciado porque a ella le había parecido que era una hermosa tarde para el Golf de Obstáculos, porque se había ido a buscar a Henry Foster, porque le había hecho tanta gracia que no quisiese hablar en público de sus asuntos íntimos. Desgraciado, en una palabra, porque ella había procedido como debe hacerlo cualquier muchacha inglesa sana y decente y no de un modo anormal y extraordinario.

Abrió la puerta de su hangar y mandó a una pareja de Delta-Menos que haraganeaban por allí, que sacasen su aparato a la azotea. Los hangares estaban atendidos por un solo Grupo Bokanowsky y los hombres eran gemelos, idénticamente pequeños, negros y feos. Bernard dió sus órdenes, secamente, en tono arrogante, casi ofensivo, como aquel que no está muy seguro de su superioridad. Tenérselas que entender con gentes de casta inferior, producíale siempre a Bernard una impresión muy penosa. Sea cual fuere la causa (y nada de particular tendría fuesen ciertos los chismes que corrían acerca del alcohol en su sangre artificial: siempre ocurren accidentes desgraciados a pesar de todo), la figura de Bernard no era mucho mejor que la de un Gamma. Tenía ocho centímetros menos que la talla oficial de los Alfa, y era flaco en la misma proporción. El roce con los de casta inferior le recordaba siempre dolorosamente esa insuficiencia física. — Yo soy yo, y quería no serlo; — la autoconciencia era en él punzante y desoladora. Cada vez que tenía que mirar a un Delta rectamente en vez de tener que bajar hacia él los ojos, sentíase humillado. ¿Le trataría aquel ser con el respeto debido a su casta? Esa pregunta le obsesionaba. Y no sin razón. Pues los Gammas, Deltas y Epsilones habían sido en cierto modo acondicionados para asociar el tamaño corporal con la superioridad social. La verdad, un cierto prejuicio hipnopédico sobre la estatura era cosa común. De ahí las risas de las muchachas a las que se dirigía; y las bromas que le gastaban sus compañeros. Estas bromas hacíanle considerarse un intruso, y sintiéndose un intruso, procedía como tal, lo que robustecía el prejuicio contra él e intensificaba el desdén y hostilidad producidos por sus defectos físicos. Y a su vez aumentaba su sentimiento de creerse extraño y solitario. Un temor crónico a verse desdeñado le hacía rehuir a sus compañeros y adoptar entre los inferiores una actitud inquieta y celosa de su dignidad. ¡Cuán amargamente envidiaba a hombres como Henry Foster y Benito Hoover! Hombres que nunca se veían obligados a llamar a gritos a un Épsilon para que se cumpliesen sus órdenes; hombres para quienes su posición era la cosa más natural del mundo; hombres que se hallaban en el sistema de castas como el pez en el agua: tan plenamente en su casa, que ni de sí mismos se daban cuenta, ni del benéfico y confortable elemento en que vivían.

Con flojedad, le parecía, y de mala gana, rodaban los hombrecillos su avión desde el hangar a la azotea.

—¡Daos prisa! — gritó Bernard irritado.

Uno de ellos lanzóle una mirada. ¿No era una especie de brutal burla la que se descubría en sus ojos grises y muertos?

—¡Daos prisa! — gritó más recio, y su voz tenía un timbre desagradable y ronco.

Trepó a su avión, y un minuto después volaba rumbo al Sur, hacia el río.

Las diversas Oficinas de Propaganda y la Escuela de Ingenieros de Emociones estaban instaladas en un edificio de sesenta pisos en Fleet Street. En el sótano y los pisos bajos se hallaban los talleres y oficinas de los tres principales diarios londinenses: *El Radio Horario*, hoja para las castas superiores; *La Gaceta de los Gammas*, verde claro, y en papel caqui y exclusivamente con palabras monosilábicas *El Espejo de los Deltas*. A continuación venían las Oficinas de Propaganda por Televisión, por Cine Sensible, por la Voz y la Música Sintéticas, que ocupaban veintidós pisos. Encima de ellos estaban los Laboratorios de Investigación y las cámaras aguatadas donde los Registradores de Sonidos y los Compositores Sintéticos realizaban sus delicados trabajos. Los últimos dieciocho pisos los ocupaba la Escuela de Ingenieros de Emociones.

Aterrizó Bernard en la azotea de la Casa de la Propaganda y saltó fuera.

—Telefonee a Mr. Helmholtz Watson — ordenó al portero Gamma-Menos — y dígale que Bernard Marx le espera en la azotea.

Se sentó y encendió un cigarrillo.

Helmholtz Watson estaba escribiendo cuando llególe el recado.

—Dígale que voy en seguida — dijo, y colgó el auricular, y volviéndose hacia su secretaria: — Encárguese usted de todo — continuó con el mismo tono oficial e impersonal; y fingiendo no advertir su clara sonrisa, se levantó y dirigióse a buen paso hacia la puerta.

Era un hombre hercúleo, ancho de pecho y de espaldas, macizo y sin embargo vivo de movimientos, elástico y ágil. La rotunda y sólida columna de su cuello sostenía una cabeza de perfecta forma. Su pelo era obscuro y ondulado, sus facciones muy acusadas. Era su tipo vigoroso y acentuado y tenía el aspecto (como su secretaria no se cansaba jamás de repetirlo) de un Alfa-Más de punta a cabo. Era profesor en la Escuela de Ingenieros de Emociones (Sección de Escritos), y en los intervalos de sus actividades educativas, trabajaba como Ingeniero de Emociones. Colaboraba periódicamente en *El Radio Horario*, escribía los argumentos de películas sensibles, y tenía una feliz habilidad para componer máximas y versículos hipnopédicos.

—"Inteligente" — tal era el juicio de sus superiores. — "Quizá (y movían la cabeza, bajando significativamente la voz) *demasiado* inteligente".

Sí, quizá demasiado inteligente; tenían razón. Un exceso mental había producido en Helmholtz Watson efectos muy parecidos a los que en Bernard Marx eran resultado de un defecto físico. Una insuficiencia ósea y muscular había aislado a Bernard de sus semejantes y su sentimiento de estar por ello aparte, exceso mental a tenor de las normas corrientes, convirtióse a su vez en causa de mayor separación. Lo que había dado a Helmholtz la desagradable consciencia de ser el mismo y estar totalmente solo, era un exceso de inteligencia. Ambos coincidían en el convencimiento de que eran individuos. Pero mientras que Bernard, el físicamente defectuoso, había sufrido durante toda su vida por este convencimiento de sentirse aparte, hacía muy poco que, al darse cuenta de su exceso mental, Helmholtz Watson había comprendido cuánto separábale de las gentes que le rodeaban. Este campeón de Pelota-Escalator, este infatigable amante (decíase que había tenido seiscientas cuarenta amigas en menos de cuatro años), este admirable hombre de comités, bienquisto en todas partes, se había convencido de repente de que deportes, mujeres, mando, no eran para él sino cosas secundarias. En realidad, le preocupaba, le interesaba otra cosa. Pero, ¿cuál? Tal era el problema que Bernard venía a discutir con él, o mejor dicho, pues era Helmholtz el que llevaba siempre la voz cantante, a escuchar razonar a su amigo una vez más.

Tres chicas preciosas de la Oficina de Propaganda de la Voz Sintética le cayeron encima al salir del ascensor.

—Anda, Helmholtz, vente a cenar con nosotras en la landa de Exmoor — decíanle, rodeándole implorantes.

Sacudió la cabeza y zafóse de ellas.

—No puede ser.

—Iremos solas contigo.

Pero Helmholtz no se dejó conmover por tan deliciosa promesa.

—No — repitió, — tengo quehacer. — Y siguió decidido su camino.

Le siguieron un rato, y hasta que no le vieron subir al avión de Bernard y que cerraba la portezuela no cejaron. Y refunfuñando.

—¡Qué mujeres! — dijo, mientras se elevaba el aparato. — ¡Qué mujeres! — meneó la cabeza, frunció el ceño. — ¡Son terribles!

Bernard expresó hipócritamente su asentimiento; pero hubiese desado, mientras decía estas palabras, tener tantas chicas como Helmholtz, y con tan poco esfuerzo. Sintió un apremiante deseo de jactarse.

—Me voy a Nuevo Méjico con Lenina Crowne — dijo con el tono más indiferente que pudo.

—¿De veras? — dijo Helmholtz, sin el menor interés. Después, tras una leve pausa: — Hace una semana o dos — continuó — que he dejado los comités y las chicas. No te puedes imaginar el runrún que se ha armado en la Escuela. A pesar de ello, creo que ha valido la pena. Los efectos... — vaciló — son curiosos, muy curiosos.

Una insuficiencia física puede causar una especie de exceso mental. El proceso parece ser reversible. El exceso mental puede producir, para sus fines, la ceguera y sordera voluntarias de una deliberada soledad, la impotencia artificial del ascetismo.

El resto del corto vuelo transcurrió en silencio. Una vez llegados y tendidos muellemente en los sofás neumáticos del cuarto de Bernard, Helmholtz comenzó de nuevo.

Hablaba muy despacio.

—¿No has sentido nunca — preguntó — tener algo dentro de ti que sólo espera para salir que le des una ocasión? ¿Un exceso de fuerza, comprendes, que no usas, como el agua que se precipita en cascadas en vez de pasar por las turbinas?

Miró a Bernard escrutadoramente.

—¿Quieres decir todas las emociones que se podrían sentir si las cosas fuesen otras?

Helmholtz meneó la cabeza.

—No del todo. Me refiero a una extraña sensación que experimento algunas veces, como si hubiese algo importante que decir y no pudiese expresarlo, pero sin saber lo que es ni poder hacer uso de esa fuerza. Si hubiese algún otro modo de escribir... u otros temas que tratar... — Calló, y luego: — Ya sabes — prosiguió al fin — que tengo bastante facilidad para la invención de frases; ya comprendes lo que quiero decir, palabras de las que hacen dar un respingo como si uno se hubiese sentado sobre un alfiler, tan nuevas e incitantes parecen, aun cuando se refieran a cualquier cosa hipnopédicamente evidente. Pero eso no basta. No basta que sean buenas las frases: lo que se hace también debiera serlo.

—Pero lo que tú haces es bueno, Helmholtz.

—¡Ah! Dentro de su radio de acción, sí. — Helmholtz se encogió de hombros. — Pero ese radio es muy corto. Lo que yo hago no es muy importante que digamos. Tengo el presentimiento de que podría hacer algo mucho mejor. Sí, y más intenso, más violento. Pero ¿qué? ¿Es que hay algo más importante que decir? ¿Cómo puede uno ser violento con temas del género que tiene que tratar? Las palabras, como los rayos X, atraviesan cualquier cosa, si uno las emplea bien. Lees y te sientes traspasado. Esto es una de las cosas que intento enseñar a mis estudiantes: a escribir de forma penetrante. Pero ¿qué cuerno de interés hay en ser traspasado por un artículo acerca de los cantos en común, o del último adelanto en los órganos de perfumes? Pero, además, ¿es posible hacer que las palabras sean realmente penetrantes, algo así como los más potentes rayos X, cuando se tratan temas de esa clase? ¿Puede decirse algo sobre nada? A fin de cuentas, todo viene a parar a esto. Pruebo una y otra vez. . .

—¡Chitón! — dijo de repente Bernard; y levantó un dedo; escucharon. — Creo que hay alguien en la puerta — murmuró.

Helmholtz se levantó, atravesó el cuarto de puntillas y, rápidamente, abrió de par en par la puerta. No había nadie.

—Vaya — dijo Bernard, consciente del ridículo. — Estoy algo nervioso. Cuando todos se muestran recelosos con uno, se vuelve uno también receloso con ellos.

Se restregó los ojos, suspiró; su voz tenía un dejo de pena. Se sinceraba:

—Si supieses cuánto he tenido que aguantar de un tiempo a esta parte — dijo en un tono casi lacrimoso, y el raudal de autocompasión parecía una fuente que se hubiera abierto de repente. — ¡Si supieses!

Helmholtz le oía con cierta sensación de molestia.

—¡Pobre Bernard! — dijo entre sí.

Pero se sentía a la vez algo avergonzado por la conducta de su amigo. Hubiese querido que tuviera algo más de amor propio.

CAPÍTULO V

1

Desde las ocho de la noche la luz era ya escasa. Los altavoces de la torre del Club de Stoke Poges comenzaron a anunciar con una voz atenorada, que parecía sobrenatural, que era la hora de cerrar los campos de golf. Dejaron Lenina y Henry su partida y volvieron al Club. De los campos del Trust de Secreciones Internas y Externas venían los mugidos de los millares de animales que suministraban, con sus hormonas y su leche, las primeras materias a la gran fábrica de Farnham Royal.

Un incesante zumbido de helicópteros llenaba el crepúsculo. Cada dos minutos y medio, una campana y estridentes silbidos anunciaban la salida de uno de los trenes ligeros, monorrieles, que volvían a la capital, desde sus campos separados, a los jugadores de golf de castas inferiores.

Lenina y Henry subieron a su aparato y arrancaron. A doscientos cincuenta metros, disminuyó Henry la velocidad de las hélices del helicóptero y permanecieron suspendidos sobre el paisaje que iba borrándose. El bosque de Burnham Beeches se extendía como una vasta laguna de oscuridad hacia la brillante orilla del cielo occidental. Carmesí en el horizonte, lo postrer del crepúsculo empalidecía hacia lo alto, pasando del anaranjado al amarillo y a un pálido verde acuoso. Al Norte, más allá y por encima de los árboles, la fábrica de Secreciones Internas y Externas lanzaba destellos de cruda luz eléctrica por cada una de las ventanas de sus veinte pisos. Bajo sus ojos se extendían los edificios del Club de Golf, los enormes cuarteles de las castas inferiores, y al otro lado del muro divisorio, las casitas reservadas a los socios Alfas y Betas. Los accesos a la estación del monorriel negreaban por el hormigueo de los de casta inferior. Saliendo de la bóveda de vidrio, un tren iluminado partió hacia el campo abierto. Siguiendo su ruta hacia el Sudeste, a través de la oscura llanura, sus ojos toparon con los majestuosos-edificios del Crematorio de Slough. Para seguridad en los vuelos nocturnos, sus cuatro altas chimeneas estaban iluminadas por reflectores y coronadas por rojas señales de peligro. Constituía un punto de referencia.

—¿Por qué esas torres humeantes tienen alrededor esos como balconcillos? — preguntó Lenina.

—Recuperación del fósforo — explicó Henry telegráficamente. — Durante su recorrido hacia lo alto de la chimenea, sufren los gases cuatro diversos tratamientos. Antiguamente, el P_2O_5 escapaba por completo de la circulación cada vez que una cremación se efectuaba. Hoy en día se le recupera en más de un noventa por ciento. Más de kilo y medio por cuerpo de adulto. Lo que representa unas cuatrocientas toneladas de fósforo anuales, sólo en Inglaterra. — Henry hablaba lleno de orgullo, congratulándose de tal resultado, como si se le debiese a él. — Es hermoso pensar que podemos ser útiles socialmente, aun después de muertos: Haciendo crecer las plantas.

Lenina, sin embargo, había vuelto los ojos, y miraba verticalmente hacia abajo la estación del monorriel.

—Es hermoso — asintió. — Pero es raro que los Alfas y los Betas no hagan crecer más plantas que esos despreciables enanillos Gammas, Deltas y Epsilones que están ahí abajo.

—Todos los hombres son físicoquímicamente iguales — dijo Henry sentenciosamente. — Por otra parte, hasta los Epsilones realizan indispensables servicios.

—Hasta un Épsilon...

Lenina se acordó de pronto.de que, en cierta ocasión, durante su infancia, se despertó de noche y se dió cuenta por primera vez de lo que·significaba el cuchicheo que perturbaba su sueño. Volvió a ver el rayo de luna, la fila de camitas blancas; oyó de nuevo la suave voz que decía (las palabras permanecían en ella inolvidadas, inolvidables, al cabo de tantas repeticiones durante la noche entera): "Cada uno trabaja para todos los demás. No podemos prescindir de nadie. Hasta los Epsilones son útiles. No podemos prescindir de los Epsilones. Cada uno trabaja para todos los demás. No podemos prescindir de nadie...". Recordó Lenina su primer sobresalto de temor y de sorpresa; sus pensamientos durante una media hora de vela; y, luego, bajo el influjo de aquellas interminables repeticiones, su espíritu se fué calmando poco a poco, y el sueño vino suave, dulcemente, como de puntillas...

—Al fin y al cabo, creo que a los Epsilones no les importa nada el ser Epsilones — dijo en voz alta.

—Claro que no les importa. ¿Cómo podría importarles? No saben lo que es ser otra cosa. Nosotros claro que sufriríamos. Pero es que también hemos sido acondicionados de otro modo. Además, tenemos diferente herencia.

—Estoy muy satisfecha de no ser una Épsilon — dijo con convicción Lenina.

—Y si fueses una Épsilon — dijo Henry — tu acondicionamiento te hubiese hecho estar no menos satisfecha de no ser una Beta o una Alfa.

Embragó la hélice propulsora y puso rumbo a Londres. Tras ellos, al Oeste, el carmesí y el naranja se habían casi desvanecido; y un banco de sombrías nubes se amontonaron hacia el cenit. Cuando pasaron sobre el Crematorio, dió el avión un bote vertical en la columna de aire caliente que subía de las chimeneas, y cayó casi de súbito cuando llegó a la inmediata corriente fría y descendente.

—¡Magnífica montaña rusa! — dijo Lenina riendo.

Pero la voz de Henry volvióse, un momento, melancólica.

—¿Sabes lo que era esa montaña rusa? — dijo. — La desaparición final y definitiva de un ser humano. La subida en un chorro de gases calientes. Sería curioso saber si era de un hombre o de una mujer, de un Alfa o de un Épsilon... — Suspiró. Luego, con tono jovial: — En resumidas cuentas — terminó, — una cosa es cierta: sea quien sea, fué feliz mientras vivió. Todo el mundo es feliz ahora.

—Sí, todo el mundo es feliz ahora — dijo Lenina como un eco.

Habían oído repetir estas palabras ciento cincuenta veces cada noche durante doce años.

Aterrizaron en la azotea de la casa de cuarenta pisos, repartida en departamentos aislados, en que vivía Henry, en Westminster, y bajaron directamente al comedor. Allí, entre alegre y ruidosa concurrencia, les sirvieron una excelente comida. Con el café trajeron *soma*, del que Lenina tomó dos tabletas de medio g   y tres Henry. A las nueve y veinte cruzaron la calle para ir al cabaret recién abierto de la Abadía de Westminster. Era una noche casi sin nubes, estrellada y sin luna; pero Lenina y Henry no se dieron cuenta del hecho, deprimente sin duda alguna. Las señales luminosas en el cielo borraban la oscuridad exterior: *Calvin Stopes y sus dieciséis sexofonistas.* Desde la fachada de la nueva Abadía, las gigantescas letras lanzaban destellos invitadores: *El mejor órgano de perfumes y colores de Londres. La música sintética más nueva.*

Entraron. El aire estaba cargado, casi sofocante, saturado de ámbar gris y sándalo. En el acupulado techo de la sala, el órgano de colores acababa de reproducir una puesta de sol tropical. Los dieciséis sexofonistas tocaban una vieja canción muy en boga: *No hay en el mundo un frasquito como tú, frasquito mío.* Cuatrocientas parejas bailaban un *five-step* en la pista encerada. Lenina y Henry fueron pronto la cuatrocientos uno. Gemían los sexófonos, como melosos gatos bajo la luna, y en los registros alto y tenor parecían estar en la agonía. Lleno de una riqueza prodigiosa de armónicos, su trémulo coro subía hacia un clima más sonoro, cada vez más sonoro, hasta que, al fin, con un ademán de mano, el director daba la nota final en un sonoro estrépito de etérea música, que arrastraba fuera de nuestra existencia a los dieciséis músicos meramente humanos. Verdadero trueno en *la bemol mayor.* Y luego, en un semisilencio, en una semipenumbra, seguía una deturgescencia gradual, un *diminuendo* descendente y resbalando por grados, por cuartos de tono, hasta un acorde de dominante débilmente susurrado, que se demoraba aún (mientras que el compás de a cinco por cuatro continuaba latiendo debajo), llenando los oscurecidos segundos de una intensa expectación. Al fin ésta llegó a su término. Y estalló un repentino amanecer y, simultáneamente, los dieciséis entonaron la canción:

> *¡Frasquito mío,*
> *siempre te he deseado!*
> *Frasquito mío,*
> *¿Por qué me han decantado?*
>
> *Siempre era en ti claro el cielo,*
> *siempre era en ti el tiempo bueno.*
> *¡Ay!*
> *No hay en el mundo un frasquito*
> *como tú, frasquito mío.*

Dando vueltas y vueltas bailando el *five-step* con las otras cuatrocientas parejas en la Abadía de Westminster, Lenina y Henry danzaban sin embargo en otro mundo — el mundo cálido y rico de color, el mundo infinitamente benévolo del *soma*. ¡Qué bueno, qué bello, qué deliciosamente divertido era! "¡Fransquito mío, siempre te he deseado...!". Pero Lenina y Henry poseían lo que deseaban... Estaban dentro, en este lugar y en este momento mismo, seguramente cobijados, con aquel buen tiempo y aquel cielo eternamente azul. Y cuando, agotados, dejaron los dieciséis sus sexófones, y el aparato de música sintética se puso a producir lo más nuevo, los lentos *Blues Malthusianos*, habíanse vuelto como dos embriones gemelos, mecidos dulcemente en las olas de un océano de sangre artificial envasada.

"Buenas noches, amigos. Buenas noches, amigos". Los altavoces velaron sus órdenes con una cortesía amable y musical. "Buenas noches, amigos...".

Obedientes, como todos los demás, Lenina y Henry abandonaron la sala. Las deprimentes estrellas habían recorrido un buen trozo de cielo. Pero aun cuando la pantalla de señales al aire libre que separábalas de sus miradas se hubiese atenuado mucho, los dos continuaban en la feliz ignorancia de la noche.

La segunda dosis de *soma*, tomada media hora antes del cierre del local, había alzado un muro impenetrable entre el universo real y sus espíritus. Como envasados cruzaron la calle; envasados tomaron el ascensor para subir a la habitación de Henry en el piso veintiocho. Y, sin embargo, por muy envasada que estuviese, a pesar del segundo gramo de *soma*, Lenina no se olvidó de tomar todas las precauciones anticoncepcionales prescritas por los reglamentos. Años de hipnopedia intensiva y, de los doce a los diecisiete, ejercicios malthusianos tres veces por semana, habían vuelto la práctica de esas precauciones casi automática e inevitable como el parpadeo.

—¡Ay! Ahora me acuerdo — dijo al salir del cuarto

de baño — que Fanny Crowne quería saber dónde compraste esta cartuchera tan bonita, imitación de tafilete verde, que me regalaste.

2

Un jueves sí y otro no, tenía Bernard que asistir a los Oficios de Solidaridad. Después de cenar temprano en el Afroditeo (del que Helmholtz había sido elegido recientemente socio por la aplicación del artículo II del reglamento), se despidió de su amigo y, llamando a un taxi desde la azotea, dijo al conductor que volase a la Cantoría Comunal de Fordson. Elevóse el aparato unos doscientos metros, puso rumbo al Este y, mientras viraba, surgió ante los ojos de Bernard, gigantescamente hermosa, la Cantoría. Iluminada por reflectores, sus trescientos veinte metros de mármol blanco de Carrara artificial brillaban con una nevada incandescencia sobre Ludgate Hill; en cada uno de los cuatro ángulos de su plataforma para helicópteros, una inmensa T escarlata lucía en la noche y veinticuatro enormes trompetas áureas rugían una solemne música sintética.

—¡Diablo! Llego tarde — dijo Bernard, viendo el reloj de la Cantoría.

Y, en efecto, mientras pagaba el taxi dió la hora. "Ford", tronó una formidable voz de bajo en todas las trompetas de oro. "Ford, Ford, Ford...". Nueve veces. Bernard corrió al ascensor.

La gran sala de audiciones para las ceremonias del Día de Ford y otros Cantos generales en Común estaba en la planta baja del edificio. Encima, cien en cada piso, estaban las siete mil cámaras usadas por los Grupos de Solidaridad para celebrar sus oficios quincenales. Bernard descendió al piso 33, cruzó el corredor, detúvose dudando un momento ante la cámara 3,210, y luego, resuelto ya, abrió la puerta y entró.

¡Gracias a Ford!, no era el último. Tres sillas de las doce colocadas en torno a una mesa circular estaban aún vacías. Deslizóse a la más próxima, procurando hacerse notar lo menos posible, y dispúsose a recibir, ceñudo, a los más tardos en llegar conforme fueron entrando.

—¿A qué habéis jugado esta arde? — preguntóle volviéndose hacia él la muchacha que estaba a su izquierda. — ¿Al Golf de Obstáculos o al Electro-Magnético?

Bernard la miró (¡Ford! ¡Morgana Rothschild!), y tuvo que confesar, ruborizándose, que a ninguno de los dos. Morgana le miró pasmada. Hubo un embarazoso silencio.

Después, volvióle intencionadamente la espalda y dirigióse al hombre más deportivo que tenía a su izquierda.

—¡Buen principio de Oficio de Solidaridad! — pensó apenado Bernard, y tuvo el presentimiento de que fracasaría una vez más en sus esfuerzos para realizar la comunión de pensamiento.

¡Si hubiese mirado alrededor en vez de precipitarse sobre la silla más próxima! Hubiese podido sentarse entre Fifí Bradlaugh y Joanna Diesel. En vez de haberse ido a colocar a ojos ciegos junto a Morgana. ¡*Morgana*!, ¡Ford!, cuyas cejas negras — ceja mejor, — pues se juntaban ambas en lo alto de la nariz. ¡Ford! Y a su diestra tenía a Clara Deterding. Cierto que las cejas de Clara no se juntaban. Pero era en verdad *demasiado* neumática. Mientras que Fifí y Joanna eran como convenía: llenitas, rubias, no muy altas... ¡Y el grandullón de Tom Kawaguchi se acababa de sentar entre las dos!

El último en llegar fué Sarojini Engels.

—Llega usted retrasado — le dijo con severidad el Presidente del Grupo. — Que no le vuelva a suceder.

Sarojini se excusó, y sentóse entre Jim Bokanowsky y Herbert Bakunin. El grupo estaba ya completo, perfecto y sin fallas el círculo de solidaridad. Un hombre, una mujer, un hombre, en corro, siempre alternados, alrededor de la mesa. Eran doce prestos a reunirse en uno, esperando acercarse, fundirse, perder en un ser mayor sus doce personalidades distintas.

Alzóse el Presidente, hizo el signo de la T y, poniendo en marcha la música sintética, desató un redoble de tambores suave e infatigable y un coro de intrumentos — casiviento y supercuerda — que repitieron agitados, una y otra vez, la breve y obsesionante melodía del Primer Himno de Solidaridad. Una vez y otra — y no era el oído el que percibía el machacón ritmo, sino el diafragma; el sonido y el retumbo de estas repetidas armonías obsesionaba no sólo la mente, sino las entrañas, llenándolas de compasión.

Hizo el Presidente un nuevo signo de la T y sentóse. Los oficios habían comenzado. Tabletas de *soma* consagradas fueron colocadas en el centro de la mesa de los ágapes. La copa del amor, llena de helado de *soma* con fresas, pasó de mano en mano, y fué libada doce veces con la fórmula: "¡Bebo por mi aniquilamiento!". Después, con acompañamiento de música sintética, se entonó el Primer Himno de Solidaridad:

Doce somos ¡oh, Ford!; reúnenos en uno,
cual diminutas gotas, en el Río Social;
haz que corramos ahora y siempre juntos
raudos como tu cochecillo va.

Doce patéticas estrofas. Y cuando la copa del amor circuló una segunda vez: "Bebo por el Ser Más Grande" fué la fórmula. Todos bebieron. Sonaba, infatigable, la música. Redoblaban los tambores. Los recios y retumbantes sones de las armonías continuaban obsesionantes en las conmovidas entrañas. El Segundo Himno de Solidaridad fué cantado:

¡Oh, ven Tú, Ser Inmenso; ven Tú, Social Amigo;
aniquila a los Doce y en Uno júntalos!
¡Queremos ya morir, pues la muerte es principio
de una vida más grande, sin fin y sin temor!

Doce estrofas de nuevo. Pero ya el *soma* había comenzado a producir sus efectos. Los ojos estaban brillantes y las mejillas rojas; la luz interior de la universal benevolencia desbordaba de cada faz en felices y amistosas sonrisas. Hasta Bernard se sintió un poco conmovido; cuando Morgana Rothschild volvióse a él con una sonrisa radiante, hizo cuanto pudo por corresponderla. Pero la ceja, aquella negra dos-en--una, estaba, ¡ay!, siempre allí; Bernard no podía dejar de verla, no podía, por más esfuerzos que hiciese. Su enternecimiento no había sido lo suficientemente profundo. Quizá si se hubiese sentado entre Fifí y Joanna... Por tercera vez corrió la copa del amor. "Bebo por la inminencia de Su Venida", dijo Morgana Rothschild, a quien correspondía esta vez iniciar el rito circular. Su voz era sonora, exaltada. Bebió y pasó la copa a Bernard. "Bebo por la inminencia de Su Venida", repitió éste, haciendo un sincero esfuerzo por sentir que la Venida era inminente; pero la ceja continuó obsesionándole, y la Venida, en lo que a él le atañía, estaba horriblemente lejos. Bebió y entregó la copa a Clara Deterding. "Fracasaré esta vez también —se dijo —, lo sé". Pero siguió haciendo cuanto podía para tener una sonrisa radiante.

La copa del amor había terminado su periplo. Alzando la mano, hizo un signo el Presidente, y el coro entonó el Tercer Himno de Solidaridad:

¡Mirad cómo a vosotros desciende ya el Gran Ser!
Y arrullados por música de sonoro tambor,
en Él regocijaos, y morid de placer,
porque yo soy vosotros y vosotros sois yo.

Conforme sucedíanse los versos, las voces vibraban con una excitación cada vez más intensa. El sentimiento de la inminencia de la Venida era como una tensión eléctrica en el ambiente. Interrumpió el Presidente la música, y con la postrera nota de la última estrofa hubo un absoluto silencio, el silencio tenso, estremecido y calofriante de una vida galvánica. El Presidente extendió su mano, y súbitamente una Voz, una profunda y recia voz, más musical que cualquier voz meramente humana, más rica, más cálida, más vibrante de amor, de ansioso deseo, de compasión; una voz maravillosa, misteriosa, sobrenatural, les habló desde lo alto. Muy lentamente: "¡Oh, Ford, Ford, Ford!", dijo atenuándose y descendiendo de tono. Una sensación de suave calor se extendía desde el plexo solar a las extremidades de los oyentes; brotáronles lágrimas; parecía que sus corazones y sus entrañas se movían en ellos cual si gozaran de una vida independiente. "¡Ford!". Se derretían. "¡Ford!". Ya estaban derretidos. Después, en otro tono, inopinada y con sobresalto: "¡Escuchad!", tronó la Voz. "¡Escuchad!". Y tras una pausa, que se volvió casi murmullo, pero murmullo inconcebiblemente más penetrante que el grito más agudo: "Los pies del Gran Ser", dijo, y volvió a repetir: "Los pies del Gran Ser". El murmullo expiraba casi. "Los pies del Gran Ser están en la escalera". Y de nuevo un silencio; y la espera, que se había de momento relajado, hízose tensa de nuevo, cual una cuerda que se templa; más tensa, más tensa cada vez, hasta casi romperla. Los pies del Gran Ser, oíanlos, ¡ay!, oíanlos bajando quedamente los peldaños, acercándose cada vez más a medida que bajaban la invisible escalera. Y súbitamente rompióse la cuerda. Los ojos desorbitados, los labios abiertos, Morgana Rothschild alzóse de un salto.

—¡Le oigo — gritó, — le oigo!

—¡Ya llega! — gritó Sarojini Engels.

—¡Sí, ya llega, le oigo!

Fifí Bradlaugh y Tom Kawaguchi se levantaron simultáneamente.

—¡Oh, oh, oh! — dijo Joanna en inarticulado testimonio.

—¡Ya llega! — aulló Jim Bokanowsky.

Inclinóse el Presidente hacia adelante, y frotando con su mano, desató un delirio de címbalos e instrumentos de metal, una fiebre de martilleos en tantanes.

—¡Ah, ya llega! — vociferó Clara Deterding. — ¡Sí...!

Y fué lo mismo que si le cortasen el pescuezo.

Comprendiendo que ya era tiempo de que él hiciese algo, Bernard se puso en pie de un salto y gritó:

—¡Le oigo! ¡Ya llega!

Pero no era verdad. No oía nada, y, para él, no llegaba nadie. Nadie, a pesar de la música, a pesar de la sobreexcitación creciente. Pero braceó y gritó como los que más; y cuando empezaron a rebullirse y a zapatear y a arrastrar los pies, también él rebulló, zapateó y arrastró los pies.

Dieron la vuelta a la habitación, circular procesión de danzantes, cada uno con las manos en las caderas del danzante que le precedía; dieron vueltas y vueltas, gritando al unísono y golpeando con los pies al ritmo de la música, llevando el compás golpeando reciamente con sus manos en las nalgas que estaban delante de ellos; doce pares de manos golpeando como una sola; doce pares de nalgas resonando macizamente. Doce en uno, doce en uno. "Le oigo, le oigo, ya llega". La música aceleró el ritmo; los pies golpearon más aprisa, más aprisa aún caían las manos rítimicas. Y de pronto, una potente voz sintética de bajo tronó las palabras que anunciaban el sacrificio final, la final consumación de la solidaridad, la venida del Doce en Uno, la encarnación del Gran Ser. "Orgía Latria" (1) cantó mientras los tantanes continuaban su febril tamborileo:

(1) *Orgy-porgy* en el original, que se traduce por Orgía Latria, por tener sentido lógico y onomatopéyico semejante. — (N del T.).

Orgía Latria, Ford y zambra,
besa a las chicas y hazte uno con ellas.
¡Muchachos. uníos en paz con las chicas,
que la Orgía Latria os alegra!

"Orgía Latria . . .". Los danzantes repitieron el litúrgico estribillo: "Orgía Latria, Ford y zambra, besa a las chicas . . .". Y mientras cantaban, comenzaron las luces a extinguirse lentamente, a extinguirse y a hacerse al mismo tiempo más ardientes, más jugosas, más rojas, hasta que al fin halláronse danzando en la penumbra escarlata del Depósito de Embriones. "Orgía Latria". En la oscuridad fetal color de sangre, siguieron algún tiempo los danzantes dando vueltas, y a golpear, a golpear interminablemente, siguiendo el ritmo incabable. "Orgía Latria . . .". Después el corro osciló, rompióse, cayó en parcial desintegración sobre los divanes dispuestos a la redonda — círculo rodeando a otro círculo — en torno de la mesa y sus sillas planetarias. "Orgía Latria . . .". Tiernamente, la profunda Voz arrullaba y zureaba; parecía como si, en la roja penumbra, una enorme paloma negra se cerniese benéfica sobre los danzantes, tendidos ahora panza abajo y panza arriba.

* * *

Estaban de pie en la azotea; acaba el reloj de dar las doce. La noche era serena y tibia.

—¿Verdad que ha sido prodigioso? — dijo Fifí Bradlaugh. — ¿Verdad que ha sido sencillamente prodigioso?

Miraba a Bernard con expresión de arrobo, pero de un arrobo en que no hubiese vestigios de inquietud o excitación — pues estar excitado es estar insatisfecho. Era el suyo el éxtasis tranquilo de la perfección lograda, de la paz, no sólo de la vacua y mera saciedad de la nada, sino de la vida ponderada, de las energías en reposo o en equilibrio. Una paz rica y viviente. Pues los Oficios de Solidaridad daban tanto como quitaban, extraían sólo para rehenchir. Sentíase llena, perfecta, era algo más que simplemente ella misma.

—¿No le ha parecido prodigioso? — insistió, mirando cara a cara a Bernard con ojos que brillaban con un fulgor sobrenatural.

—Sí, realmente, me ha parecido prodigioso — dijo, mintiendo, y apartó los ojos.

La visión de su rostro transfigurado era a la par una acusación y un irónico recordatorio de su aislamiento. Sentíase tan desgraciado y solo ahora como al comenzar los oficios; más aislado, si cabe, a causa del vacío que jamás podría ser colmado en él, a causa de su inerte saciedad. Aparte, y en desacuerdo, mientras que los demás fundíanse con el Gran Ser; solo hasta en los brazos de Morgana, mucho más solo aún, en verdad, más irremediablemente él mismo que nunca lo fuera en toda su vida. Había salido de aquella penumbra escarlata al vulgar brillo de la luz eléctrica, con un sentimiento del yo que le hacía pasar las penas de la agonía. Era inmensamente desgraciado, y quizá (aquellos brillantes ojos le acusaban), quizá fuese por su culpa.

—Sencillamente prodigioso — repitió. Pero sólo podía pensar en la ceja de Morgana.

CAPÍTULO VI

I

—Absurdo, sencillamente absurdo — tal era el juicio de Lenina sobre Bernard.

Tan absurdo, que en las semanas siguientes se había preguntado más de una vez si no sería mejor desistir de sus vacaciones en Nuevo Méjico e irse al Polo Norte con Benito Hoover. Lo malo es que ya conocía el Polo Norte: había estado allí con George Edzel el verano último, y lo encontró bastante aburrido. Ningún sitio a donde ir, y el hotel muy anticuado: sin televisión en las habitaciones, ni órganos de perfumes: sólo la más ramplona de las músicas sintéticas y veinticinco canchas de Pelota-Escalator para más de doscientos huéspedes. No, decididamente, no soportaba otra vez el Polo Norte. Además, no había estado más de una vez en América. Y muy poco tiempo. Un módico fin de semana en Nueva York — ¿con Jean-Jacques Habibullah o con Bokanovsky Jones? No se acordaba ni tenía importancia alguna. La idea de volar de nuevo rumbo al Oeste y permanecer allí una semana completa era muy tentadora. Además, pasaría cuando menos tres días en la Reserva de Salvajes. Sólo una media docena de personas en todo el Centro habían visitado una Reserva de Salvajes. Por ser un psicólogo Alfa-Más, era Bernard uno de los pocos hombres conocidos suyos que tuviesen derecho a un permiso especial. Era, pues, una ocasión única para Lenina. Y sin embargo, tan únicas también eran las rarezas de Bernard, que había dudado de aprovecharla y pensado hasta en aventurarse de nuevo al Polo con el bueno de Benito, tan jovial siempre. Al fin y al cabo Benito era normal. Mientras que Bernard...

"Es el alcohol de su sangre artificial" — era la explicación de Fanny para todas sus excentricidades. Pero Henry, con quien, una noche que estaban juntos en la cama, había Lenina, un poco inquieta, tratado del carácter de su nuevo amante, Henry había comparado al pobre Bernard con un rinoceronte.

—No se puede domesticar a un rinoceronte — le había dicho con su estilo breve y recio. — Hay hombres casi como rinocerontes; no reaccionan como corresponde al acondicionamiento. ¡Pobres diablos! Bernard es uno de ellos. Por suerte suya, sabe bien su oficio. De no ser por esto, el Director le hubiese plantado en la calle. Sin embargo — agregó consoladoramente — me parece bastante inofensivo.

Bastante inofensivo, quizá; pero también bastante inquietante. Lo primero, esa manía de hacer las cosas en privado. Lo que, en la práctica, se traducía en no hacer nada. Pues ¿qué era lo que uno podía hacer en la intimidad? (Aparte, naturalmente, de irse a la cama; pero esto no se va a estar haciendo todo el día). Sí, ¿qué más? Poca cosa. La primera tarde que salieron juntos hacía un tiempo muy hermoso. Lenina propuso nadar un rato en Torquay Country Club y cenar luego en el Oxford Union. Pero Bernard creía que había demasiada gente. Bueno, ¿y qué tal una vuelta de Golf Electromagnético en Saint Andrews? Un nuevo *no*: Bernard creía que jugar al Golf Electromagnético era perder el tiempo.

—Entonces, ¿para qué sirve el tiempo? — preguntó asombrada Lenina.

Por lo visto, para paseos por la Región de los Lagos.

pues esto fué lo que propuso entonces. Aterrizar en la cima del Skiddaw y andar un par de horas entre los brezales.

—Y solo contigo, Lenina.

—Pero, Bernard, si estaremos solos toda la noche. . .

Bernard se puso colorado y apartó los ojos.

—Quería decir solos para hablar — balbuceó.

—¿Hablar? Pero. ¿de qué?

Andar y hablar le parecía un modo muy absurdo de perder un día.

Al fin le convenció, muy a su pesar, de volar hasta Amsterdam para ver los cuartos de final del Campeonato femenino de lucha (pesos pesados).

—Estará lleno de gente — gruñó —como siempre.

Estuvo tercamente enfadado toda la noche; no quiso hablar con las amigas de Lenina (que encontraron a docenas en el bar donde despachaban helados de *soma* en los intervalos de las luchas); y, a pesar de su mal humor, rehusó decididamente tomar el medio gramo de *sundae* de frambuesa que ella se empeñaba en hacerle beber.

—Prefiero ser yo mismo — dijo, — yo mismo y amargado. Y no otro y alegre.

—"Un gramo a tiempo, te pone contento" — dijo Lenina, ofreciéndole una de las maravillas que se enseñaban durante el sueño.

Bernard rechazó impaciente el vaso que le ofrecía.

—No te enfades, vaya — díjole ella —; acuérdate: "Con un centímetro cúbico se curan diez pasiones".

—¡Cállate, por el amor de Ford! — gritó él.

Lenina se encogió de hombros.

—Un gramo vale más que un terno — dijo con dignidad, y se bebió el *sundae*.

Cuando volaban, de regreso, sobre el Canal, se empeñó Bernard en parar la hélice propulsora y permanecer sostenido por las hélices del helicóptero a menos de treinta metros sobre las olas. El tiempo era malo;

corría, recio, el Sudoeste y el cielo estaba anubarrado.

—Mira — ordenó.

—¡Qué espantoso! — dijo Lenina, apartándose con horror de la ventanilla. Estaba aterrorizada por el invasor vacío de la noche, por las negras olas espumeantes que saltaban bajo ellos, por la pálida faz de la Luna, tan huraña y atormentada por las fugitivas nubes.

—¡Abre la radio, pronto!

Extendió la mano hacia el botón y dióle vueltas al azar.

—"...siempre era en ti claro el cielo — cantaron en trémolo dieciséis voces en falsete, — siempre era en ti el tiempo bueno".

Luego, un hipo, y silencio. Bernard había cortado la corriente.

—Me gusta contemplar en paz el mar — dijo. —No se puede ni mirar con esa musiquilla en los oídos.

—Pero ¡si es deliciosa! Y, además, yo no quiero mirar.

—Pero yo sí — insistió él. — Esto me da la sensación... — dudó, buscando palabras para expresarse. —...la sensación de ser aún *más* yo mismo, no sé si comprenderás lo que quiero decir. Más yo mismo, no tan por completo parte de otra cosa. No sólo una célula del cuerpo social. ¿No te lo hace sentir a ti, Lenina?

Pero Lenina lloraba.

—Es espantoso, es espantoso — repetía continuamente. — Y ¿cómo puedes hablar así de tu deseo de no ser una parte del cuerpo social? "Todos trabajamos para todos. No podemos prescindir de nadie. Hasta los Epsilones...".

—Sí, ya lo sé — dijo Bernard sarcásticamente. — "¡Hasta los Epsilones son útiles!". También yo lo soy. Pero te juro que daría algo por no servir para nada.

Lenina se escandalizó de tal blasfemia.

—¡Bernard! — protestó con voz triste y llena de pasmo. — ¿Cómo puedes hablar así?

Cambiando de tono, Bernard repitió pensativo:

—¿Qué cómo puedo? No, el verdadero problema es: ¿Por qué no puedo?, o, mejor — pues, a fin de cuentas sé muy bien por qué no puedo — ¿qué es lo que experimentaría si pudiese, si fuese libre, si yo no estuviese esclavizado por mi acondicionamiento?

—¡Qué cosas más horribles, estás diciendo, Bernard!

—¿Tú no sientes el deseo de ser libre, Lenina?

—No entiendo lo que dices. Ya soy libre. Libre de gozar de este tiempo, el mejor de los tiempos. "Todos somos felices ahora".

Bernard se echó a reír.

—Sí. "Todos somos felices ahora", comenzamos a decirles a los niños a los cinco años. Pero, ¿tú no querrías ser libre, ser feliz de otro modo, Lenina? De un modo personal; no como todos los demás...

—No entiendo lo que dices — repitió ella.

Luego, volviéndose a él:

—¡Regresemos, Bernard — suplicó, — no quiero estar aquí!

—¿Es que no te gusta estar conmigo?

—¡Ni que decir tiene, Bernard! Es este horrible sitio.

—Yo creía que aquí estaríamos más... más *juntos*, con sólo el mar y la Luna. Más juntos que entre la multitud, y hasta que en mi casa. ¿No lo comprendes?

—Yo no comprendo nada — dijo resuelta, decidida a conservar intacta su incomprensión. — Nada. Y menos aún — continuó cambiando de tono, — por qué no tomas *soma* cuando te vienen esas horribles ideas. Las olvidarías por completo, y en vez de creerte desgraciado estarías lleno de alegría. ¡Tan lleno de alegría!... — repitió, sonriendo a pesar de la inquietud que se asomaba a sus ojos, de un modo que quería ser pícaro y voluptuoso.

Miróla en silencio, frío y grave, intensamente. Al cabo de unos segundos, los ojos de Lenina miraron a otra parte: lanzó una risilla nerviosa; quiso decir algo y no supo qué. Se prolongó el silencio.

Cuando al fin habló Bernard, hízolo con un hilo de voz, lleno de cansancio.

—Bueno, volvámonos.

Y pisando a fondo el acelerador, lanzó su aparato de un salto hacia el cielo, y a mil trescientos metros de altura puso en marcha la hélice propulsora. Durante un par de minutos volaron en silencio. Entonces Bernard rompió súbitamente a reír.

"Un poco forzado", pensó Lenina, pero al fin se reía.

—¿Se te pasa? — se arriesgó a preguntar.

Por toda respuesta, soltando una de las palancas de mando, rodeóla el talle y empezó a acariciarle los senos.

"¡Gracias a Ford! — pensó ella —, ¡ya está en sus cabales!"

Media hora más tarde entraban en casa de Bernard, quien se tragó de golpe cuatro tabletas de *soma*, abrió la radio y la televisión y empezó a desnudarse.

—Bueno — le preguntó Lenina, con intencionada picardía, cuando volvieron a verse al siguiente día por la tarde en la azotea. — ¿Qué te parece, nos divertimos mucho ayer?

Bernard asintió con un movimiento de cabeza. Subieron al avión. Una pequeña sacudida, y salieron.

—Todos me dicen que soy muy neumática — dijo Lenina reflexivamente, palmoteándose las piernas.

—Mucho.

Pero tenía una expresión dolorosa en los ojos.

"Como un pedazo de carne" — pensó.

Le miró con cierta ansiedad.

—¿No me encuentras un poco gordita?

Negó con la cabeza. "Como un pedazo de carne".

—¿Me encuentras bien?

Afirmación de igual género.

—¿En todo?

—Perfecta — dijo él en voz alta.

E interiormente:

"También se lo cree ella, y no le importa ser sólo un pedazo de carne".

Lenina sonrió triunfalmente. Pero su satisfacción era prematura.

—Así y todo — continuó él tras de una corta pausa — hubiese querido que lo nuestro terminara de otro modo.

—¿De otro modo? ¿Es que era posible otro modo...?

—Hubiese querido que no terminara acostándonos — especificó él.

Lenina estaba asombrada.

—No tan aprisa, no el primer día.

—Bueno, ¿pero entonces qué...?

Le empezó a decir un montón de absurdos incomprensibles y peligrosos. Lenina hizo cuanto pudo por taparse los oídos de su alma; pero no podía remediar que de cuando en cuando una frase se obstinara en ser oída:

—...para probar el efecto producido al reprimir mis impulsos — oyóle decir.

Tales palabras parecieron apretar un resorte de su mente.

—"Nunca dejéis para mañana el placer que podáis gozar hoy" — dijo con gravedad.

—Doscientas repeticiones, dos veces por semana, de los catorce a los dieciséis años y medio — fué todo el comentario de Bernard.

Y seguía divagando.

—Querría saber lo que es pasión — oyóle decir. — Quiero sentir algo fuertemente.

—"Cuando el individuo siente, comunidad en peligro" — dijo Lenina.

—Bueno, ¿y por qué no puede peligrar un poco?

—¡Bernard!

Pero Bernard seguía tan fresco.

—Intelectualmente y durante las horas de trabajo,

adultos — siguió. — En cuanto a sentimientos y deseos, niños.

—Nuestro Ford amaba a los niños.

Haciéndose el desentendido:

—Se me ocurrió súbitamente el otro día — siguió Bernard — que se podría ser adulto en todo.

—No te entiendo.

El tono de Lenina era firme.

—De sobra lo sé. Y por eso nos acostamos juntos ayer, como niños, en vez de ser adultos y esperar.

—Pero resultó muy divertido — insistió Lenina. — ¿No es cierto?

—¡Oh, divertidísimo! — respondió él; pero con voz tan sombría, con una expresión tan profundamente desgraciada, que Lenina sintió que de repente se evaporaba todo su triunfo. Quizá la hubiese encontrado demasiado gordita, a pesar de todo.

—Ya te lo dije — se limitó a responder Fanny a las confidencias de Lenina. — Es el alcohol de su sangre artificial.

—No me importa — insistió Lenina. — Me gusta. Sus manos son preciosas. Y el modo que tiene de mover los hombros, muy atrayente.

Suspiró.

—Pero querría que no fuese tan raro.

II

Deteniéndose un momento a la puerta del despacho del Director, hizo Bernard una aspiración profunda y sacó el pecho, preparándose a afrontar el desagrado y desaprobación que de seguro encontraría. Dió con los nudillos y entró.

—Vengo a pedirle que apruebe esta autorización — dijo con el tono más indiferente posible, y dejó el papel sobre la mesa.

El Director lanzóle una mirada agria. Pero el papel llevaba el membrete de la Oficina del Inspector Mundial, y la firma de Mustafá Mond, franca y negra, al pie. Todo estaba en regla. El Director no tenía dónde cogerse. Puso con lápiz sus iniciales — dos letrillas pálidas, acurrucadas, al pie de Mustafá Mond — y ya iba a devolver el papel sin comentario alguno, cuando sus ojos se fijaron en algo del permiso.

—¿Para la Reserva de Nuevo Méjico? — dijo, y su tono, y el rostro que alzó hacia Bernard, mostraron inquietud y pasmo.

Sorprendido de su sorpresa, Bernard afirmó con un movimiento de cabeza. Siguió un silencio.

El Director se echó atrás en su silla, frunciendo el ceño. .

—¿Cuánto tiempo hace ya? — dijo hablando consigo mismo más que con Bernard. — Veinte años, creo. Veinticinco, más bien. Debía de tener la edad de usted.

Suspiró y movió la cabeza.

Bernard sintióse muy molesto. ¡Un hombre que guardaba tanto las conveniencias, tan escrupulosamente correcto como el Director, cometer incongruencia semejante! Sintió deseos de taparse la cara, de salir corriendo del despacho. No porque viese nada de intrínsecamente reprobable en que las personas hablasen de su remoto pasado; eso era uno de tantos prejuicios hipnopédicos de los que (tal creía él) habíase librado. Lo que le asustaba era que sabía muy bien que el Director lo desaprobaba, y que desaprobándolo y todo, había sido arrastrado a realizar lo prohibido. ¿Por qué fuerza interior? Aunque molesto, Bernard escuchaba con ávida curiosidad.

—Tuve su misma idea — decía el Director. — Quise ver a los salvajes. Conseguí una autorización para Nuevo Méjico, y fuí a pasar allí mis vacaciones estivales. Con la chica que tenía por aquel entonces, una Beta-Menos, y creo (cerró los ojos) que tenía el pelo rubio. De todas suertes, era neumática, particularmente neumática; de esto me acuerdo bien. Nos fuimos para allá, vimos a los salvajes, nos paseamos a caballo y todo lo demás. Y entonces — era casi el último día de mi permiso — entonces... ¡en fin! se perdió. Habíamos subido a caballo una de aquellas endiabladas montañas y hacía un calor horrible y pesado; tras la comida nos dormimos. Yo, al menos, me dormí. Ella debió de ir a dar una vuelta sola. Sea lo que quiera, cuando me desperté no estaba allí. Y la más horrorosa tormenta que he conocido comenzó a descargar sobre nosotros. Llovía a mares, tronaba, relampagueaba; y los caballos rompieron las bridas y escaparon; me caí, queriéndolos coger, y me hice daño en la rodilla, hasta el punto de que apenas podía andar. No obstante, busqué por todos lados, grité, volví a buscar. No encontré rastro de ella. Pensé entonces que se había vuelto a la hospedería. Me arrastré hacia el valle, por el mismo camino por donde habíamos venido. Dolíame terriblemente la rodilla, y había perdido mi *soma*. Tardé varias horas. No llegué a la hospedería hasta medianoche. No estaba allí..., no estaba — repitió el Director.

Siguió un silencio.

—Bien — prosiguió al fin — a la mañana hice nuevas pesquisas. Pero no logramos encontrarla. Debía de haberse caído en un barranco, o de ser devorada por algún león de las montañas. ¡Ford lo sabe! Sea como quiera, fué algo horrible. Me dejó anonadado. Más de lo debido, sin duda. Porque, a fin de cuentas, es un accidente que le habría podido ocurrir a cualquiera; y, además, el cuerpo social perdura aunque sus células componentes puedan cambiar. Pero esta consolación hipnopédica no me pareció muy eficaz.

Meneó la cabeza.

—Aún ahora, sueño a veces — siguió el Director, con voz más baja, — sueño que me despierto con los truenos y me encuentro con que ella no está, sueño que la busco una y otra vez entre los árboles.

Y cayó en el silencio de los recuerdos.

—Debió de causarle a usted una impresión terrible — dijo Bernard, casi con envidia.

Al oír la voz, recordó el Director con sobresalto dónde estaba; lanzó a Bernard una mirada y, apartando los ojos enrojeció malhumorado; le miró otra vez, súbitamente desconfiado, celoso de su dignidad.

—No crea — dijo —que sostuviese con aquella chica relaciones indecorosas. Nada emocional, nada muy duradero. Todo perfectamente sano y normal.

Tendió a Bernard el permiso.

—Realmente, no sé por qué le he cansado con esta trivial anécdota.

Furioso consigo mismo por haber revelado un bochornoso secreto, echó su cólera sobre Bernard. El mirar de sus ojos era ahora francamente malévolo.

—Quiero aprovechar esta oportunidad, señor Marx — siguió, — para decirle que no estoy del todo satisfecho de los informes que recibo acerca de su conducta en las horas después del trabajo. Quizá diga usted que eso no me interesa. Pero sí me interesa, y mucho. Tengo que velar por el buen nombre del Centro. Es preciso que mis trabajadores estén a cubierto de cualquier censura, particularmente los de las castas superiores. Los Alfas están acondicionados de tal suerte, que no *están* obligados a ser infantiles en su conducta emotiva. Pero esto es una razón demás para que hagan un especial esfuerzo para adaptarse. Su deber es ser infantiles, aun contra su inclinación. Y así, señor Marx, se lo advierto por su bien.

La voz del Director vibraba con una indignación que habíase vuelto austera e impersonal, y era la expresión de la desaprobación de la Sociedad misma.

—Si me informan de nuevo de cualquier falta de usted en lo que se refiere a las normas del decoro infantil, pediré su traslado a un subcentro de Islandia. Buenos días.

Y dándose vuelta en su silla giratoria, cogió la pluma y se puso a escribir.

"Esto le servirá de lección", dijo para sí.

Mas se engañaba, pues Bernard salió del despacho lleno de triunfal orgullo, cerrando de golpe la puerta, pensando que él solo hacía frente a todo el orden de cosas establecido; exaltado por la embriagadora conciencia de su significación e importancia individual. La idea de la persecución no sólo le dejaba impávido, sino que obraba como un tónico más bien que como un deprimente. Sentíase lo suficientemente fuerte para afrontar y vencer a las calamidades; lo suficientemente fuerte para afrontar hasta a Islandia. Y esta confianza era tanto más fuerte, cuanto que no creía tener que afrontar nada. No se trasladaba tan fácilmente a las personas por motivos de esta índole. Islandia era sólo una amenaza. Una amenaza para estimularle y vivificarle. Iba silbando corredor adelante.

A la tarde hizo un relato heroico de su entrevista con el D. I. A.

"Tras lo cual — terminaba — le he dicho claramente que se fuese al Pasado Sin Fondo y me he salido del despacho. Y se acabó."

Miró expectativamente a Helmholtz Watson, esperando una recompensa de simpatía, ánimos, admiración. Pero ni una palabra. Helmholtz siguió sentado en silencio, mirando al suelo.

Quería a Bernard; le agradecía el ser el único hombre entre sus conocidos con quien se podía hablar de los temas que él creía importantes. Había, sn embargo, en Bernard cosas que le cargaban. La jactancia, por ejemplo. Y las explosiones de propia conmiseración con que alternaba. Y esa deplorable costumbre que tenía de ser valiente *a posteriori*, lleno — pasado el lance — de la más extraordinaria presencia de espíritu. Detestaba todo esto, precisamente porque quería a Bernard.

Pasaba el tiempo. Helmholtz seguía mirando al suelo. Y de repente Bernard se avergonzó y desvió su mirada.

III

El viaje efectuóse casi sin incidente. El Cohete Azul del Pacífico llegó a Nueva Orleans con dos minutos y medio de adelanto, perdió luego cuatro minutos a causa de un tornado sobre Tejas, pero encontró una corriente de aire favorable en los 95 grados de longitud Oeste, y pudo aterrizar en Santa Fe con menos de cuarenta segundos de retraso con la hora del horario.

—Cuarenta segundos en un vuelo de seis horas y media, no está mal — concedió Lenina.

Durmieron aquella noche en Santa Fe. El hotel era excelente, incomparablemente mejor pongo por caso, que aquel horrible Aurora Boreal Palace que Lenina había padecido el verano último. Aire líquido, televisión, vibromasaje por el vacío, radio, cafeína en infusión, preservativos calientes y perfumes de ocho diversas clases estaban instalados en cada habitación. El aparato de música sintética se hallaba funcionando en el momento en que entraban en el *hall*, y no dejaba nada que desear. Un anuncio en el ascensor advertía que había en el hotel sesenta canchas de Pelota-Escalator a raqueta, y que el golf con obstáculos y el electromagnético podían jugarse en el parque.

— ¡Pero esto es sencillamente magnífico! — exclamó Lenina. — Casi querría que pudiésemos quedarnos aquí. ¡Sesenta canchas de Pelota-Escalator!...

—No las habrá en la Reserva — díjole Bernard, a guisa de advertencia. — Ni perfumes, ni televisión, ni siquiera agua caliente. Si crees que no lo podrás soportar, quédate aquí hasta mi vuelta.

Lenina casi se ofendió.

—Claro es que puedo soportarlo. Si he dicho que esto era muy agradable, ha sido porque... bueno, porque el progreso es muy agradable, ¿no es así?

—Quinientas repeticiones, una vez por semana, desde los trece a los dieciséis años — dijo cansado Bernard, como si hablase consigo mismo.

—¿Qué dices?

—Digo que el progreso es muy agradable. Y precisamente por eso no debes ir a la Reserva si no tienes muchas ganas.

—Pero si las tengo...

—Muy bien, entonces — dijo Bernard; y parecía casi una amenaza.

Su permiso debía ser refrendado por el encargado de la Reserva, en cuya oficina se presentaron a la mañana siguiente. Un ujier negro, Épsilon-Más, pasó la tarjeta de Bernard, quien fué recibido casi inmediatamente.

El encargado era un rubio y braquicéfalo Alfa-Menos, bajo, colorado, de cara redonda y anchas espaldas, con una voz fuerte y sonora muy a propósito para la repetición de máximas hipnopédicas. Era una cantera de informes inútiles y de buenos consejos no pedidos. En cuanto se arrancaba, seguía y seguía con su voz tonante.

—... quinientos sesenta mil kilómetros cuadrados, divididos en cuatro subreservas, rodeadas cada una de una tela metálica, por la que circula corriente eléctrica de alta tensión...

En este momento, y sin aparente razón, de repente se acordó Bernard de que había dejado abierto el grifo del agua de Colonia de su cuarto de baño.

—... de alta tensión, procedente de la estación hidroeléctrica del Gran Cañón.

"Me costará una fortuna de aquí a que vuelva".

Con los ojos del alma veía Bernard la aguja del contador de perfume dar vueltas y vueltas en la esfera, como una hormiga, infatigablemente.

"Telefonearé, urgente, a Helmholtz Watson".

—... más cinco mil kilómet.os de tela metálica a sesenta mil voltios.

—¿De veras? — dijo Lenina atentamente, no sabiendo ni por asomo lo que el encargado había dicho, pero amoldando su respuesta a su teatral pausa.

Cuando el encargado se puso a perorar con voz tonante, tomó discretamente medio gramo de *soma*, a resultas de lo cual podía estar allí, serena, sin oír ni pensar en nada, pero con sus grandes ojos azules fijos en el rostro del encargado con una expresión de profunda atención.

—Tocar la cerca es la muerte instantánea — dijo solemnemente el encargado. — No hay quien se escape de una Reserva de Salvajes.

La palabra "escape" era una evocación.

—Quizá — dijo Bernard, medio levantándose — convendría pensar en despedirnos.

La manecilla negra corría como un insecto, royendo el tiempo, royendo su dinero.

—No hay quien se escape — repitió el encargado, haciéndole sentar de nuevo con un ademán de su mano; y como el permiso no estaba aún contrasignado, no tuvo Bernard otro remedio que obedecer.

—Los que nacen en la Reserva, no lo olvide, señorita — añadió mirando lúbricamente a Lenina, y con un incorrecto cuchicheo, — no olvide que en la Reserva *nacen* aún hoy los niños, aunque parezca absurdo e irritante...

Esperaba que su alusión a tema tan escabroso haría ruborizar a Lenina; pero ella sonrió sólo con una simulada comprensión y dijo:

—¿De veras?

Decepcionado el hombre, repitió:

—Los que nacen, digo, en la Reserva están destinados a morir allí.

"Destinados a morir allí... Un decilitro de agua de Colonia por minuto. Seis litros por hora".

—Quizá — probó Bernard de nuevo — convendría...

Echándose hacia adelante, golpeó el Encargado la mesa con su índice.

—Me preguntarán ustedes cuánta gente vive en la Reserva. Y les respondo — triunfalmente, — y les respondo que no lo sabemos. No es posible hacer un cálculo exacto.

—¿De veras?

—De veras, señorita.

Seis veces veinticuatro... no, más aproximado seis veces treinta y seis. Bernard estaba pálido y tembloroso de impaciencia. Pero el bramido continuaba inexorable.

—...unos sesenta mil indios y mestizos... absolutamente salvajes... Nuestros inspectores los visitan de tiempo en tiempo... Aparte de esto, ninguna otra comunicación tienen con el mundo civilizado... Conservan aún sus repulsivos usos y costumbres... El matrimonio, si usted sabe lo que esto significa, señorita: la familia... Nada de acondicionamiento... montruosas supersticiones... Cristianismo, toteísmo, culto de los antepasados... Lenguas muertas como el zuñi, el español, el athapascán... pumas, puerco-espines y otros animales feroces... enfermedades contagiosas... Sacerdotes... Lagartos venenosos...

—¿De veras?

Habían logrado escapar al fin. Bernard lanzóse sobre el teléfono. Aprisa, aprisa; pero necesitó casi tres minutos para comunicar con Helmholtz Watson.

—¡Parece que estamos ya entre los salvajes! — lamentóse. — ¡Qué incompetencia!

—Toma un gramo de *soma* — sugirió Lenina.

Rehusó, prefiriendo su cólera. Por fin, gracias a Ford, se pudo entender; sí, era Helmholtz; Helmholtz, a quien le explicó lo que le había ocurrido y que prometió ir en seguida a su casa y cerrar la llave, y que aprovechó la ocasión para contarle que el D. I. A. había dicho en público, la noche anterior . . .

—¿Qué? ¿Busca otro para reemplazarme? — la voz de Bernard era angustiosa. — Así, pues, ¿es cosa hecha? ¿Dijo algo de Islandia? ¿Sí? ¡Ford! ¡Islandia! . . .

Colgó el auricular y volvióse hacia Lenina. Estaba pálido y completamente abatido.

—¿Qué te pasa? — preguntó ella.

—¿Que qué me pasa? — dejóse caer pesadamente en una silla. — Que me van a enviar a Islandia.

A menudo se había preguntado en el pasado qué experimentaría si se viese sometido (sin *soma* y sin nada más que sus recuerdos interiores) a una dura prueba, una pena, una persecución; y hasta había deseado que le acaeciera. Una semana antes, en el despacho del Director, se había imaginado resistiendo con valor, aceptando estoicamente el sufrimiento sin una palabra. Las amenazas del Director le habían exaltado y dádole la idea de ser más fuerte que los acontecimientos. Pero era, lo comprendía ahora, porque no las había tomado en serio; y no creyó que, llegado el caso, hiciera nada el D. I. A. Ahora que veía que eran reales las amenazas y que iban a cumplirse, Bernard sintióse anonadado. De su imaginado estoicismo, de su teórico valor no quedaba ni rastro.

Se indignó contra sí mismo — ¡qué imbécil había sido! — con el Director — ¡qué injusto era al no darle otra ocasión, alguna otra ocasión a la que, según ahora le parecía innegable, había siempre tenido intención de asirse! — Y nada menos Islandia, Islandia . . .

Lenina movió la cabeza.

—*Fuí* y *seré* me ponen triste — recitó ella; — tomo un gramo y sólo *soy.*

Al fin, convencióle de que ingiriese cuatro tabletas de *soma.* Cinco minutos después, raíces y frutos fueron suprimidos; la flor del presente abríase, color de rosa.

Un aviso traído por el ujier anuncióles que, por orden del Encargado, un Guardia de la Reserva les esperaba con un avión en la azotea. Un ochavón de uniforme verde-Gamma les saludó y explicóles el programa para la mañana.

Una ojeada a vista de pájaro de diez o doce de los principales pueblos, aterrizaje para comer en el valle de Malpaís. La hospedería era confortable y allá arriba, en el pueblo, los salvajes estarían probablemente a punto de celebrar su fiesta estival. Sería, pues, el mejor sitio donde pasar la noche.

Ocuparon sus puestos en el avión y partieron. Diez minutos después cruzaban la frontera que separaba la civilización de lo salvaje. Por montes y por llanos, a través de desiertos de sal o de arena, por entre bosques, por el fondo violáceo de los cañones, franqueando precipicios, picos y mesas (¹), la cerca seguía irresistiblemente en línea recta, geométrico símbolo de la triunfante voluntad humana. A su pe, aquí y allá, un mosaico de blancas osamentas, un esqueleto aún no mondado, sombrío sobre la tierra leonada, señalaba el sitio donde el venado, o el toro, puma, puerco-espín o coyote, o bien los enormes y glotones buharros, que volaron bajos atraídos por el hedor de la carroña, fueron fulminados — se diría que por una poética justicia — al tocar los destructores alambres.

—Ni aprenden — dijo el piloto del uniforme verde señalando los huesos bajo ellos — ni aprenderán... — agregó riendo, como si en cierto modo se apuntara un tanto por cada animal electrocutado.

Bernard se echó a reír también; tras dos gramos de *soma* le parecía bien la gracia, sin saber por qué. Echóse a reír y, casi inmediatamente, se durmió, y dormido, pasó volando sobre Taos y Tesuco; sobre Namba, Picores y Pojoaque, Sía y Cochiti, sobre Laguna y Acoma y la Mesa Encantada, sobre Zuñi y Cibola y Ojo Caliente, despertándose, por fin, y hallando que el aparato había aterrizado ya y que Lenina llevaba las maletas a una casita cuadrada y el ochavón verde-Gamma hablaba incomprensiblemente con un joven indio.

—Malpaís — explicó el piloto mientras Bernard bajaba. — Ésa es la hospedería, y hay danza por la tarde en el pueblo. Éste os guiará — y señaló con el dedo al adusto joven. — Creo que tendrá gracia — rió con una mueca. — Todo cuanto hacen tiene gracia — subióse al avión y puso en marcha los motores. — Mañana volveré. Y no lo olviden — agregó con tono tranquilizador dirigiéndose a Lenina, — son inofensivos por completo; los salvajes no le harán nada. Conocen demasiado bien las bombas de gases para comprender que no hay que andar con bromas.

Sin cesar de reír, embragó las hélices del helicóptero, aceleró y partió.

CAPÍTULO VII

Semejaba la mesa un barco detenido por una calma en un estrecho de polvo leonado. Serpenteaba el canal entre cantiles; y descendiendo de una de las murallas hacia la otra, a través del valle, corría una línea verde: el río y las tierras de sus orillas. En la proa de este barco de piedra, en medio del estrecho y pareciendo formar parte de él, como un crestón de forma geométrica, se alzaba el pueblo de Malpaís. Bloque sobre bloque, cada piso más pequeño que el de abajo, las altas casas parecían escalonadas y truncadas pirámides recortándose en el cielo azul. A su pie se apiñaba un revoltijo de construcciones bajas, una maraña de tapias; y, por tres lados, precipicios cortados a pico sobre la llanura. Algunas columnas de humo subían verticalmente por el aire inmóvil y perdíanse.

—Extraño — dijo Lenina. — Muy extraño — tal era su habitual palabra de condenación. — No me gusta. Y este hombre tampoco — y señalaba con el dedo al guía indio designado para llevarlos al pueblo.

Tal sentimiento era evidentemente correspondido; hasta la espalda del hombre, mientras caminaba ante ellos, era hostil, sombríamente desdeñosa.

—Además — bajó la voz, — hiede.

Bernard no pensó en negarlo. Siguieron andando.

De repente, pareció como si el aire se hubiese vuelto

vivo y se hubiese puesto a latir, a latir con la infatigable pulsación de la sangre. Allá arriba, en Malpaís, redoblaban los tambores. Sus pies siguieron el ritmo de aquel misterioso corazón; aceleraron el paso. La senda que seguían llevóles al pie del precipicio. Los bordes del barco formado por la gran mesa erguíanse cual torres: casi cien metros de alto.

—Me gustaría haber podido traer el avión — dijo Lenina, mirando con enfado la desnuda muralla de rocas. — Me carga andar. ¡Y se siente uno tan chico cuando está al pie de una montaña!

Caminaron durante algún tiempo a la sombra de la mesa, rodearon luego un espolón, y en la otra ladera de un barranco cavado por las aguas vieron la subida. Subieron. Era un sendero escalonado que serpenteaba de un lado a otro del barranco. A veces el redoblar de los tambores se hacía casi imperceptible, otras parecía estuviese tras la primera revuelta.

Cuando estaban a la mitad de la subida, un águila pasó tan cerca de ellos que el aire de sus alas azotóles el rostro con un soplo fresco. En una quiebra de la roca yacía un montón de osamentas. Todo era absurdamente opresivo y el indio hedía cada vez más. Salieron por fin del barranco al sol. El remate de la mesa era una pétrea cubierta de barco.

—Como la Torre de Charing-T — comentó Lenina.
Pero no pudo gozar mucho del descubrimiento de tan tranquilizador parecido. Un ruido de quedos pasos les hizo volverse. Desnudos hasta el ombligo, sus cuerpos moreno obscuro pintados a rayas blancas (como el asfalto de las pistas de tenis, explicaba más tarde Lenina), deshumanizado el rostro por arabescos escarlatas, negros y ocres, dos indios venían corriendo por el sendero. Su negro pelo estaba trenzado con piel de zorro y franela roja. Un manto de plumas de pavo flotaba sobre sus hombros, altas diademas también de plumas brillaban alegremente alrededor de sus cabezas. A cada paso que

daban tintineaban sus brazaletes argénteos y sus pesados collares de hueso y cuentas de turquesa. Se acercaban sin decir palabra, corriendo quedamente con su mocasines de piel de gamo. Uno llevaba un plumero; el otro, en ambas manos, algo que mirado a distancia parecía como tres o cuatro cabos de cuerda gruesa. Una de las cuerdas se retorcía inquieta, y súbitamente vió Lenina que eran serpientes.

Se acercaban cada vez más; miráronles sus sombríos ojos, pero sin hacer un signo de reconocimiento, ni la menor señal de haberlos visto o de haberse dado cuenta de su existencia. La inquieta serpiente colgaba ahora, fofa, cual las demás. Los dos hombres siguieron adelante.

—No me gusta — dijo Lenina. — No me gusta ni pizca.

Menos le gustó aún lo que les esperaba a la entrada del pueblo, donde les dejó el guía mientras iba en busca de instrucciones. La suciedad, lo primero; las pilas de basura, el polvo, los perros, las moscas. Su rostro se crispó en una mueca de disgusto. Llevóse el pañuelo a la nariz.

—Pero, ¿cómo pueden vivir así? — estalló con voz de indignada incredulidad. — No es posible.

Bernard se encogió de hombros filosóficamente.

—Sea como quiera — dijo, — llevan haciéndolo cinco o seis mil años. Creo, pues, que ya deben estar acostumbrados.

—Pero si "A falta de fordinidad, lo mejor es curiosidad" — insistió ella.

—Sí, y "La civilización es la esterilización" — replicó Bernard, terminando en tono irónico la segunda lección hipnopédica de higiene elemental. — Pero esta gente no ha oído nunca hablar de Nuestro Ford, y no están civilizados. De forma que es inútil que . . .

—¡Oh! — ella se aferró a su brazo. — Mira.

Un indio casi desnudo bajaba lentamente la escalera desde la terraza del primer piso de una casa vecina —

peldaño tras peldaño, — con el trémulo cuidado de la avanzada edad. Su rostro estaba profundamente surcado de arrugas y tan negro cual una máscara de obsidiana. Tenía sumida la desdentada boca. En las comisuras de los labios y a ambos lados de la barbilla crecían unos cuantos pelos cerdosos, casi blancos sobre la obscura piel. El largo pelo destrenzado le caía en grises mechones. Tenía el cuerpo encorvado, y tan escuálido que parecía no tener carne sobre los huesos. Bajaba muy despacio, deteniéndose en cada escalón antes de aventurarse a bajar otro.

—¿Qué le pasa? — susurró Lenina. Tenía los ojos desorbitados de pasmo y horror.

—Es que es viejo, nada más — respondió Bernard tan indiferente como pudo.

Estaba confuso también; pero hizo un esfuerzo para parecer impávido.

—¿Viejo? — repitió ella. — Pero también el Director es viejo; hay muchas personas viejas, pero no como éste.

—Es porque no les dejamos ser como éste. Les protegemos de las enfermedades. Mantenemos artificialmente sus secreciones internas en un juvenil equilibrio. No dejamos descender la cantidad de su magnesio y su calcio por debajo de la que tenían a los treinta años. Les transfundimos sangre joven. Mantenemos su metabolismo permanentemente estimulado. Por eso no son como éste. Y también — agregó — porque la mayoría de ellos mueren mucho antes de alcanzar la edad de este viejo. Juventud casi intacta hasta los sesenta, y entonces, ¡zas!, se acabó.

Pero Lenina no le escuchaba. Miraba al viejo. Despacito, despacito, bajaba. Sus pies tocaron la tierra. Volvióse. Hundidos en sus profundas órbitas, lucían aún los ojos extraordinariamente brillantes. Posólos en ella inexpresivamente, sin sorpresa, como si ella no hubiese estado allí. Después, lentamente, encorvado, el viejo, pian pianito, pasó por delante de ellos y se fué.

—¡Pero esto es horrible — cuchicheó Lenina, — espantoso! No debíamos haber venido.

Buscó su *soma* en el bolsillo; pero por un olvido sin precedentes había dejado el tubo en la hospedería. Bernard tenía también vacíos los bolsillos.

No le quedaba a Lenina otro remedio que afrontar sin ayuda alguna los horrores de Malpaís. Cayeron súbitos y en tropel sobre ella. La vista de dos mujeres jóvenes dando el pecho a sus niños la hizo ruborizarse y volver la cara. Nunca había visto en su vida cosa tan indecente. Y lo que la puso peor fué que, en vez de hacerse el desentendido, Bernard se puso a hacer comentarios sobre aquella repugnante escena vivípara. Avergonzado, ahora que los efectos del *soma* habían desaparecido, de la flaqueza que había mostrado por la mañana en el hotel, se violentaba para aparecer fuerte y heterodoxo.

—¡Qué relaciones maravillosamente íntimas! — dijo, deliberadamente procaz. — ¡Y qué intensidad de sentimiento debe de producir! A menudo pienso que quizá nos haya faltado algo por no haber tenido madre. Y quizá también te haya faltado algo por no *ser* madre, Lenina. Imagínate a ti misma ahí sentada con un nene tuyo...

—¡Pero, Bernard! ¿Cómo te atreves...?

El paso de una vieja con oftalmía y con una enfermedad cutánea, desvió su indignación.

—Vámonos — suplicó. — No me gusta.

Pero en aquel momento volvió el guía, y haciéndoles seña de que le siguieran, llevóles por la estrecha calle entre las casas. Doblaron una esquina. Un perro muerto yacía en un montón de inmundicias; una mujer con bocio despiojaba a una niña. Detúvose el guía al pie de la escalera, alzó en alto su mano y extendióla después horizontalmente hacia adelante. Hicieron lo que les mandaba, en silencio. Treparon escalera arriba, y pasada la puerta a que daba acceso, entraron en una habitación larga y estrecha, bastante obscura y que olía a humo, a sebo quemado y a ropa que se ha llevado mucho tiempo sin lavar. Al otro extremo del cuarto se abría otra puerta, por la que penetraban un rayo de sol y el redoblar, recio y próximo, de los tambores.

Atravesaron el umbral y se encontraron en una amplia terraza. Debajo de ellos, encuadrada por las altas casas, se extendía la plaza del pueblo llena de indios. Mantas de colores. vivos, plumas en los negros cabellos, reflejos de turquesa y pieles atezadas que brillaban de sudor. Lenina se llevó otra vez el pañuelo a la nariz. En el espacio libre del centro de la plaza veíanse dos plataformas circulares de adobes y barro apisonado, azoteas, según todas las trazas, de habitaciones subterráneas; pues en el centro de cada plataforma había una especie de escotilla con una escalerilla que parecía surgir de las profundidades. Escuchóse la música de una flauta casi perdida entre el redoble persistente, regular, implacable de los tambores.

Gustáronle éstos a Lenina. Cerrando los ojos, se entregó a su grave y reiterado redoblar, y dejó que se invadiera cada vez más por completo su ser, hasta que ya no quedó en el mundo para ella sino aquella profunda pulsación sonora. Recordábale tranquilizadoramente los sones sintéticos de los Oficios de Solidaridad en las fiestas del Día de Ford. "Orgía Latria", murmuró. Aquellos tambores redoblaban con igual ritmo.

Hubo una súbita explosión de canto que la hizo estremecer: cientos de voces masculinas gritando briosamente en ronco, metálico unísono. Algunas notas sostenidas y el silencio, el resonante silencio de los tambores; luego, penetrante, como un grito agudo, la respuesta de las mujeres. Otra vez los tambores; y de nuevo los varones, con la salvaje afirmación de su hombría.

Sí, muy extraño. Extraño era el lugar; también lo era la música y los trajes; las paperas, las enfermedades de la piel, los viejos. Pero en cuanto al espectáculo mismo, no le parecía que tuviese nada de particularmente extraño.

—Me recuerda los cantos en común de las castas inferiores.

Pero un poco más tarde ya le recordó bastante menos la inocente ceremonia. Pues de repente había surgido, en racimos, de las redondas cámaras subterráneas, una espantable colección de monstruos. Horriblemente enmascarados, o pintarrajeados sin semejanza alguna humana, comenzaron a bailar alrededor de la plaza una extraña danza, golpeando el suelo con los pies; daban vueltas y más vueltas alrededor de la plaza cantando sin dejar de andar; vueltas y más vueltas, cada vez más aprisa; y los tambores habían cambiado y acelerado su ritmo, tanto que semejaba el latido de la fiebre en las orejas; y la multitud se había puesto a corear a los danzantes, cada vez más fuerte; y, la primera, una mujer, dió un alarido; después otra, y otra, como si las estuviesen matando; y entonces, súbitamente, el director de la danza se separó del corro y corrió a una gran caja de madera que estaba en un extremo de la plaza, levantó la tapa y sacó fuera un par de serpientes negras. Un aullido brotó de la multitud, y los demás danzantes corrieron hacia él con las manos extendidas. Arrojó las serpientes a los primeros que llegaron, y volvó a buscar más en la caja. Más y más serpientes negras, y pardas y moteadas, sacólas y lanzólas fuera. Y entonces la danza comenzó con ritmo diferente. Vueltas y vueltas, con sus serpientes, serpentinamente, con un suave movimiento ondulante de rodillas y caderas. Vueltas y más vueltas. Hizo luego el guía una señal y, una tras otra, todas las sierpes fueron lanzadas a tierra en medio de la plaza; salió un viejo del subterráneo y espolvoreólas de harina de maíz; después, apareció una mujer por otra escotilla y las roció con agua de una jarra negra. Levantó luego el viejo su mano y, simultánea, horripilantemente, hízose un completo silencio. Cesaron de sonar los tambores; la vida parecía haber llegado a su fin. Señaló el viejo las dos escotillas que daban entrada al mundo inferior. Y lentamente, alzada de lo profundo por invisibles manos, surgió de una de ellas la pintada imagen de un águila, y de la otra la de un hombre desnudo, clavado en una cruz. Allí quedaron, sosteniéndose aparentemente ellas mismas, como si vigilaran. Dió el viejo una palmada. Desnudo, con sólo un breve taparrabos de algodón, un muchacho de unos dieciocho años salió de la turba y paróse ante él, cruzados los brazos, baja la cabeza. El viejo hizo sobre él el signo de la cruz y se alejó. Lentamente empezó el chico a dar vueltas en torno al montón de serpientes que se retorcía. Cuando había terminado la primera y comenzaba la segunda, salió de entre los danzantes un hombre alto, con una máscara de coyote y, llevando en su mano un rebenque de cuero trenzado, avanzó hacia el muchacho. Siguió éste andando como si no le hubiese visto. El hombre-coyote alzó el rebenque; sucedió un largo momento de espera, después un rápido movimiento, el silbido del látigo y su golpe sonoro y seco en la carne. El cuerpo del chico se estremeció, pero no exhaló una queja y continuó andando con su paso lento y acompasado. Golpeó el coyote una vez y otra, y a cada zurriagazo, alzábase de la multitud primero un suspiro, después un hondo gemido. El muchacho seguía andando. Dos, tres, cuatro veces dió la vuelta. La sangre corría sobre sus carnes. Cinco, seis vueltas. De pronto, Lenina se cubrió la cara con las manos y rompió en sollozos.

—¡Deténlos, deténlos! — imploró.

Pero el látigo caía y caía inexorablemente. Siete vueltas. Entonces, de repente, el muchacho se tambaleó y, sin una queja, cayó hacia adelante. El viejo, inclinándose sobre él, tocóle la espalda con una gran pluma blanca, alzóla un instante, roja, para que la multitud la viese, y sacudióla tres veces sobre las serpientes. Cayeron algunas gotas y, de pronto, los tambores redoblaron de nuevo un espanto de notas precipitadas; alzóse un gran clamor. Los danzantes echáronse hacia adelante, recogieron las serpientes y huyeron de la plaza. Hombres, mujeres, niños, la muchedumbre entera corrió tras ellos. Un minuto después la plaza estaba vacía. Sólo quedaba el muchacho, tendido boca abajo en el sitio donde cayera, completamente inmóvil. Salieron tres viejas de una de las casas, le levantaron con dificultad y metiéronle dentro. El águila y el crucificado estuvieron un poco tiempo como dando guardia al pueblo vacío; después, como si ya hubiesen visto bastante, se hundieron poco a poco en sus escotillas, en el mundo inferior.

Lenina sollozaba.

—¡Qué horrible! — repetía sin cesar, y eran vanos todos los consuelos de Bernard. — ¡Qué horrible! ¡Esa sangre! — Se estremeció. — ¡Qué falta me hace mi *soma*!

Oyóse ruido de pasos en la habitación interior.

Lenina no se movió; continuó sentada, aparte, con la cabeza hundida entre las manos, sin ver nada. Solamente Bernard se volvió.

El traje del joven que salía entonces a la terraza era el de un indio; pero los trenzados cabellos de éste eran de color pajizo, sus ojos azul pálido, y su tez era una tez blanca, bronceada.

—¡Hola! Buenos días — dijo el extranjero en un inglés correcto, mas extraño. — Sois civilizados, ¿verdad? ¿Venís de allá lejos, del otro lado de la Reserva?

—¿Qué es esto, ¡oh, Ford!? — comenzó a decir Bernard, atónito.

El joven suspiró y movió la cabeza:

—Un hombre muy desgraciado. — Y señalando las manchas de sangre en el centro de la plaza: — ¿Veis esta "maldita mancha"? (¹) — preguntó con voz trémula de emoción.

—"Vale más un gramo que proclamar un daño" — dijo mecánicamente Lenina, sin apartar las manos de su rostro. — ¡Qué falta me hace mi *soma*!

—Era yo quien debió salir — continuó el joven. — ¿Por qué no me han querido para el sacrificio? Hubiese dado diez, doce, quince vueltas. Palowhtiwa no ha podido pasar de las siete. Podrían haber tenido el doble de sangre conmigo. "Teñir de púrpura los mares tumultuosos" (¹). — Tendió los brazos en un amplio ademán; después, desesperado, dejólos caer. — Pero no me han dejado. "Les desagradaba por mi tez" (²). Siempre ha sido igual, siempre.

Brotaban lágrimas de los ojos del joven; se sintió avergonzado y volvióse de espaldas.

El asombro hizo olvidar a Lenina la falta de *soma*. Descubrió su cara y miró por vez primera al extranjero.

—Pero, ¿es posible que *quiera* usted que lo azoten?

Sin mirarla, hizo el joven un signo afirmativo.

—Por el beneficio del pueblo, para que llueva y crezcan los trigos. Y para complacer a Pukong y a Jesús. Y para demostrar además que soy capaz de sufrir el dolor sin quejarme. Sí — y su voz tomó una resonancia nueva; volvióse, sacó el pecho y levantó orgulloso la quijada, con aire de desafío, — para probar que soy un hombre... ¡Oh!

Suspiró y quedóse luego callado, con los ojos muy abiertos. Veía por primera vez en su vida el rostro de una muchacha cuyas mejillas no fuesen de color chocolate o de piel de perro, cuyo pelo fuese castaño y ondulado y cuya expresión (¡pasmosa novedad!) mostraba benévolo interés. Lenina sonreíale. "¡Qué chico más guapo! — pensaba. — ¡Es un real mozo!". La sangre afluía al rostro del joven; alzó los ojos un momento, y al ver

(¹) *The multitudinous seas incarnadine.* (Macbeth, II, 2).
(²) *Mislike me not for my complexion.* (Merchant of Venice, II. 1.)

que le seguía sonriendo, conmovióse de tal forma, que tuvo que volverse y hacer que miraba con atención algo situado al otro lado de la plaza.

Las preguntas de Bernard le sacaron de apuros. ¿Quién? ¿Cómo? ¿Cuándo? ¿De dónde?

Los ojos fijos en Bernard (pues tan loco deseo sentía de ver sonriendo a Lenina, que no osaba mirarla), el joven procuró explicarse. Linda y él — Linda era su madre (esta palabra puso en un apuro a Lenina) — eran forasteros en la Reserva. Linda había venido de Allá Lejos, antes de nacer él, con un hombre que era su padre. (Bernard fué todo oídos.) Paseando a pie por las montañas, hacia el Norte, cayóse por un barranco e hirióse la cabeza.

—¡Siga, siga! — dijo Bernard nerviosamente.

Algunos cazadores de Malpaís habíanla hallado y conducido al pueblo. En cuanto al hombre que era su padre, Linda no le había vuelto a ver más. Su nombre era Tomakin (Sí, el D. I. A. se llamaba Thomas). Debía de haberse marchado Allá Lejos, sin ella, hombre mezquino, malo, desnaturalizado.

—Y así, nací yo en Malpaís — terminó. — En Malpaís — dijo, meneando la cabeza.

* * *

¡Qué sucia era aquella casucha en las afueras del pueblo!

Un espacio lleno de polvo y de basuras separábala de él. Dos perros famélicos hociqueaban de un modo repugnante las inmundicias junto a la puerta. Olía mal cuando entraron, y en la penumbra zumbaba el vuelo de las moscas.

—¡Linda! — llamó el joven.

En la habitación interior, contestó una voz femenina algo ronca:

—Ya voy.

Esperaron. Esparcidos por el suelo, en cacharros, restos de la comida, de varias comidas quizá.

Se abrió la puerta. Una maciza y corpulenta india rubia atravesó el umbral y se detuvo mirando a los forasteros, pasmada, incrédula boquiabierta. Lenina observó con disgusto que le faltaban los dientes. Y el color de los que le quedaban... Se estremeció. Era aún peor que el viejo. Tan gorda. Y todos los rasgos de su cara fofos, con bolsas y arrugas. Y las mejillas ajadas, cubiertas de manchas rojizas. Y las rojas venas de su nariz y los ojos enramados. Y su cuello, ¡qué cuello!; y el trapo que le cubría la cabeza, hecho jirones y pringoso. Y bajo la parda túnica en forma de saco, aquellos enormes senos, el abultado vientre, las caderas. ¡Mucho peor que el viejo! ¡Mucho peor! Y de repente aquella criatura rompió a hablar, corrió hacia ella con los brazos abiertos, y, ¡oh, Ford!, ¡oh Ford!, aquello era insufrible, un momento más y se desmayaba, estrechóla contra aquel vientre, contra aquellos pechos y empezó a besarla. ¡Ford!, a *besarla,* babeándola; hedía terriblemente, desde luego que nunca se había bañado, y olía que apestaba a aquel terrible líquido que se ponía en los envases de los Deltas y Epsilones (¡no, no era cierto lo que se contaba de Bernard!); olía, sin duda alguna, a alcohol. Se zafó en cuanto pudo.

Se encontró cara a cara con ella; su hinchado rostro estaba lleno de lágrimas.

—¡Ay, amiga mía! — corría entre sollozos el torrente de palabras. — ¡Si supieseis cuán contenta estoy, después de tantos años! Ver caras civilizadas. Sí, y trajes civilizados. Pensé no volvería a ver ya más un trozo de auténtica seda al acetato.

Tocó con sus dedos la manga de la blusa de Lenina. Tenía las uñas de luto.

—¡Y esta monería de pantalones de pana de viscosa! Todavía guardo, amiga mía, en un cofre, los vestidos con que vine aquí. Ya se los enseñaré después. Aunque.

naturalmente, el acetato está hecho jirones. ¡Y mi cartuchera blanca es *tan* bonita!; pero, la verdad, la suya de tafilete verde lo es más aún. Y no *me* sirvió de mucho la tal cartuchera.

Sus lágrimas corrieron de nuevo.

—Supongo que John les habrá contado. ¡Y lo que he sufrido, y sin un gramo de *soma*! Sólo un trago de *mescal*, cuando Popé, un chico que conocí hace tiempo, me lo traía. Pero hace daño después, y el *peyotl* produce mareos; y además, lo que es peor, el sentimiento de vergüenza que os queda al día siguiente. ¡Y yo *estaba* tan avergonzada! Imagínenselo: ¡yo, una Beta, tener un niño; pónganse en mi lugar. (De pensarlo sólo, Lenina se estremeció). Y no fué culpa mía, se lo juro; no sé cómo pudo ocurrir, pues hice siempre todos los ejercicios malthusianos, que ya saben ustedes, por tiempos: uno, dos, tres, cuatro; lo juro; pero con todo, sucedió, y aquí no ˙abía en ningún sitio un Centro de Abortamiento. ᴦ   ːe paréntesis, ¿sigue aún en Chelsea el que había? — ₚreguntó.

Lenina hizo con la cabeza un signo afirmativo.

—¿Continúa iluminándose con reflectores los martes y los viernes?

Lenina afirmó de nuevo.

—¡Qué encantadora torre de cristal rosa!

La pobre Linda alzó su cara con los ojos cerrados, y contempló extática la radiante imagen de su recuerdo.

—Y el río, por la noche... — murmuró.

Gruesos lagrimones pasaron a través de sus cerrados párpados.

—Y la vuelta, en avión, de Stoke Poges, al atardecer. Y luego un baño cálido y un vibromasaje por el vacío... Pero...

Aspiró profundamente, meneó la cabeza, abrió los ojos, sorbióse un par de veces los mocos, sonóse con los dedos, que limpió después en su traje.

—¡Dispénsenme! — dijo, viendo el involuntario gesto de desagrado de Lenina. — Hice mal en hacerlo. Dispénsenme. Pero ¿cómo arreglárselas si no hay pañuelos? ¡Lo que he sufrido al principio con esta suciedad, con esta falta de asepsia! Tenía una terrible brecha en la cabeza cuando me trajeron aquí. No pueden ustedes imaginarse lo que me pusieron en ella. Sebo, ni más ni menos, sebo. "La Civilización es la Esterilización", solía decirles, e "Id en mi estreptococo alado hasta Bambury-T, para ver mi cuarto de baño niquelado con su W. C.", como si fueran niños. Pero, naturalmente, no me entendían. ¿Cómo iban a entenderme? Y al fin me acostumbré, creo. Además, ¿cómo se puede estar limpio sin una instalación de agua caliente? Miren estos vestidos. Esta basta lana no es acetato. ¡Y cuánto dura, cuánto! Y si se rompe hay que arreglarla. Pero yo soy una Beta; trabajaba en la Sala de Fecundación; nadie me había enseñado nada de esto. No era asunto mío. Además, no estaba bien arreglar la ropa. "Tiradlos cuando están rotos y comprad otros nuevos". "Cuanto más remiendo, más pobre me encuentro". ¿No es así? Remendar es antisocial. Pero todo es diferente aquí. Es como vivir entre locos. No hacen más que locuras.

Miró alrededor; vió que John y Bernard habíanlas dejado y paseaban arriba y abajo ante la casa, entre el polvo y las inmundicias. Después, en voz no menos confidencial, inclinándose, en tanto que Lenina se erguía y se echaba atrás, tan cerca que su desagradable aliento de veneno para embriones movía los cabellos sobre las mejillas de la joven, murmuró roncamente:

—Por ejemplo, ved las relaciones aquí. Locuras, puras locuras. Cada uno pertenece a los demás, ¿no es así? ¿no es así? — insistió, tirando de la manga a Lenina.

Lenina afirmó con la cabeza, y apartóla cuanto pudo, exhaló el aire que había retenido hasta no poder más, y aspiró otro relativamente puro.

—Bueno — continuó la otra, — ninguna está obligada a estar más que con una sola persona. Y si una tiene más, según es costumbre, la juzgan viciosa y anti-social. Y la odian y la menosprecian. Una vez, vinie-ron una porción de mujeres y armaron un gran escándalo porque sus hombres venían a verme. Bueno, ¿y por qué no? Lanzáronse entonces sobre mí... No, no, fué ho-rrible. No puedo contárselo.

Linda se tapó la cara con las manos y estremecióse.

—Son odiosas las mujeres aquí. Locas, locas y crueles. Y, ni que decir tiene, no saben una palabra de ejercicios malthusianos, ni de envases, ni de decantación, ni de nada de eso. Pasan todo el tiempo en tener hijos, co-mo perras. Es repugnante. ¡Y pensar que yo...! ¡Oh, Ford, Ford, Ford! Y, sin embargo, John *era* un gran consuelo para mí. No sé lo que hubiera hecho sin él. Aunque se pone fuera de sí cada vez que un hombre... Incluso cuando era un niño. Una vez (ya era enton-ces algo mayor) quiso matar al pobre Waihusiwa, ¿o era Popé?, sólo porque yo acostumbraba a estar con ellos algunas veces. Y no *podía* hacerle comprender que esto era lo que debían hacer las personas civilizadas. Pero yo creo que la locura es contagiosa. John ha debido de cogerlo de los indios, pues siempre ha estado entre ellos. Aunque siempre también han procedido mal con él y no le han dejado hacer lo que hacían los demás mu-chachos. Y en cierto modo ha sido un bien, pues me ha sido más fácil acondicionarle un poco. No tiene usted idea de lo difícil que es. Había muchas cosas que yo no sabía; no era de mi incumbencia saberlas. Quiero decir cuando un chico os pregunta cómo funciona un helicóp-tero, o quién ha hecho el mundo, ¿qué va una a responder si es una Beta y ha trabajado siempre en la Sala de Fe-cundación? ¿Qué va una a responder?

CAPÍTULO VIII

Fuera, entre el polvo y las basuras (eran cuatro los perros ahora) Bernard y John iban despacio arriba y abajo.

—Me es tan difícil formarme una idea — decía Bernard, — reconstruir... como si viviésemos en distintos planetas, en distintos siglos. Una madre, y toda esta suciedad, y dioses, y vejez, y enfermedades...

Movió la cabeza.

—Es casi inconcebible. No comprenderé nada si no me lo explica.

—¿Explicar qué?

—Esto.

Señaló el pueblo.

—Eso.

Y señaló ahora la casucha en las afueras del pueblo.

—Todo. Toda su vida.

—Pero ¿qué es lo que hay que decir?

—Desde el principio. Desde tan atrás como pueda recordar.

—Tan atrás como yo pueda recordar...

John frunció el ceño. Siguióse un largo silencio.

Hacía mucho calor. Habían comido muchas tortillas y maíz tierno. Linda le dijo:

—"Ven a acostarte, niño".

Se acostaron juntos en la ancha cama.

—"Canta".

Y Linda cantó... cantó: "Id en mi estreptococo alado hasta Bambury-T" y "Adiós, adiós, niño adorado, pronto serás tú decantado".

Su voz se hizo cada vez más débil.

Se oyó un gran ruido y despertó sobresaltado. Un hombre estaba junto al lecho, enorme, espantoso. Le decía algo a Linda, y Linda reía. Ella se había subido el cobertor hasta la barbilla, pero el hombre intentaba bajarlo de nuevo. Sus cabellos eran como dos cuerdas negras y en torno de su brazo tenía un hermoso brazalete de plata con piedras azules. Le gustaba el brazalete; pero a pesar de todo tenía miedo; escondió la cara en el cuerpo de Linda. Linda púsole encima una mano y él sintióse más seguro. Las otras palabras no las comprendió tan bien:

—"Delante de John, no". El hombre le miró, miró de nuevo a Linda, y le dijo algo en voz baja. Linda dijo — "No". Inclinóse el hombre entonces sobre el lecho y su rostro era enorme y terrible; las negras cuerdas de sus cabellos tocaban el cobertor. — "No", repitió Linda, y él sintió que su mano le agarraba más fuerte. —"¡No, no!" — Pero el hombre cogióle por un brazo; le hacía daño. Gritó. El hombre asióle con ambas manos y le levantó.

Linda seguía sujetándole, y decía: — "¡No, no!" El hombre dijo algo leve y áspero. y súbitamente las manos de Linda le dejaron. — "Linda, Linda". Pataleaba, se retorcía; pero el hombre llevóle a través del cuarto, abrió éste, y le echó fuera, en medio de la otra habitación, y fuése cerrando la puerta tras él. Levantóse y corrió a la puerta. Poniéndose en puntillas llegaba, justo, al recio picaporte de madera. Levantóle y empujó, mas no se abrió la puerta. "¡Linda!", gritó. Pero Linda no respondió.

Recordaba una habitación muy grande, más bien obscura; había en ella grandes máquinas de madera, a las que había hilos atados y un grupo de mujeres en pie alrededor haciendo cobertores, decía Linda. Linda le dijo que se sentase en un rincón con los otros niños, mientras ella iba a ayudar a las mujeres. Jugó con los niños mucho rato. De pronto la gente se puso a gritar, y las mujeres echaron a Linda, y Linda se puso a llorar. Fuése hacia la puerta y él corrió tras ella. Preguntóle por qué se habían enfadado. "Porque he roto algo", dijo. Enfadóse ella también entonces: "¿Cómo iba a saber yo hacer esa cochina tela? — dijo: "¡Cochinos salvajes!" Él la preguntó que qué eran salvajes. Cuando volvieron a su casa, Popé estaba esperando a la puerta, y entró con ellos. Tenía una gran calabaza llena de líquido que parecía agua; pero que no lo era, sino una cosa que olía mal y que quemaba la boca y hacía toser. Linda bebió un poco y Popé bebió también, y entonces Linda se rió mucho y empezó a hablar a gritos; y en seguida se entró con Popé en la otra habitación. Cuando salió Popé, entró él. Linda estaba en la cama, y tan profundamente dormida que no pudo despertarla.

Popé acostumbraba venir a menudo. Decía que el líquido que contenía la calabaza se llamaba *mescal;* pero Linda decía que se debía llamar *soma;* sólo que después hacía daño. Odiaba a Popé. Odiaba a cuantos hombres visitaban a Linda. Una tarde, mientras jugaba con otros niños (hacía frío, recordaba, y había nieve en las montañas), entró en casa y oyó voces coléricas en el dormitorio. Eran voces de mujer y decían palabras que él no entendía; pero comprendía que debían ser horribles. Y de repente — ¡zas! — algo cayó al suelo; oyó gentes que se movían muy aprisa, y se oyó otro ¡zas! y un ruido como cuando se golpea a un mulo, pero no tan seco; y Linda que gritaba: — "¡Oh, no, no, no!", decía. Entró corriendo. Había tres mujeres vestidas de obscuro. Linda estaba tendida en la cama. Una de ellas la sujetaba las muñecas. Otra estaba echada encima de sus piernas, para que no pudiese patalear. La tercera la golpeaba con un vergajo. Una, dos, tres veces; y a cada vez Linda aullaba. Llorando, tiró del manto de la mujer: "¡Por favor, por favor!". Con la mano libre, la mujer le apartó. El vergajo cayó una y otra vez y Linda volvió a dar alaridos. Cogió entre las suyas la enorme mano morena de la mujer y mordióla con todas sus fuerzas. Ella lanzó un grito, libróse con una sacudida, y empujóle con tanta violencia que cayó. Mientras estaba en el suelo pególe tres veces con el látigo. Sintió un dolor tan grande como nunca había sentido — como una quemadura. — El rebenque silbó de nuevo, y cayó. Pero esta vez fué Linda quien gritó.

—"¿Por qué querían hacerte daño, Linda?" — le preguntó por la noche. Lloraba, pues los rojos verdugones del rebenque en su espalda le hacían aún sufrir horriblemente. Pero lloraba también porque las gentes eran malas y crueles, y él era sólo un niño y no podía nada contra ellos. Linda también lloraba. Ella era mayor, pero no tan fuerte para poder luchar contra las tres. Para ella tampoco aquello era justo. — "¿Por qué querían hacerte daño, Linda?".

—"No lo sé. ¿Cómo voy a saberlo?" — Era difícil oír lo que decía, porque estaba echada boca abajo, hundida la cara en la almohada. — "Dicen que esos hombres son *sus hombres*", continuó; y no parecía hablar con él sino con alguno que estuviese en su interior. Un largo soliloquio del que nada entendía; y por fin rompió a llorar más reciamente que nunca.

—"No llores, Linda, no llores".

Apretóse contra ella. Echóle el brazo al cuello. Linda lanzó un grito. — "¡Ten cuidado! ¡Ay, mi hombro!" y le rechazó rudamente. Su cabeza chocó contra el muro. — "¡Idiota!" gritó; y, de repente, se puso a darle azotes, ¡zas, zas!...

—"¡Linda! — gritó él. — ¡Oh, madre, por Dios!".

—"Yo no soy tu madre. No quiero ser tu madre".

—"¡Ay, Linda, ay!" — Ella le dió un bofetón.

—"Convertida en salvaje — gritó. — Tener crías como un animal... Si no hubiese sido por ti, podría haber ido a ver al Inspector, podría haber salido de aquí. Pero con un bebé... ¡Qué vergüenza!".

Vió que le iba a pegar otra vez, y levantó el brazo para defender la cara:

—"No, Linda, no, ¡por favor!".

—"¡Cachorro, bestia!" — Le quitó el brazo, descubriéndole el rostro.

—"No, Linda, no" — Cerró los ojos esperando el golpe.

Pero no le pegó más. Volvió a abrir los ojos un momento después y vió que le estaba mirando. Intentó él sonreírle. De repente, ella le echó los brazos al cuello y le llenó la cara de besos.

A veces, durante varios días, Linda, no se levantaba. Permanecía en la cama, llena de tristeza... O bien bebía el líquido que le traía Popé, se reía a carcajadas, y se dormía. A veces, las náuseas la hacían arrojar. A menudo, se olvidaba de lavarle, y muchos días no tenían otra cosa para comer que tortillas frías. Aún se acordaba de sus terribles gritos la primera vez que encontró ciertos insectos en sus cabellos.

Sus momentos más felices eran cuando le hablaba de Allá Lejos.

—"¿De veras se puede volar cuando uno quiere?".

—"Sí, de veras". — Y le hablaba de la preciosa música que salía de una caja, de los divertidos deportes a que se podía jugar, de las cosas ricas de comer y beber, de la luz que surge apretando un aparatito que hay en la pared, de las imágenes que se podía oír, sentir y tocar al par que se las veía; de otra caja que producía agradables olores, y de casas rosadas y verdes y azules y plateadas altas como montañas, y de que todo el mundo era feliz y que nadie estaba nunca triste ni colérico, y que cada uno pertenecía a todos los demás, y de las cajas en las que se podía ver y oír cuanto pasaba al otro extremo del mundo, de bebés en finos y limpios envases — todo muy limpio, sin mal olor, ni suciedad alguna, — y de las personas que nunca estaban solas, sino viviendo siempre juntas, alegres y felices, como durante las danzas de verano en Malpaís, pero mucho más felices, pues allí la felicidad era estable, siempre, siempre... La escuchaba horas y horas. A veces, cuando él y los otros niños estaban cansados de jugar, uno de los viejos del pueblo les hablaba, en la otra lengua, del Gran Transformador del Mundo, y de la larga lucha entre la Mano Derecha y la Mano Izquierda, entre la Sequía y la Humedad; de Awonawilona, que formó una espesa niebla, pensando una noche, y de esa niebla creó el Mundo; de la Madre Tierra y del Padre Cielo; de Ahaiyuta y Marsailema, los gemelos de la Guerra y del Azar; de Jesús y de Pukong; de María y de Etsanatlehi, la mujer que se torna joven; de la Piedra Negra en Laguna y de la Gran Águila y de Nuestra Señora de Acoma. Extrañas historias, y más maravillosas aún porque se las contaban en el otro idioma, que no comprendía del todo. Tendido en su cama, pensaba en el Cielo y en Londres y Nuestra Señora de Acoma, y en las filas y filas de bebés en finos y limpios envases, en Jesús volando y en Linda volando, y en el gran Director de los Centros Mundiales de Incubación, y en Awonawilona.

Muchos hombres venían a ver a Linda. Los chiquillos empezaban a señalarla con el dedo. Con aquel lenguaje extraño decían que Linda era mala; dábanla nombres que él no comprendía; pero que comprendía que eran malos. Un día le cantaron una copla, repitiéndola muchas veces. Les tiró piedras. Le contestaron: una piedra puntiaguda le rasgó la mejilla. La sangre no cesaba de correr; llenóse de sangre.

Linda le enseñó a leer. Con un carbón de madera dibujaba imágenes en el muro: un animal sentado, un bebé en un envase; después escribía letras. EL NIÑO ESTA EN EL TARRO Y EN LA ESTERILLA EL GATO. Aprendió pronto y fácilmente. Cuando supo leer todas las palabras que ella escribía en la pared, Linda abrió su gran maleta de madera y sacó de debajo de unos graciosos pantaloncitos rojos que no se ponía nunca un delgado librillo. Le había visto antes a menudo. "Cuando seas mayor — le había dicho — podrás leerlo". Ahora, pues, ya era mayor. Púsose orgulloso. — "Temo que no le encuentres interesante — dijo — pero es lo único que tengo". Suspiró. — "¡Si pudieses ver las hermosas máquinas de leer que teníamos en Londres!" — Se puso a leer: *El Acondicionamiento Químico y Bacteriológico del Embrión. Instrucciones prácticas para los Trabajadores Betas de los Depósitos de Embriones.* Necesitó casi un cuarto de hora para leer sólo el título. Arrojó el librito al suelo. — "¡Estúpido libro!" — dijo, y se echó a llorar.

Los chiquillos seguían cantando su copla a Linda. A veces, también, reíanse de él, por sus vestidos harapientos. Cuando se le rompían, Linda no sabía componerlos. Allá Lejos, decía, se tiraban los trajes viejos y se compraban otros: "¡Andrajoso, andrajoso!", gritábanle los chiquillos. "Pero yo sé leer, — decíase a sí mismo — y ellos no. Ni siquiera saben lo que es leer". Le era muy fácil, cuando pensaba en ello lo bastante, el imaginarse que no le importaba que se burlaran de él. Pidióle a Linda que le diese otra vez el libro.

Cuanto más le señalaban con el dedo los niños, más se afanaba en la lectura. Pronto logró leer de corrido todas las palabras. Aun las más largas. Pero ¿qué significaban? Preguntó a Linda; pero aun cuando ella le respondía, no sacaba gran cosa en limpio. Y generalmente no sabía ella qué decirle.

—"¿Qué son productos químicos?" — preguntóla.

—"¡Oh! materias como las sales de magnesio y el alcohol para hacer pequeños y encanijados a los Deltas y a los Epsilones, y el carbonato de calcio para los huesos y todo lo demás por el estilo".

—"Pero ¿cómo se hacen los productos químicos, Linda? ¿De dónde proceden?".

—"No lo sé. Se les saca de frascos. Y cuando los frascos están vacíos, se manda a buscar otros al Depósito de Productos Químicos. Supongo que serán los del Depósito Farmacéutico los que los hagan. O si no los mandarán a buscar a la fábrica. No lo sé. Nunca trabajé en cosas de química. Mi tarea era ocuparme en los embriones".

Lo mismo ocurría con cuantas cosas la preguntaba. Linda parecía no saber nada de nada. El viejo del pueblo daba respuestas mucho más precisas.

—"La semilla de los hombres y de todas las criaturas, la semilla de Sol y la semilla de la Tierra y la semilla de los Cielos, es Awonawilona, quien las sacó de la Niebla del Crecimiento. El Mundo tiene cuatro matrices, y él puso las semillas en la más baja de las cuatro, y gradualmente las semillas empezaron a crecer...".

Un día (John calculó más tarde que debió de ser algo después que cumpliera los doce años), al entrar en casa, vió un libro, que jamás había visto, tirado por el suelo, en la alcoba. Era un tomo grueso, que parecía muy antiguo. La pasta estaba roída de ratones y algunas de sus hojas sueltas y arrugadas. Alzóle y leyó la portada: el libro se titulaba: *Obras Completas de William Shakespeare.*

Linda estaba echada en la cama, bebiendo a traguitos, en una taza, el repugnante y apestoso *mescal.* "Popé le ha traído", dijo. Su voz era pastosa y ronca, parecía la voz de otra persona. "Estaba en una de las arcas de la Kiva de los Antílopes. Creen debía estar allí desde hace cientos de años. Debe de ser cierto, porque lo he hojeado y me parece lleno de tonterías. Precivilizado. Pero podrá servir para que practiques la lectura". Echó el último trago, dejó el vaso en el suelo, dióse media vuelta, hipó una o dos veces, y durmióse.

Abrió el libro al azar.

> *Vivir en ese lecho maculado*
> *entre sudor hediondo, delectarse*
> *con salaces coloquios y caricias*
> *en el camastro inmundo...* (¹).

Las extrañas palabras penetraron en su alma, rugiendo como parlantes truenos; como los tambores de las fiestas del verano, si los tambores pudiesen hablar; como los hombres que cantan la Canción del Trigo, tan hermosa, tan hermosa, que hace llorar; como el viejo Mitsima pronunciando *mantranes* o fórmulas mágicas sobre sus plumas, sus bastones labrados y sus pedazos de piedra y hueso. — *Kiadla tsilü silokua. Kiai silu silu, tsidl,* — pero mejor que los conjuros de Mitsima, porque estaban llenas de sentido, porque le hablaban a él; hablábanle de Linda maravillosamente y sólo a medias comprensiblemente, en terribles y hermosos conjuros; de Linda acostada y roncando, con la vacía taza por los suelos, junto al lecho; de Linda y Popé, de Linda y Popé.

Odiaba a Popé cada vez más. Puede un hombre sonreír siempre y ser un villano. Cruel, traidor, rijoso, inhumano. ¿Qué significaban exactamente estas palabras? Sólo a medias lo sabía. Pero su fuerza mágica era muy grande, y continuaban rugiendo en su cabeza, y fué como si nunca hubiese antes odiado realmente a Popé; como si nunca le hubiese realmente odiado, pues nunca había

(¹)   *Nay, but to live*
  In the rank sweat of an enseamed bed,
  Stew'd in corruption, honeying and making love
  Over the nasty sty...

podido decir cuánto le odiaba. Pero ahora poseía las palabras, aquellas palabras como tambores, como canciones, como *mantranes*. Las palabras, la historia de donde las tomó (no tenía para él ni pies ni cabeza, pero a pesar de todo era maravillosa, maravillosa), dábanle un motivo para odiar a Popé; y hacían más real su odio; hacían hasta al propio Popé más real.

Un día, cuando venía de jugar, la puerta de la alcoba estaba abierta, y los vió a los dos en la cama, dormidos, Linda blanca y Popé casi negro a su lado, un brazo alrededor del cuello de la mujer y la otra mano morena sobre sus pechos, y una de las largas trenzas cruzando la garganta como una serpiente negra que fuese a estrangularla. La calabaza de Popé y una taza, caídas en el suelo, junto al lecho. Linda roncaba.

Parecióle que su corazón había desaparecido, dejándole sólo un hueco. Se sintió vacío, vacío, y frío, enfermo mejor, y con vértigo. Se apoyó en el muro para no caer. Cruel, traidor, rijoso. Como los·tambores, como las canciones al trigo, como *mantranes*, las palabras se repetían una y otra vez en su cabeza. Tras el frío, sintió calor súbitamente. Sus mejillas ardían por la afluencia de sangre; la alcoba daba vueltas y ensombrecíase ante sus ojos. Rechinó los dientes. "Le mataré, le mataré", decía. Y, súbitamente, surgieron las palabras:

> *Cuando duerma borracho, o sus furores,*
> *o el placer incestuoso de su lecho...* (¹).

Las fórmulas mágicas estaban de su parte, la magia le daba las razones y lo impulsaba. Salióse y vino a la otra habitación. "Cuando duerma, borracho...". El cuchillo de cortar la carne estaba en el suelo, junto al

---

(¹) *When he is drunk asleep, or in his rage*
or in the incestuous pleasure of his bed ..
(*Hamlet*, III, 3).

hogar. Cogióle y volvió a la puerta, de puntillas. "Cuando duerma borracho, borracho...". Cruzó corriendo la alcoba, asestó e hirió. — ¡Ay, sangre! — Hirió otra vez, mientras Popé despertaba de su sueño, y alzó la mano para golpear de nuevo; pero sintió sujeta su muñeca, sujeta — ¡ay, ay! — torcida. No podía moverse, estaba cogido en un cepo, y los negros ojillos de Popé, muy cerca, hincándose en los suyos. Él apartó los ojos. Había dos heridas en el hombro izquierdo de Popé. "¡Sangre, sangre! — gritaba Linda, — ¡sangre!". Nunca había podido sufrir la vista de la sangre. Levantó Popé la otra mano para golpearle, pensó él. Encogióse para recibir el golpe. Pero la mano sólo le cogió la barbilla, y volvióle la cara de forma que tuvo que mirar de nuevo los ojos de Popé. Mucho tiempo, horas y horas. Y de repente — no pudo impedirlo, — se echó a llorar. Popé rompió a reír. "Vete", le dijo en las otras palabras, en las indias. "Vete, mi valiente Ahaiyuta".

Se fué corriendo a la otra habitación para ocultar las lágrimas.

—"Ya tienes quince años — le dijo el anciano Mitsima, en el habla india. — Ahora ya te puedo enseñar a labrar el barro".

En cuclillas, a la orilla del río, trabajaban juntos.

—"Lo primero de todo — dijo Mitsima cogiendo una pella de barro húmedo entre sus manos — vamos a hacer una lunita".

Aplastó el viejo la pella hasta volverla un disco, curvó luego los bordes, y la luna se convirtió en un cuenco.

Despacio y torpemente imitó los delicados movimientos del viejo.

—"Una luna, un cuenco, y ahora una serpiente".

Mitsima redondeó otra pella de barro hasta hacer un largo y flexible cilindro, curvóle en redondo y púsole en el borde del cuenco.

—"Otra serpiente. Y otra. Y otra".

Arandela tras arandela, Mitsima trabajó los costados del cuenco; primero era estrecho, luego se hinchó e hízose angosto hacia el cuello. Mitsima aplastó, golpeó, acarició y raspó; y por fin acabóse, en la forma de un cántaro usual en Malpaís, pero de un blanco mantecoso en vez de negro, y blando aún al tacto. Triste parodia del de Mitsima, se erguía el suyo al lado. Mirando ambos cacharros, se echó a reír.

—"El próximo será mejor" — dijo, y se puso a humedecer otra pella de barro.

Labrar, dar forma, sentir sus dedos adquirir más maestría y más fuerza, producíale extraordinario placer.

—"A. B. C. Vitamina D" — canturreaba mientras trabajaba. — "En el hígado hay grasa y en el mar bacalaos...".

Y Mitsima cantaba también, una canción de la muerte de un oso. Trabajaron todo el día, y todo el día estuvo lleno de una intensa y absorbente felicidad.

—"Este invierno — dijo el anciano Mitsima — te enseñaré a manejar el arco".

Estuvo mucho tiempo delante de la casa; y al fin todas las ceremonias se terminaron en el interior. Se abrió la puerta, y salieron. Kothlu venía el primero, con la mano derecha extendida y muy apretada cual si guardara una preciosa joya. Con su mano cerrada, e igualmente extendida, seguía Kiakimé. Caminaban en silencio, y en silencio, tras ellos, venían los hermanos y las hermanas, y los primos y los viejos.

Salieron del pueblo, atravesaron la mesa. Y al borde del barranco se detuvieron, mirando al Sol naciente. Kothlu abrió su mano. Un poco de harina de maíz blanqueó en la palma; sopló en ella, murmuró algunas palabras, y lanzó el puñado de harina blanca hacia el Sol. Kiakimé hizo lo propio. Entonces el padre de Kiakimé se adelantó y, blandiendo un bastón litúrgico adornado de plumas, recitó un largo rezo, y lanzó el bastón tras la harina de maíz.

—"Se ha terminado — dijo el anciano Mitsima en voz alta. — Ya están casados".

—Bueno — dijo Linda cuando se marcharon, — lo que me parece es que hacen muchos remilgos para nada. En las tierras civilizadas, cuando un muchacho desea a una chica, se limita a... Pero, ¿adónde vas, John?".

No hizo caso a sus llamadas, y echó a correr lejos, lejos, a cualquier sitio donde pudiera estar solo.

Se ha terminado. Las palabras del viejo Mitsima repetíanse en su alma. Terminado, terminado... En silencio, desde muy lejos, pero violenta, desesperada, desesperanzadamente, había amado a Kiakimé. Y ahora se había terminado. Tenía dieciséis años.

Con la luna llena, en la Kiva de los Antílopes, íbanse a decir secretos, iban a producirse y a recogerse secretos. Los muchachos entrarían en la Kiva para salir hechos hombres. Todos los chicos estaban atemorizados e impacientes al mismo tiempo. Llegó al fin el día. Púsose el Sol y alzóse la Luna. Fué con los otros. Los hombres estaban de pie, sombríos, a la entrada de la Kiva; la escalera se hundía en las profundidades iluminadas de rojo. Ya los primeros muchachos habían empezado a bajar, y, de pronto, uno de los hombres le cogió del brazo y sacóle fuera de las filas. Zafóse y se escurrió a su sitio entre los demás. Esta vez el hombre golpeóle y le tiró del pelo.

—"¡Esto no es para ti, peliblanco!" — dijo otro. Los chicos se rieron. — "Vete!". — Y como se hiciese el remolón al final del grupo. — "¡Vete!" — gritáronle de nuevo los hombres. Uno de ellos agachóse, cogió una piedra y se la tiró: —"¡Vete, vete, vete!".

Hubo una lluvia de piedras. Ensangrentado, huyó en las tinieblas. De la Kiva iluminada de rojo llegaba el ruido de los cánticos. El último muchacho descendía por la escalera. Estaba solo.

Solo, fuera del pueblo en la desnuda llanura de la mesa. Semejaba el peñasco blancuzcas osamentas bajo la luz de la Luna. Allá abajo, en el valle, los coyotes ladraban al astro de la noche. Le dolían aún las contusiones, que le sangraban todavía; pero no sollozaba de dolor, sino porque estaba solo, porque había sido echado él solo a aquel espectral mundo de peñascos y claro de luna. Se sentó al borde del precipicio. La luna estaba tras él; miró hacia abajo, hacia las negras sombras de la mesa, en las negras sombras de la muerte. Sólo había que dar un paso, un saltito... Alzó su mano derecha en la luz de la Luna. Del corte de su muñeca corría sangre aún. Cada varios segundos, caía una gota, oscura, casi sin color en la luz muerta. Una gota, otra gota, otra gota.... Mañana, y mañana, y mañana...

Había descubierto el Tiempo, la Muerte y Dios.

—Solo, siempre solo — decía el joven.

Estas palabras despertaron un quejumbroso eco en el alma de Bernard. Solo, solo...

—Yo también — dijo en un rapto de confidencia. — Terriblemente solo.

—¿También usted? — John miróle extrañado. — Yo creía que Allá Lejos... Linda me decía siempre, que nadie estaba allí nunca solo.

Bernard enrojeció, molesto.

—Verá usted — dijo farfullando y desviando los ojos, — creo que debo de ser algo diferente de la mayoría de las personas. Si uno ha sido decantado diversamente...

—Justo, eso es. — El joven asintió con una inclinación de cabeza. — Si uno es diferente es fatal que esté solo. Y le tratan mal a uno. ¿Sabe usted que me han echado de todas partes absolutamente? Cuando los otros muchachos iban a pasar la noche en las montañas, es decir, cuando se debe ser en sueños el animal sagrado de cada uno, no me dejaban ir con los otros; no han querido decirme ninguno de los secretos. Yo lo he hecho por mi cuenta — añadió. — No he comido nada durante cinco días, y entonces he ido solo, una noche, a las montañas, allí. — Y las señaló con el dedo.

Bernard sonrió con actitud condescendiente.

—¿Y soñó usted algo? — preguntó.

El otro afirmó con la cabeza.

—No hay para qué decirlo. — Quedó un momento en silencio; luego, en voz baja.

—Un día — siguió — hice algo que los otros no habían hecho nunca. Estuve de pie contra una roca, a mediodía, en verano, con los brazos extendidos, como Jesús en la cruz.

—Y ¿para qué?

—Quería saber lo que era estar crucificado. Colgando allí, al sol.

—Pero ¿por qué?

—¿Por qué? Bueno... — dudaba. — Porque creía que debía hacerlo. Si Jesús pudo soportarlo... Y, además, si uno ha hecho algo malo... Por otra parte yo era desgraciado; ésta era la otra razón.

—Me parece un curioso modo de curar su infelicidad — dijo Bernard. Pero, reflexionándolo, determinó que, después de todo, era bastante razonable. Mejor que tomar *soma*.

—Me desmayé al cabo de algún tiempo — dijo el joven. — Y me caí boca abajo. ¿No ve usted la cicatriz de la herida que me hice?

Apartó de su frente su espesa cabellera rubia. La cicatriz veíase pálida y arrugada, en la sien derecha.

Bernard miróla y luego, rápidamente, tras un leve escalofrío, apartó los ojos. Su acondicionamiento habíale hecho no tan compasivo como extremadamente delicado. La mera alusión a enfermedades o heridas, le era no sólo espantable, sino también repulsiva y sobre todo molesta. Como la suciedad, las deformidades, la vejez. Cambió apresuradamente de conversación.

—¿Le gustaría venir a Londres con nosotros? — preguntó, realizando la primera maniobra de una campaña cuyo plan estratégico había comenzado secretamente, desde el momento en que había supuesto, en la casucha, quién debía de ser el padre del joven salvaje. — ¿Le gustaría?

El rostro del joven se iluminó:

—¿Habla usted en serio?

—Desde luego; claro que si puedo lograr el permiso.

—¿También Linda?

—Bueno...

Dudaba. Aquella repugnante criatura. Imposible. A menos, a menos... Ocurriósele de repente a Bernard, que precisamente el ser tan repugnante podía ser algo inapreciable para sus planes.

—Claro que sí — gritó, compensando sus primeras dudas con un exceso de ruidosa cordialidad.

El joven aspiró profundamente el aire.

—Pensar que va a realizarse lo que he soñado toda mi vida. ¿Recuerda usted lo que dice Miranda?

—¿Quién es Miranda?

Pero el joven, evidentemente, no había oído la pregunta.

—¡Oh, maravilla, maravilla! — decía; y sus ojos fulgían, y su rostro se coloreaba vivamente. — ¡Cuántas — divinas criaturas aquí hallo! — La humanidad, ¡qué hermosa! Su tez se encendió aún más; pensaba en Lenina, ángel vestido de glutina verde-botella, reluciente de juventud y de cremas olorosas, gordezuela y que sonreía bondadosa. Su voz temblaba. — ¡Oh, magnífico mundo, mundo nuevo...! — comenzó, pero súbitamente interrumpióse; la sangre había huído de sus mejillas; estaba pálido como el papel:

—¿Está usted casado con ella? — preguntó.

—¿Estoy qué...?

—Casado. ¿Sabe...? — para siempre. Se dice "para siempre" en las palabras indias; y no puede deshacerse.

—¡No, por Ford! — Bernard no pudo evitar el reírse.

John rió también, mas por otra razón: reía de pura alegría.

—¡*Oh, magnífico mundo, mundo nuevo!* — repetía. — *¡Oh, magnífico mundo, mundo nuevo, que tales seres tienes...!* (¹). Partamos ya.

—Tiene usted a veces un modo singular de hablar — dijo Bernard, mirando perplejo al joven. — Y, de todas formas, ¿no sería mejor esperar y ver cómo es ese mundo nuevo?

(¹)   *O wonder!*
    How many goodly creatures are there here
    How beauteous mankind is! O brave new world,
    That has such people in't!

                              (Tempest, V, I)

CAPÍTULO IX

Creía Lenina que, tras esta absurda y horrible jornada, le correspondía un absoluto descanso. Tan pronto como llegaron a la hospedería ingirió seis tabletas de *soma* de medio gramo cada una, tendióse en su lecho, y a los diez minutos habíase embarcado para una eternidad lunar. Harían falta lo menos dieciocho horas antes de que estuviese de vuelta al mundo real.

Entretanto, Bernard, yacía pensativo, con los ojos abiertos en la oscuridad. Era ya bien corrida la medianoche cuando pudo dormir. Medianoche corrida; pero su insomnio no fué estéril: tenía un plan.

Puntualmente, a las diez de la mañana, el ochavón uniformado de verde, bajó de su helicóptero. Bernard le esperaba entre las pitas.

—Miss Crowne ha tomado *soma* para descansar — explicó. — Difícilmente despertará antes de las cinco. Tenemos, pues, siete horas.

Tendría tiempo de volar hasta Santa Fe, despachar los asuntos que tenía pendientes y estar de nuevo en Malpaís mucho antes que ella despertara.

—¿Estará segura aquí sola?

—Como en helicóptero — respondió el ochavón.

Subieron al aparato y partieron. A las diez treinta y cuatro aterrizaban en la azotea de la Casa de Correos de Santa Fe; a las diez treinta y siete Bernard estaba en comunicación con el Despacho del Inspector Mundial en Whitehall; a las diez treinta y nueve hablaba con el cuarto secretario particular de Su Fordería; a las diez cuarenta y cuatro repetía su historia al primer secretario, y a las diez cuarenta y siete y medio la voz profunda y sonora de Mustafá Mond resonó en sus oídos.

—Me he atrevido a pensar — balbució Bernard, — que quizá Vuestra Fordería encontrase en este asunto un interés científico suficiente.

—Sí, encuentro suficiente interés científico — dijo la voz profunda. — Traiga a Londres con usted a esos dos individuos.

—No ignora Vuestra Fordería que necesitaré un permiso especial...

—Las órdenes necesarias se enviarán en este mismo instante al Encargado de la Reserva. Puede pasarse inmediatamente por la Oficina del Encargado. Buenos días, míster Marx.

Se hizo el silencio. Bernard colgó el auricular y se apresuró a subir a la azotea.

—Oficina del Encargado, — dijo al ochavón verde-Gamma.

A las diez cincuenta y cuatro, Bernard daba la mano al encargado.

—Encantado, míster Marx, encantado. — Su tonante voz estaba llena de deferencia. — Ahora mismo acabamos de recibir órdenes especiales...

—Ya sé — dijo Bernard interrumpiéndole. — He hablado con Su Fordería por teléfono hace un momento. — Su tono cansado implicaba que teníalo por costumbre. Desplomóse sobre una silla. — Si tuviese usted la amabilidad de dar los pasos necesarios lo más pronto posible. Lo más pronto posible — repitió enfáticamente. Se divertía de lo lindo.

A las once y tres tenía en su bolsillo todos los papeles necesarios.

—Hasta más ver — dijo protectoramente al Encargado, que le acompañaba hasta la puerta del ascensor. — Hasta más ver.

Fué andando hasta el hotel, tomó un baño, un vibromasaje por el vacío, afeitóse con un electrolítico, oyó las noticias de la mañana, miró la televisión un cuarto de hora, comió muy a gusto, y a las dos y media regresó volando con el ochavón a Malpaís.

El joven estaba ante la hospedería.

—¡Bernard! — llamó. — ¡Bernard! — No obtuvo respuesta.

Sin hacer ruido con sus mocasines de piel de gamo, subió las escaleras e intentó abrir la puerta. La puerta estaba cerrada con llave.

¡Se habían ido! ¡Ido! Era lo más terrible que jamás le había ocurrido. Ella le había dicho que viniera a verlos, y se habían ido. Se sentó en las escaleras y se echó a llorar.

Media hora más tarde se le ocurrió mirar por la ventana. Lo primero que vió fué una maleta verde con las iniciales L. C. pintadas en la funda. Estalló en él la alegría como una llama. Cogió una piedra. El cristal roto tintineó en el suelo. Un momento después John estaba dentro de la habitación. Abrió la maleta verde; y de repente hallóse respirando el perfume de Lenina, llenando sus pulmones con su ser hecho esencia. Sintió latir su corazón apresuradamente; por un momento creyó desmayarse. Inclinándose entonces sobre la preciosa caja, la tocó, la levantó a la luz, la examinó. Los cierres de cremallera de los pantalones de pana de glutina verde que trajo Lenina de reserva fueron primero un enigma; pero, en cuanto lo descifró, una delicia. Ris, ras; ris, ras, otra vez; estaba encantado. Las babuchas verdes de la joven eran lo más hermoso que había visto nunca. Desplegó una combinación con cierre de cremallera, se ruborizó, y la volvió en seguida a su sitio; pero besó en cambio un perfumado pañuelo de acetato y echóse al cuello una bufanda. Al abrir una caja esparció una nube de polvo perfumado. Se puso las manos blancas como si las hubiese metido en harina. Limpióselas en el pecho, en los hombros, en los brazos desnudos. ¡Delicioso perfume! Cerró los ojos: restregó su mejilla contra el empolvado brazo. Contacto de piel lisa con su rostro, perfume de polvos almizclados en su nariz; era su presencia real.

—¡Lenina! — susurró. — ¡Lenina!

Un ruido le sobresaltó, e hízole volverse sintiéndose culpable. Volvió a meter en la maleta sus hurtillos, y cerróla; escuchó otra vez, miró. Ni una señal de vida, ni un rumor. Y sin embargo había oído algo, algo como un suspiro, como un crujido del tillado. Fué en puntillas hasta la puerta y, abriéndola cautelosamente, hallóse frente a un largo pasillo. Al extremo había otra puerta entreabierta. Salió, empujóla y se asomó.

En un lecho bajo, las sábanas echadas hacia los pies, con un piyama rosa de una pieza y cierre de cremallera, yacía Lenina, profundamente dormida y tan bella entre sus bucles, tan infantilmente atrayente con los rosados deditos de sus pies y su grave y adormecido rostro, tan confiada en el abandono de sus suaves manos y sus laxos miembros, que sintió que se le saltaban las lágrimas.

Con infinitas y completamente innecesarias precauciones, pues se hubiese necesitado cuando menos el ruido de un disparo de pistola para traer de nuevo a Lenina a la vida antes del tiempo que duraba el efecto del *soma*, entró en el cuarto, y arrodillóse junto al lecho. La contempló, cruzó las manos, sus labios se movieron:

—Sus ojos — murmuró.

Sus ojos, sus cabellos, sus mejillas,
sus andares, su voz; tú los manejas
en tu discurso, ¡y esa mano a cuyo
lado los blancos son cual tinta

escribiendo sus tachas, cuyo suave
tocar hace que rudo nos parezca
el plumón de los cisnes. . .! (¹).

Zumbaba alrededor de ella una mosca; oxeóla con la mano.

—*Las moscas,* — recordó.

Sobre el milagro blanco de la mano
de mi Julieta, pueden detenerse,
robar la gracia inmortal de sus labios,
sí; pero ante su púdica modestia
de vestal, enrojecen cual juzgando
culpables a sus besos. . . (²).

Muy despacio, con el ademán vacilante de quien se inclina para acariciar a un tímido y quizá un poco peligroso pájaro, alargó la mano. Pero se quedó temblando a dos centímetros de aquellos · dedos blandamente colgantes, a punto de tocarlos. ¿Se atrevería? ¿Se atrevería *a profanar con su mano, la más indigna* (³) que. . . No, no se atrevía. El pájaro era muy peligroso. Volvió atrás la mano. ¡Qué hermosa era! ¡Qué hermosa!

Pensó entonces de pronto que sólo tenía que coger

(¹)   *Her eyes, her hair, her cheek, her gait, her voice;*
Handlest in thy discourse, O! that her hand,
In whose comparison all whites are ink
Writing their own reproach; to whose soft seizure
The cygnet's down is harsh. . .
                              (Troilus and Cressida, I, 1).

(²)   *On the white wonder of dear Juliet's hand, may seize*
And steal immortal blessing from her lips,
Who, even in pure and vestal modesty,
Still blush, ad thinking their own kisses sin.
                              (Romeo and Juliet, I. 5).

(³)   *If I profane with my unworthiest hand*
This holy shrine.
                              (Romeo and Juliet, I. 5).

la cremallera que ella tenía al cuello, y de un solo tirón... Cerró los ojos, sacudió la cabeza como un perro que sacude las orejas al salir del agua. ¡Abominable pensamiento! Se avergonzó de sí mismo. Púdica modestia de vestal...

Sintióse un zumbido en el aire. ¿Otra mosca que quería robar la gracia inmortal de sus labios? ¿Una avispa? Miró, no vió nada. El zumbido se hacía cada vez más intenso, localizándose precisamente entre las cerradas ventanas. ¡El avión! Presa de pánico púsose en pie, corrió a la otra habitación, salió de un salto por la abierta ventana, y apresurándose por la senda, entre las altas pitas, llegó a tiempo para recibir a Bernard Marx cuando bajaba del helicóptero.

CAPÍTULO X

Las manecillas de los cuatro mil relojes eléctricos de las cuatro mil salas del Centro de Bloomsbury señalaban las dos y veintisiete. "Esta industriosa colmena", como tanto le gustaba denominarla al Director, se hallaba en pleno zumbido de trabajo. Todos estaban ocupados, todo en ordenado movimiento. Bajo los microscopios, sacudiendo furiosamente su larga cola, los espermatozoides abríanse camino, horadando de cabeza los óvulos; y los óvulos ya fecundados se dilataban, se dividían, o si eran bokanowskyficados, retoñaban y estallaban en poblaciones enteras de distintos embriones. Desde la Sala de Predestinación Social, los montacargas bajaban zumbando a los sótanos, y allí, en la rojiza penumbra, sazonándose al calor de su capa de peritoneo, y atiborrados de sangre artificial y de hormonas, crecían y crecían los fetos, o bien, envenenados, languidecían en una encanijada epsilonez. Con un leve zumbido, y un ruido ligero, los portaenvases recorrían de un modo imperceptible durante varias semanas todas las edades del pasado en abreviatura, hasta que en la Sala de Decantación, los recién desenvasados bebés lanzaban su primer vagido de horror y pasmo.

Las dínamos jadeaban en el sótano, los ascensores subían y bajaban a toda marcha. En los doce pisos de salas para niños, era la hora de la comida. De mil ochocientos biberones, mil ochocientos nenes cuidadosamente etiquetados chupaban simultáneamente su medio litro de secreción externa pasteurizada.

Encima de ellos, en los diez pisos sucesivos dedicados a dormitorios, los niños y niñas que necesitaban aún echar la siesta estaban tan ocupados como los demás, aunque sin saberlo, escuchando inconscientemente hipnopédicas lecciones de higiene y sociabilidad, conciencia de clase y los primeros pinitos de vida erótica. Encima de ellos aún, estaban las salas de recreo y, habiéndose metido el tiempo en aguas, novecientos niños mayores se distraían con juegos de construcción y modelado, el escondite y los juegos eróticos.

¡Zum, zum! La colmena zumbaba activa, gozosamente. El canto de las jóvenes inclinadas sobre sus tubos de ensayo subía alegremente, los Predestinadores silbaban mientras trabajaban, y en la Sala de Decantación cambiábanse chistes por encima de los vacíos envases. Pero el rostro del Director, cuando entró con Henry Foster en la Sala de Fecundación, era grave, petrificado a fuerza de severidad.

—Un escarmiento público — iba diciendo. — Y en esta sala, porque en ella hay más trabajadores de las castas superiores que en ninguna otra del Centro. Le he dicho que venga aquí a las dos y media.

—Hace muy bien su trabajo — dijo Henry, intercediendo con una generosidad hipócrita.

—Lo sé. Razón de más para ser severo. La eminencia intelectual acarrea las correspondientes responsabilidades morales. Cuanto más grande es el talento de un hombre, mayor es su poder para extraviar a los otros. Preferible es que sufra uno a que muchos sean corrompidos. Considere el asunto desapasionadamente, mister Foster, y verá que no hay crimen tan nefando como la heterodoxia en la conducta. El asesino mata sólo al individuo y, después de todo, ¿qué es un individuo? — Con un amplio ademán, señaló las filas de microscopios, los tubos de ensayo, las incubadoras. — Podemos hacer un nuevo ensayo con la mayor facilidad, y tantos como queramos. La heterodoxia amenaza algo muy diferente que la vida de un mero individuo: ataca a la Sociedad misma. Sí, a la Sociedad misma — repitió. — ¡Ah! ¡Aquí está!

Bernard entró en la sala y avanzaba hacia ellos entre las filas de fecundadores. Una leve capa de pretenciosa confianza en sí mismo velaba a duras penas su nervosismo. La voz con que dijo:

—Buenos días, señor Director — era absurdamente alta; y, para corregirlo, dijo:

—Me rogó usted viniese a hablarle aquí — ridículamente bajo, un chillido de ratón.

—Sí, míster Marx — dijo el Director con un tono de mal agüero. — Le he rogado que viniera a verme aquí. Regresó usted de sus vacaciones ayer noche, según creo.

—Sí — respondió Bernard.

—Sí-í — repitió el Director, alargando la *i*. Y alzando súbitamente la voz:

—Señoras y señores — clamó: — Señoras y señores.

El canto de las chicas sobre los tubos de ensayo, el pensativo silbar de los microscopios, cesó de repente. Se hizo un profundo silencio; todos se volvieron.

—Señoras y señores — repitió el Director una vez más. — Dispénsenme el que interrumpa vuestros trabajos. Un penoso deber me obliga. La seguridad y estabilidad de la Sociedad corren peligro. Sí, corren peligro, señoras y señores. Este hombre — y señaló acusadoramente a Bernard, — este hombre que ven ante ustedes, este Alfa-Más a quien tanto se le ha otorgado, y del cual, por consiguiente, tanto podía esperarse, éste su colega (o ¿no sería mejor me anticipase y dijera ex colega?) ha traicionado groseramente la confianza depositada en él. Por sus heréticas opiniones sobre el deporte y el *soma*, por la escandalosa heterodoxia de su vida sexual, por su resistencia a obedecer las enseñanzas de Nuestro Ford y a conducirse fuera de sus horas de trabajo "como un bebé en su envase" — aquí el Director hizo el signo de la T — se ha declarado enemigo de la Sociedad, un subversivo, señoras y señores, de todo Orden y Estabilidad, un conspirador contra la Civilización misma. Por esta razón me propongo expulsarle, expulsarle ignominiosamente del puesto que ha ocupado en este Centro; y me propongo pedir su inmediato traslado a un Subcentro de la menor categoría y, para que este castigo pueda servir mejor a los intereses de la Sociedad, lo más lejos posible de todo Centro importante de población. En Islandia tendrá pocas ocasiones de descarriar a nadie con su antifordiano ejemplo.

El Director hizo una pausa; después, cruzándose de brazos y vuelto teatralmente a Bernard:

—Marx — dijo — ¿tiene alguna razón que alegar para que no ejecute la sentencia pronunciada contra usted?

—Sí — respondió Bernard muy alto.

Algo desconcertado, pero majestuosamente aún:

—Expóngala — dijo el Director.

—Bueno. Pero está en el pasillo. Un momento.

Bernard corrió hacia la puerta y la abrió de par en par.

—Entre — ordenó, y la razón entró y se hizo ostensible por sí misma.

Hubo un convulsivo jadeo, un murmullo de pasmo y de horror; una muchacha empezó a dar gritos; subiéndose a una silla para ver mejor, alguien tiró dos tubos de ensayo llenos de espermatozoides. Hinchada, arrugada, entre aquellos cuerpos juveniles y firmes, entre aquellos rostros que nada deformaban, como un monstruo extraño y espantoso, de edad madura, avanzó Linda en la habitación sonriendo coquetona con su rota y descolorida sonrisa, moviendo al andar, con movimiento que creía una ondulación voluptuosa, sus caderas enormes. Bernard iba a su lado.

—Aquí está — dijo señalando al Director.

—¿Se creía que no lo reconocería? — dijo Linda

146

indignada; y volviéndose al Director: — ¡Vaya si le he reconocido; Tomakin, te hubiese reconocido en cualquier parte, entre mil! Pero quizá tú me hayas olvidado. ¿No te acuerdas? ¿No te acuerdas, Tomakin? ¡Tu Linda!

Se le quedó mirando, ladeada la cabeza, sin dejar de sonreír, pero con una sonrisa que progresivamente, ante la expresión de petrificado disgusto del Director, iba perdiendo aplomo, con una sonrisa que se apagaba, y finalmente se extinguió.

—¿No te acuerdas, Tomakin? — repetía con voz trémula.

Tenía la mirada ansiosa, agónica. El rostro abotagado y lleno de ronchas estremecióse grotescamente en una mueca de agudo dolor.

—¡Tomakin! — Y le tendió los brazos. Uno empezó a reír burlonamente.

—¿Qué significa esta — empezó a decir el Director — monstruosa...

—¡Tomakin! — adelantóse, arrastrando tras ella su manto, y echándole los brazos al cuello reclinó su cabeza en el pecho de él.

Las risas volviéronse irreprimibles alaridos.

—... esta monstruosa farsa? — gritó el Director.

Encarnado como un tomate, trató de librarse del abrazo de Linda. Desesperadamente se asía ella:

—Pero si soy Linda, si soy Linda.

Las risas ahogaron su voz.

—Tú me hiciste un niño — aulló, dominando el barullo.

Hubo un súbito y embarazoso silencio; las miradas flotaban azoradas, sin saber dónde posarse. El Director palideció bruscamente, cesó de forcejear y detúvose con las manos en las muñecas de Linda, mirándola espantado con los ojos muy abiertos.

—Sí, un niño, y yo soy su madre.

Lanzó esta obscenidad como un desafío en el vejado silencio; y luego, apartándose bruscamente de él, llena de vergüenza, se cubrió el rostro con las manos, sollozando.

—No fué culpa mía, Tomakin, pues yo hacía siempre mis ejercicios malthusianos, ¿no es cierto? ¿No es cierto? Siempre... No sé cómo fué... Si vieses lo horrible que es, Tomakin... Pero él me ha sido un gran consuelo, a pesar de todo.

Y volviéndose hacia la puerta:

—¡John! — gritó. — ¡John!

Entró en seguida, detúvose un instante junto a la puerta, miró en torno y, quedo, con sus pies calzados de mocasines, cruzó rápidamente la sala, cayó de hinojos ante el Director, y dijo con voz clara:

—¡Padre mío!

Esta palabra (pues "padre" no era tan obscena, tenía menos relación con el desvío moral que representaba el tener un hijo; sino simplemente grosera, una incorrección escatológica, más bien que pornográfica), esta palabra cómicamente indecente alivió la tensión, del todo intolerable. Estallaron risas enormes, casi histéricas, carcajada tras carcajada, como si no fuesen a terminar nunca.

—Padre — ¡nada menos que al Director! ¡*Padre*! ¡Oh, Ford! ¡Oh, Ford! Sí que estaba bueno.

Los hipos y las carcajadas se sucedían. Las caras parecían iban a estallar, las lágrimas corrían. Otros seis tubos de espermatozoides cayeron al suelo.

—¡*Padre mío*!

Pálido, furiosos los ojos, el Director miraba en torno, en la agonía de una enloquecedora humillación.

—¡*Padre mío*!

Las risas que parecían haberse extinguido, brotaron otra vez y más fuerte que nunca. Tapóse los oídos con las manos y salió corriendo de la sala.

Capítulo XI

Tras la escena de la Sala de Fecundación, el mundillo
de las castas superiores de Londres ansiaba ver aquella
deliciosa criatura que se había postrado de hinojos ante
el Director de Incubación y Acondicionamiento; — o
mejor dicho, el Ex Director, pues el pobre hombre di-
mitió inmediatamente y no había vuelto a poner los pies
en el Centro, — y le había llamado (¡la cosa era demasiado buena para ser cierta!) "padre mío"

Linda, por el contrario, no despertó entusiasmo alguno; nadie sentía el menor deseo de verla. Decir de alguien
que era madre, pasaba ya de broma: era una obscenidad.
Y además no era una salvaje auténtica, había salido de
un envase y la habían acondicionado como a cada quis-
que; así, pues, no podía tener ideas verdaderamente ra-
ras. Finalmente — y ésta era la principal razón por la
que nadie quería ver a la pobre Linda — tenía en contra
su aspecto. Gorda; la juventud perdida; con sus dientes
cariados y su tez llena de ronchas, y aquella pinta. ¡Ford!
No se la podía mirar sin sentir náuseas; sí, náuseas. Así,
pues, las gentes de viso estaban firmemente decididas a
no ver a Linda. Y Linda, por su parte, tampoco deseaba
verlas. La vuelta a la civilización era para ella la vuelta
al *soma*, era la posibilidad de estar echada y tomarse vacaciones tras vacaciones, sin sentir nunca al despertar ni
jaqueca ni vómitos, sin sentir nunca lo que se sentía des-

pués del *peyotl*: la sensación de haber hecho algo tan vergonzosamente antisocial que jamás se podía ya llevar la cabeza alta. El *soma* no gastaba bromas tan pesadas. Las vacaciones que proporcionaba eran perfectas, y si la mañana siguiente era desagradable, no lo era intrínsecamente en sí, sino en comparación con los goces de las vacaciones. El remedio consistía en estar en continuas vacaciones. Glotonamente, pedía cada vez mayores y más frecuentes dosis. El doctor Shaw dudó al principio; después dejóla tomar cuanto quiso. Llegó a ingerir hasta veinte gramos por día.

—Esto acaba con ella dentro de un mes o dos — confió el doctor a Bernard. — El mejor día se le paralizará el centro respiratorio. No volverá a respirar. Terminado. Y es lo mejor. Si pudiéramos rejuvenecer, sería otra cosa. Pero no podemos.

Cosa sorprendente, según el sentir de todos (pues durante sus sesiones de *soma* Linda estaba convenientemente apartada), John puso reparos.

—Pero ¿no le acorta usted la vida dándole tanto?

—En un sentido, sí — concedió el doctor Shaw. — Pero en otro se la alargamos.

El joven abrió mucho los ojos, sin comprender.

—El *soma* hace perder algunos años en el tiempo — prosiguió el doctor. — Pero piense usted en la enorme, inmensa duración que puede darle fuera del tiempo. Cada vacación de *soma* es un fragmento de lo que nuestros antepasados llamaban la eternidad.

John empezaba a comprender.

—*La eternidad estaba en nuestros labios y en nuestros ojos* ([1]) — murmuró.

—¿Qué?

—Nada.

—Claro es que no se puede dejar a las personas irse

([1])   *Eternity was in our lips and eyes.*

(*Anthony and Cleopatra*, I. 3).

a la eternidad, si tienen algo importante que hacer aquí. Pero como ella no tiene nada importante que hacer...

—Aun así — insistió John — no me parece bien.

El doctor se encogió de hombros.

—Bueno, si a usted le parece mejor tenerla todo el día encima aullando como una loca...

Al fin, John vióse obligado a ceder. Linda tuvo *soma*. Siguió en adelante en su cuartito del piso treinta y siete, en la casa de Bernard, acostada, con la radio y la televisión funcionando constantemente, y la llave del pachulí goteando, y las tabletas de *soma* al alcance de la mano. Seguía allí, y sin embargo no estaba allí; estaba siempre lejos, infinitamente lejos, de vacaciones; de vacaciones en algún otro mundo, donde la música de la radio era un laberinto de sonoros colores, un laberinto resbaladizo, palpitante, que guiaba (y por qué hermosos e inevitables rodeos) a un brillante centro de certidumbre absoluta; donde las danzantes imágenes de la caja de televisión eran los actores de una inefablemente deliciosa película sensible toda cantada; donde el goteante pachulí era más que un perfume — era el Sol, un millón de sexófonos. Popé poseyéndola; pero mucho más, incomparablemente más, y sin cesar.

—No, no podemos rejuvenecer. Pero celebro mucho — terminó el doctor Shaw — el haber tenido esta ocasión de observar la senilidad en un ser humano. Muchas gracias por haberme llamado.

Estrechó fuertemente la mano de Bernard.

Era, pues, a John a quien buscaban todos. Y como sólo era posible verle por medio de Bernard, su guardián oficial, Bernard hallóse, por primera vez en su vida, tratado no simplemente como cualquier otro, sino como una persona de gran importancia.

Ya no se hablaba del alcohol de su sangre artificial, ya nadie se burlaba de su aspecto físico. Henry Foster se deshizo en cumplimientos de amistad; Benito Hoover le regaló seis paquetes de goma de hormona sexual para mascar; el Subdirector de Predestinación vino a mendigarle casi con bajeza una invitación para una de las *soirées* de Bernard. Y en cuanto a mujeres, bastaba que Bernard aludiese a la posibilidad de una invitación para lograr la que quisiera, fuese quien fuese.

—Bernard me ha invitado a ver al Salvaje el miércoles próximo — anunció triunfalmente Fanny.

—Me alegro — dijo Lenina. — Y ahora tendrás que reconocer que te habías equivocado con respecto a Bernard. ¿No le encuentras muy agradable?

Fanny afirmó con la cabeza.

—Y debo reconocer — dijo — que he sido muy agradablemente sorprendida.

El Envasador-Jefe, el Director de Predestinación, tres Subdelegados del Fecundador General, el Profesor de Sensaciones de la Escuela de Ingenieros de Emoción, el Decano de la Cantoría en Común de Westminster, el Inspector de la Bokanowskyficación... la lista de personalidades de Bernard era interminable.

—He tenido seis muchachas la semana pasada — dijo confidencialmente a Helmholtz Watson. — Una el lunes, dos el martes, otras dos el viernes y una el sábado. Y si hubiese tenido tiempo y humor, quedaba todavía una docena que lo estaban deseando...

Helmholtz escuchaba sus jactancias en un silencio tan severamente desaprobador, que Bernard se molestó.

—Me tienes envidia, — dijo.

Helmholtz negó con la cabeza.

—Estoy triste, nada más, — respondió.

Bernard marchóse disgustado.

—Nunca más — dijo entre sí. — Nunca más volveré a hablar a Helmholtz.

Pasaron los días. El triunfo se le subió a Bernard a la cabeza, y le fué reconciliando por completo (como cualquier buen intoxicante hace) con un mundo al que hasta entonces había encontrado muy poco satisfactorio. En cuanto reconocía su importancia, el orden de las cosas antojábasele bueno. Pero aunque reconciliado por el triunfo, rehusó sin embargo renunciar al privilegio de criticar este orden. Pues el criticar realzaba, a su entender, su propia importancia. y hacíale sentirse más grande. Y, además, creía sinceramente que había cosas criticables. (Al mismo tiempo le halagaba sinceramente también su buen éxito y tener cuantas chicas quería.) Ante todos éstos que, a causa del Salvaje, hacíanle ahora el rendibú, alardeaba Bernard de una vituperable heterodoxia. Le oían cortésmente. Pero a sus espaldas, la gente meneaba la cabeza. "Este chico acabará mal", decían, profetizando con la mayor seguridad, pues pensaban colaborar personalmente en el momento oportuno para que acabara mal. "No encontrará otro salvaje que le saque a flote la segunda vez", decían. Entre tanto, cierto, estaba allí el primer salvaje; y seguían siendo corteses. Y com   an corteses, Bernard creíase verdaderamente gigantesc   gigantesco y, al mismo tiempo, ligero, ingrávido a   a de triunfo, de soberbia, más ligero que el aire.

—Más ligero que el aire — dijo Bernard, señalando hacia arriba.

Como una perla en el cielo, alto, mucho más alto que ellos, el globo cautivo del Servicio Meteorológico brillaba rosado con la luz del Sol.

". . Se le mostrará al dicho Salvaje — rezaban las instrucciones dadas a Bernard — la vida civilizada en todos sus aspectos . . .".

Se le mostraba ahora, a vista de pájaro, el panorama desde la Torre de Charing-T. El Jefe de Estación y el Meteorólogo de turno servían de guías. Pero era Bernard el que hablaba más. Embriagado, se producía como si, cuando menos, fuese un Inspector Mundial. Más ligero que el aire.

El Cohete Verde de Bombay cayó del cielo. Descendieron los pasajeros. Ocho idénticos gemelos dravidianos, vestidos de caqui, asomaron por las ocho ventanillas de la cabina: los camareros.

—Mil doscientos cincuenta kilómetros por hora — dijo el Jefe de la Estación solemnemente. — ¿Qué le parece, señor Salvaje?

A John le pareció muy bonito.

—Sin embargo — dijo, — Puck *podía poner un ceñidor en torno de la Tierra en cuarenta minutos* (¹).

"El Salvaje — escribía Bernard en su informe a Mustafá-Mond — muestra sorprendentemente poca admiración o sorpresa por las invenciones civilizadas. Lo que, sin duda, en parte es debido al hecho de haber oído hablar de ellas a la mujer Linda, su ma...".

(Mustafá-Mond frunció el ceño. — "¿Pensará este idiota que soy tan ñoño para no poder ver esa palabra escrita con todas sus letras?").

"Y en parte también a estar dirigido todo su interés a lo que él llama "el alma", que persiste en considerar como una entidad independiente del medio físico circundante; mientras que, como he intentado demostrarle...".

El Inspector saltó los párrafos siguiente; e iba ya a volver la página en busca de algo más interesante y concreto, cuando tropezaron sus ojos con una serie de frases verdaderamente extraordinarias: "...aunque me es preciso admitir — leyó — que estoy de acuerdo con el salvaje en encontrar la civilizada puerilidad demasiado fácil o, como él dice, poco costosa; y me permito aprovechar esta ocasión para llamar la atención de Vuestra Fordería acerca de...".

La cólera de Mustafá Mond casi inmediatamente cedió plaza al buen humor. La idea de que aquel infeliz le encajaba solemnemente — a él — una conferencia sobre el orden social, era, en verdad, demasiado grótesca. Debía de haber perdido el juicio. "Hay que darle una lección", se dijo; y echó hacia atrás la cabeza y rompió

(¹)   *I'll put a girdle round about the earth
   In forty minutes.*
                        (Midsummer Night's Dream, II. 1.)

a reír a carcajadas. No habría lección, de momento cuando menos.

Se trataba de una fabriquilla de aparatos de alumbrado para helicópteros, sucursal de la Sociedad de Equipos Eléctricos. Fueron recibidos en la propia azotea (pues la carta-circular de recomendación del Inspector producía efectos mágicos) por el Jefe Técnico y el Director del Elemento Humano. Bajaron a la fábrica.

—Cada trabajo — explicó el Director del Elemento Humano, — es llevado a cabo, en lo posible, por un solo Grupo Bokanowsky.

Y, en efecto, ochenta y tres Deltas, negros, braquicéfalos y muy romos de narices, se empleaban en el estampado en frío. Los cincuenta y seis tornos de mandriles y cuatro brocas estaban manejados por ciento seis Gammas aquileños, color jengibre. Ciento siete Epsilones senegaleses, acondicionados para el calor, trabajaban en la fundición. Treinta y tres mujeres Deltas, de cabezas alargadas, color de arena y estrechas pelvis, todas — con una diferencia de 20 milímetros — de 1 metro 69 de altura, hacían tornillos. En la sala de ajustaje, se montaban los dínamos por dos cuadrillas de enanos Gamma-Más. Las dos mesas bajas estaban fronteras; por entre ellas, poco a poco, avanzaba la correa sin fin con su carga de piezas sueltas; cuarenta y siete cabezas rubias frente a cuarenta y siete morenas. Cuarenta y siete chatos frente a cuarenta y siete nariguidos; cuarenta y siete hociquirromos frente a cuarenta y siete prognatos. Los mecanismos completos eran revisados por dieciocho muchachas de rizoso pelo castaño, vestidas de verde Gamma; embalados por treinta y siete Deltas paticortos y zurdos, y cargados en plataformas y camiones a la espera por sesenta y tres Epsilones Semienanos, ojiazules, de pelo de estopa y pecosos.

"¡Oh, magnífico mundo, mundo nuevo...". Por una jugarreta de su memoria, el Salvaje hallóse repitiendo las palabras de Miranda. "¡Oh, magnífico mundo, mundo nuevo que tales gentes tienes!".

—Puedo asegurarles — terminó el Director del Elemento Humano, cuando se marchaban de la fábrica, — que casi nunca tenemos disensiones con nuestros trabajadores. Siempre hallamos...

Pero el Salvaje se había separado bruscamente de sus acompañantes, y hacía esfuerzos por vomitar tras un seto de laureles, cual si la tierra firme fuese un helicóptero en un bache de aire.

"El Salvaje — escribía Bernard, — rehusa tomar *soma*, y parece estar muy disgustado porque la mujer Linda, su m..., está en continuas vacaciones. Es digno de observarse que, a pesar de la senilidad y aspecto en extremo repulsivo de su m..., va el Salvaje frecuentemente a verla, y muéstrase muy unido a ella — interesante ejemplo de cómo un temprano acondicionamiento puede modificar y aun contrariar los naturales impulsos (en este caso particular, el impulso a retroceder ante un objeto desagradable).

En Eton aterrizaron en la azotea de la Escuela Superior. Al otro lado del patio, los cincuenta y dos pisos de la Torre de Lupton lucían, blancos, al sol. A su izquierda la Escuela y a su derecha la Cantoría Escolar en Común, alzaban sus moles venerables de cemento armado y vita-cristal. En el centro del cuadrángulo estaba la arcaica y curiosa estatua, de acero cromado, de Nuestro Ford.

El Rector doctor Gaffney y Miss Keate, la Directora, les recibieron al bajar del avión.

—¿Tiene muchos gemelos aquí? — preguntó el Salvaje, un poco escamado, cuando iban a empezar la visita.

—¡Oh, no! — respondió el Rector. — Eton está exclusivamente reservado para los chicos y chicas de las castas superiores. Cada óvulo, un individuo. Esto, ni qué decir tiene, hace la educación más difícil. Pero como están

156

llamados a asumir responsabilidades y a afrontar inesperadas contingencias, no se puede remediar.

Suspiró.

Mientras tanto, a Bernard le iba gustando mucho Miss Keate.

—Si está usted libre cualquier noche, un lunes, un miércoles o un viernes — le decía, señalando con el pulgar al Salvaje. — Es curioso, ¿sabe usted? Muy extraño.

Sonrió Miss Keate, y él pensó que su sonrisa era realmente encantadora.

—Gracias — dijo ella; — tendré sumo placer en asistir a una de sus reuniones.

El Rector abrió una puerta.

Cinco minutos pasados en esta clase de Alfas-Doble-Más dejaron a John un poco aturdido.

—¿Qué es la relatividad elemental? — susurró a Bernard.

Bernard intentó explicárselo; pero, pensándolo mejor, propuso ir a cualquier otra clase.

De detrás de una puerta, en el pasillo que conducía a la clase de Geografía de los Betas-Menos, una sonora voz de soprano gritaba: "Uno, dos, tres, cuatro", y luego, con fatigada impaciencia: "¡Posición".

—Ejercicios malthusianos — explicó la Directora. — La mayoría de nuestras chicas están esterilizadas, desde luego. Yo misma lo estoy — y sonrió a Bernard. — Pero tenemos unas ochocientas que no lo están y a las que es necesario hacerles hacer constantemente esos ejercicios.

En la clase de Geografía de los Betas-Menos, supo John que "una reserva de salvajes es un lugar que a causa de las desfavorables condiciones climáticas o geológicas, o por su pobreza de recursos naturales, no compensa el gasto de civilización". ¡Tras!, la sala quedó a obscuras y, de repente, en la pantalla, sobre la cabeza del Profesor, aparecieron los *Penitentes* ([1]) de Acoma postrándose ante Nuestra Señora, gimiendo como John les había oído gemir, confesando sus pecados ante Cristo crucificado, ante el águila, imagen de Pukong. Los jóvenes etonianos echáronse a reír alegremente. Sin dejar sus gemidos, pusiéronse en pie los Penitentes, desnudáronse hasta la cintura, y comenzaron a azotarse una y otra vez con látigos de correhuelas con nudos. Las risas redobladas, ahogaron hasta la amplificada reproducción de sus gemidos.

—Pero, ¿por qué se ríen? — preguntó el Salvaje apenado y pasmado.

—¿Por qué — el Rector volvió hacia él su rostro en que le retozaba la risa. — ¿*Por qué*? Pues porque tiene muchísima gracia.

En la penumbra cinematográfica, Bernard arriesgóse a hacer un ademán que antes, ni aun en total obscuridad, se hubiese atrevido. Muy seguro de su actual importancia, rodeó el talle de la Directora. Ella plegóse como un sauce. Ya estaba a punto de darle un beso o dos, y hasta, como quien no hace la cosa, un pellizquito, cuando, de golpe, las contraventanas se abrieron.

—Quizá sería preferible que siguiésemos, — dijo Miss Keate, y se dirigió hacia la puerta.

—Aquí está la Central Hipnopédica, — dijo a su vez el Rector, instantes después.

Cientos de cajas de música sintética, una para cada dormitorio, estaban alineadas en anaqueles alrededor de tres de los muros de la pieza; en el cuarto, clasificados en un columbario, estaban los rollos de inscripción sonora que contenían las diversas lecciones hipnopédicas.

—Se mete el rollo por aquí — explicó Bernard, interrumpiendo al doctor Gaffney, — se aprieta este interruptor...

—No, este otro, — corrigió el Rector, amoscado.

([1])   En español en el original inglés.

—Bueno, ese. El rollo se desarrolla. Las células de selenio transforman las impulsiones luminosas en ondas sonoras, y . . .

—Y ya está, — terminó el doctor Gaffney.

—¿Leen a Shakespeare? — preguntó el Salvaje cuando, de camino para los Laboratorios Bioquímicos pasaron por delante de la Biblioteca de la Escuela.

—Claro que no, — dijo la Directora ruborizándose.

—Nuestra biblioteca, — afirmó el doctor Gaffney — contiene sólo libros de consulta. Si nuestros chicos quieren distraerse, pueden ir al cine sensible. No les animamos a entregarse a las diversiones solitarias.

Cinco autobuses cargados de chicos y chicas, cantando o en un silencioso abrazo, pasaron ante ellos por la carretera vitrificada.

—Vuelven ahora mismo — explicó el doctor Gaffney, mientras Bernard, cuchicheando, se citaba con la Directora para aquella misma tarde — del Crematorio de Slough. El acondicionamiento para la muerte comienza a los dieciocho meses. Cada crío pasa dos mañanas cada semana en el Hospital de Moribundos. Tienen allí juguetes más bonitos, y los días en que hay muertos les dan crema de chocolate. Aprenden así a considerar la muerte como una cosa natural.

—Como cualquier otro proceso fisiológico, — concluyó la Directora profesionalmente.

Quedaron de acuerdo: a las ocho en el Savoy.

De vuelta a Londres se detuvieron en la fábrica de la Compañía General de Televisión en Brentford.

—¿Quiere esperarme un momento mientras voy a telefonear? — preguntó Bernard.

El Salvaje observó mientras esperaba. Dejaba el trabajo el turno principal del día. Una multitud de obreros de castas inferiores hacía cola ante la estación del monorriel: siete u ochocientos Gammas, Deltas y Epsilones, hombres y mujeres, con sólo una docena de fisonomías y tallas diferentes. A cada uno, junto con su billete, el taquillero le daba una caja de cartón con píldoras. La cola avanzaba lentamente.

—¿Qué hay en esos... (acordándose del *Mercader de Venecia*) cofrecillos? — preguntó el Salvaje a Bernard cuando volvió.

—La diaria ración de *soma* — contestó Bernard bastante confusamente pues estaba masticando una pastilla de la goma para mascar, regalo de Benito Hoover.

—Se les da al terminar el trabajo. Cuatro tabletas al finalizar éste y seis el sábado.

Cogió afectuosamente del brazo a John y se fueron hacia el helicóptero.

Lenina entró cantando en el Vestuario.

—Parece que estás contenta, — dijo Fanny.

—Sí, *estoy* contenta — respondió Lenina. — ¡Ris! Bernard me ha llamado hace media hora.

¡Ris, ras! Se quitó los pantalones.

—Tiene un compromiso inesperado — ¡Ris! — Y me ruega acompañe esta tarde al Salvaje al Cine Sensible. Tengo que andar lista.

Y lanzóse hacia el baño.

—Tiene suerte — se dijo Fanny viéndola marchar.

No había nada de envidia en el comentario; Fanny, con su buena alma, constataba meramente un hecho. Lenina *tenía* suerte; suerte, porque había compartido junto con Bernard una buena parte de la inmensa celebridad del Salvaje; suerte por reflejar por el momento en su insignificante persona la moda suprema del día. ¿No le había invitado la Secretaria de la Sociedad de Jóvenes Fordianas a dar una conferencia sobre sus impresiones? ¿No había sido invitada a la Comida Anual del *Aphroditœum Club?* ¿No había sal do ya en uno de los últimos Noticiarios Sensibles (de un modo visible, audible y tocable) ante incontables millones de espectadores esparcidos por todo el planeta?

No menos halagüeñas eran las atenciones que con ella habían tenido conspicuas personalidades. El Segundo Secretario del Inspector Mundial de la región, la había invitado a cenar y a desayunar con él. Había pasado un fin de semana con Su Fordería el Fiscal Supremo y otro con el Archichantre de Canterbury. El Presidente de la Compañía de Secreciones Internas y Externas la telefoneaba constantemente, y había además ido a Deauville con el Subdirector del Banco de Europa.

—Es maravilloso, claro está. Y sin embargo, en cierto modo — confesó a Fanny, — me parece como si lograra algo con malas artes. Porque, desde luego, lo primero que desean saber es cómo hace el amor un salvaje. Y tengo que decirles que no lo sé.

Meneó la cabeza.

—La mayoría, naturalmente, no me cree. Y es verdad. Y yo querría que no lo fuera — agregó tristemente y suspirando. — Es tremendamente hermoso, ¿no te parece?

—Pero, ¿es que no le gustas? — preguntó Fanny.

—Algunas veces creo que sí, y otras me parece que no. Hace cuanto puede para rehuirme; sale de la habitación en cuanto yo entro; no quiere tocarme; no quiere ni aun mirarme. Pero a veces me vuelvo bruscamente y le sorprendo contemplándome; y luego, ¿eh?, ya sabes cómo miran los hombres cuando les gustamos.

Sí, Fanny lo sabía.

—No lo entiendo, — dijo Lenina.

No lo entendía; y estaba no sólo extrañada, sino también algo apenada.

—Porque, ya ves, Fanny, me gusta.

Le gustaba cada día más. Y se le presentaba una buena ocasión, pensó, mientras perfumábase después del baño. Tap, tap, tap, una buena ocasión. Su optimismo se tradujo en canto:

Cíñeme, embriágame a caricias,
bésame hasta que caiga en coma,
cíñeme estrecha y dulcemente
con amor grande como el soma.

El órgano de perfumes tocaba un capricho de hierbas aromáticas, deliciosamente refrescantes, filigranas de arpegios de tomillo y espliego, de romero, de albahaca, de mirto, de estragón; una serie de atrevidas modulaciones que pasaban por todos los matices desde las especias hasta el ámbar gris, y un moroso retorno por el sándalo, el ancanfor, el cedro y el heno recién segado (con unos incidentales, sutiles toques de discordes: una bocanada de riñonada, una casi sugestión de estiércol de puerco), para tornar a los sencillos aromas con los que comenzó la pieza. La postrera explosión de tomillo desvanecióse; oyéronse aplausos y encendiéronse las luces. En la máquina de música sintética, el rollo de impresión sonora comenzó a desarrollarse. Era un trío para hiperviolín, superviolonccelo y sedooboe, que llenó el aire con su agradable languidez. Treinta o cuarenta compases, y sobre este fondo instrumental, una voz más que humana comenzó a gorjear; ya de garganta, ya de cabeza, ya hueca como una flauta, ya cargada de armonías llenas de deseo, pasaba sin esfuerzo de la marca en bajo de Gaspard Forster a los límites mismos de los sones musicales, hasta un trino como el grito del murciélago, más alto que el más alto *do* que una vez (en 1770, en la Ópera Ducal de Parma, con gran pasmo de Mozart) lanzó Lucrezia Ajugari, única cantante de quien tal recuerde la Historia.

Hundidos en sus butacas neumáticas, Lenina y el Salvaje olían y escuchaban. Llegó la vez a los ojos y a la piel.

Se apagaron las luces; letras llameantes destacáronse como si se sostuviesen solas en la obscuridad. *Tres sema-*

nas en helicóptero. Superfilm totalmente cantado, hablado sintéticamente, en colores, estereoscópico y sensible. Con acompañamiento sincronizado de órgano de perfumes.

—Apoye las manos en los botones metálicos que hay en los brazos de la butaca — murmuró Lenina, — pues si nos apreciará los efectos del sensible.

Obedeció el Salvaje.

Las letras ígneas habían desaparecido; siguieron diez segundos de obscuridad completa; y, de pronto, deslumbrantes y pareciendo más sólidas que lo serían en carne y hueso, de más vivos efectos que la misma vida, surgieron, abrazadas, las imágenes estereoscópicas de un negro gigantesco y de una joven Beta-Más, de cabellos de oro y braquicéfala.

Sobresaltóse el Salvaje. ¡Qué sensación en los labios! Levantó una mano y la llevó a la boca; la titilación cesó; dejó caer de nuevo su mano sobre el botón metálico y se renovó la sensación. El órgano de perfumes, mientras tanto, exhalaba almizcle puro. Expirante, una superpaloma de rollo sonoro, arrulló: "Ru, ruu", y vibrando sólo a treinta y dos veces por segundo, una voz de bajo más que africana por la profundidad, respondió: "¡Aah-ah! ¡Uh-ah! ¡Uh-ah!", los labios estereoscópicos se juntaron de nuevo, y de nuevo las zonas faciales erógenas de los seis mil espectadores del Alhambra titilaron de un placer galvánico casi intolerable. "¡Uh . . .!".

El tema de la cinta era sumamente sencillo. Pocos minutos después de los primeros "¡Uhs!" y "¡Aahs!", se había cantado un dúo, y algunos escarceos amorosos fueron ejecutados sobre la famosa piel de oso, cada pelo de la cual (el Subdirector de Predestinación tenía razón en absoluto) podíase sentir por separado y distintamente. Sufría el negro un accidente de helicóptero y caía de cabeza. ¡Pum! ¡Qué agudo dolor en la frente! Un coro de ¡Ah! y de ¡Ay! surgió del auditorio.

El porrazo mandó a paseo en un momento todo el

acondicionamiento del negro. Sintió por la Beta rubia una exclusiva y vesánica pasión. Protestó ella. Persistió él. Y vinieron los forcejeos, las persecuciones, una agresión a un rival, y, finalmente, un rapto sensacional. La rubia Beta fué raptada en medio de los aires, y retenida en constante. vuelo, durante tres semanas, en un cerrilmente antisocial *tête-à-tête* con el negro loco. Por fin, y tras una serie de aventuras y abundantes acrobacias aéreas, tres hermosos jóvenes Alfas lograron libertarla. El negro fué enviado a un Centro de Reacondicionamiento para Adultos y la cinta terminó feliz y decorosamente, convirtiéndose la rubia Beta en querida de sus tres salvadores. Interrumpiéronse por un momento para cantar un cuarteto sintético, con gran acompañamiento superorquestal y de gardenia en el órgano de perfumes. Hizo después la piel de oso una última aparición, y entre un estrépito de sexófonos desvanecióse en la oscuridad el último beso estereoscópico, la última titilación eléctrica amortiguóse en los labios, como una expirante mariposa nocturna que palpita, palpita más débilmente cada vez, y queda por último inmóvil, completamente inmóvil.

Pero para Lenina, la mariposa no murió completamente. Aun después de encendidas las luces, mientras, entre la multitud, iban lentos hacia los ascensores, aún palpitaba el fantasma junto a sus labios, aún trazaba sobre su piel leves arabescos estremecidos de angustia y de placer. Tenía encendidas las mejillas, los ojos como joyas de rocío, la respiración anhelante. Asióse al brazo del Salvaje y apretóle, inerte, contra ella. Miróla un momento, pálido, apenado, deseoso y avergonzado de su deseo. Él no era digno, no lo era... sus miradas se cruzaron por un momento. ¡Qué tesoros prometía la de ella! ¡Cómo temple, un bocado de rey! Rápidamente desvió la mirada y separó su brazo. Sintió oscuramente aterrado de que ella cesara de ser algo de que él pudiese sentirse indigno.

—Creo que no se deberían ver estas cosas, — dijo,

apresurándose a transferir de Lenina a las circunstancias que les rodeaban el posible vituperio por cualquier imperfección presente o futura.

—¿Qué cosas, John?

—Esa horrible película.

—¿Horrible? — Lenina estaba sinceramente atónita. — ¡Pero si era muy agradable!

—Era abyecta — dijo él con indignación, — innoble...

Movió ella la cabeza.

—No sé lo que quieres decir... — ¿Por qué era tan extraño? ¿Por qué se complacía en amargarlo todo?

En el taxicóptero apenas la miró. Ligado por poderosos votos nunca dichos, obedeciendo a las leyes que hacía mucho habían cesado de regir, manteníanse silenciosos, apartados los ojos. A veces, como si un dedo hubiese tirado de una cuerda a punto de romperse, todo su cuerpo se estremecía por una súbita sacudida nerviosa.

Aterrizó el taxicóptero sobre la azotea de la casa de Lenina.

"¡Por fin!" — pensó ella triunfalmente al bajar.— "¡Por fin!" aun cuando hubiese estado tan raro hasta allí. De pie, bajo una lámpara, miróse en su espejito .. Sí, tenía la nariz un poquitín brillante. Sacudió el polvo que se había desprendido de la borla. Tendría el tiempo justo mientras él pagaba el taxis. Frotó la parte brillante, pensando: "Es enormemente hermoso. No tiene ninguna razón para ser tímido como Bernard. Y, sin embargo..., cualquier otro hombre lo habría hecho hace ya mucho tiempo. Pero, ¡por fin!". El fragmento de rostro en el redondo espejito sonrióla de pronto.

—¡Buenas noches! — dijo una voz ahogada a su espalda.

Lenina volvióse rápidamente. Estaba junto a la abierta portezuela del taxis, los ojos fijos y muy abiertos; de seguro habíalos tenido así todo el tiempo que ella estuvo dándose polvos en la nariz, esperando...., ¿qué?, o dudando, intentando decidirse, y pensando todo el tiempo, pensando, pensando, no podía imaginarse en qué extraordinarias cosas.

—Buenas noches, Lenina — repitió, e hizo una mueca al intentar sonreír.

—Pero, John... Yo creía que... Yo creía que no te irías...

Cerró la portezuela e inclinóse hacia adelante para decirle algo al conductor. El aparato lanzóse a los aires.

Mirando hacia abajo por la ventanilla del suelo, pudo ver el Salvaje a Lenina con la cabeza echada hacia atrás, pálida bajo la luz azulada de las lámparas. Tenía los labios entreabiertos, le llamaba. Su silueta, cada vez más pequeña, alejábase rápidamente de él; el cuadro de la azotea, reduciéndose, parecía hundirse en la noche.

Cinco minutos después entraba en la habitación. Sacó de su escondrijo el volumen roído de ratones y hojeó religiosamente las páginas manchadas y arrugadas, y púsose a leer *Otelo*. Otelo — recordaba — se parecía al héroe de *Tres semanas en helicóptero*. Era un negro también.

Limpiándose los ojos, cruzó Lenina la azotea hasta el ascensor. Mientras descendía al piso veintisiete, sacó el tubo de *soma*. No era bastante un gramo, resolvió; su pena requería más de un gramo. Pero si tomaba dos, corría el riesgo de no despertar a tiempo a la mañana siguiente. Partió la diferencia y echó en su palma izquierda, ahuecada en forma de cuenco, tres pastillas de medio gramo.

CAPÍTULO XII

Bernard tuvo que gritar ante la puerta cerrada; el Salvaje no quería abrir.

—Todos están aquí, esperándote...

—Déjalos que esperen, — replicóle una voz velada a través de la puerta

—Pero ya sabes, John (¡qué difícil es tener un tono persuasivo cuando se grita a voz en cuello!), que los he invitado expresamente para que te conocieran.

—Debías haberme preguntado primero si yo quería *conocerlos*.

—Pero siempre has salido hasta ahora, John.

—Precisamente por eso no quiero salir más.

—Hazlo por mí — clamó Bernard con voz tonante.— ¿No quieres salir por complacerme?

—No.

—¿Lo dices de veras?

—Sí.

—Y ¿qué hago yo ahora? — gimió Bernard desesperadamente.

—¡Vete al demonio! — gritó dentro una voz furiosa.

—¡Pero si ha venido esta noche el Archichantre de Cànterbury! — Bernard casi lloraba.

—*Ai yaa takua!* — sólo en zuñi podía expresar adecuadamente el Salvaje lo que pensaba del Archichantre.—

Hani! — agregó tras de haberlo pensado: y luego (¡y con qué sarcástica ferocidad!) : — *Sons éso tse-ná.*—Y escupió en el suelo, como pudiera hacerlo Popé.

Por fin Bernard tuvo que marcharse cabizbajo, deprimido, a sus habitaciones e informar a la impaciente concurrencia que el Salvaje no saldría aquella noche. La noticia fué acogida con indignación. Los hombres estaban furiosos de que se hubiese jugado con ellos hasta el punto de hacerles tratar cortésmente a un ente insignificante, con pésima reputación y opiniones heréticas. Cuanto mayor era su jerarquía, más profundo era su resentimiento.

—¡Darme a mí una broma como esta! — repetía constantemente el Archichantre. — ¡A mí!

En cuanto a las mujeres, estaban indignadas de ver que habían sido poseídas con engaño por un desdichado hombrecillo en el envase del cual se había echado alcohol por equivocac'ón, por una criatura que tenía el físico de un Gamma-Menos. Era una ofensa, y proclamáronlo en voz cada vez más alta. La Directora de Eton fué particularmente implacable.

Sólo Lenina no dijo nada. Pálida, velados los azules ojos por una desusada melancolía, siguió sentada en un rincón, separada de cuantos la rodeaban por una emoción que ellos no compartían. Había venido a la reunión llena de un extraño sentimiento de ansioso alborozo. "Dentro de pocos minutos — pensaba al entrar en la sala — le veré, hablaré con él, le diré (pues había venido con su resolución tomada) que me gusta más que ninguno de cuantos he conocido. Y entonces, quizá dirá él...".

—¿Qué diría él? La sangre le afluía a las mejillas.

"¿Por qué estaría tan raro la otra noche, después del cine sensible? Es muy chocante. Y sin embargo estoy completamente segura de que realmente le gusto. Estoy **segura**...".

En este mismo momento fué cuando Bernard anunció que el Salvaje no asistiría a la reunión.

Sintió Lenina de repente todas las sensaciones que se experimentan normalmente al comienzo de un tratamiento de sucedáneo de Pasión Violenta: una sensación de horrible vacío, una aprensión anhelante, náuseas. Parecía que su corazón cesaba de latir.

"Quizá sea porque no le gusto", se dijo. Y en seguida esta hipótesis convirtióse en una certidumbre inconcusa: John había rehusado ir con ella porque no le gustaba. No le gustaba...

—Es realmente demasiado — decía la Directora de Eton al Director de Crematorios y de Recuperación de Fósforo. — Cuando pienso que yo, sin más ni más...

—Sí — dijo la voz de Fanny Crowne, — es absolutamente cierto eso del alcohol. Yo conozco a una que a su vez conoce a la que trabajaba entonces en el Depósito de Embriones. — Esta se lo dijo a mi amiga y mi amiga a mí...

—Es verdaderamente triste — dijo Henry Foster, manifestando su simpatía al Archichantre. — Quizá pueda interesarle a usted saber que nuestro Ex Director estaba a punto de trasladarle a Islandia.

Atravesado por cada una de las palabras pronunciadas, el rotundo globo de la alegre confianza en sí mismo de Bernard se deshinchaba por mil heridas. Pálido, abstraído, abyecto y agitado, iba y venía entre sus invitados farfullando incoherentes disculpas, asegurándoles que la próxima vez el Salvaje estaría de seguro, rogándoles que se sentasen y tomaran un *sandwich* de carotina, una lonja de pasta de vitaminas A, una copa de Champaña artificial. Comían con buen diente, pero hacían como si no le viesen; bebían y se mostraban groseros con él, o hablaban de él entre sí, en voz alta y de un modo mortificante, como si no estuviese presente.

—Y ahora, amigos míos — dijo el Archichantre de Canterbury, con aquella hermosa y sonora voz con que dirigía las ceremonias del Día de Ford, — ahora, amigos míos, creo que ha llegado el momento...

Púsose en pie, posó su copa, sacudió de su chaleco púrpura las migajas de una respetable colación, y se dirigió a la puerta.

Bernard precipitóse hacia él para impedirlo.

—¿De veras se marcha usted, señor Archichantre?... Aún es muy temprano. Yo creía que...

Sí, ¿qué no había esperado cuando Lenina díjole confidencialmente que el Archichantre aceptaría una invitación si se la enviaban? "Es muy amable, ¿sabes?". Y le enseñó a Bernard el pequeño cierre de cremallera, de oro y en forma de T, que el Archichantre le había dado como recuerdo del fin de semana que pasó en la Cantoría Diocesana. *Asistirán el Archichantre de Canterbury y el señor Salvaje.* Bernard había proclamado su triunfo en todas las invitaciones. Pero el Salvaje escogió precisamente aquella noche para encerrarse en su cuarto, gritar *Hani!* y hasta (por fortuna Bernard no entendía el zuñi): *Sons éso tse-ná!* Lo que debería haber sido el remate de la carrera de Bernard habíase convertido en un momento en la mayor de las humillaciones.

—¡Y yo que había esperado tanto...! — repetía balbuciendo, los ojos implorantes y extraviados, puestos en el conspicuo dignatario.

—Mi querido amigo — dijo el Archichantre en un tono severo, alto y solemne en medio de un silencio general, — permítame que le haga una advertencia — movió su dedo señalando a Bernard — antes de que sea demasiado tarde. Una advertencia saludable. — Su voz hízose sepulcral. — Enmiéndese, amigo mío, enmiéndese.

Hízole el signo de la T, y volvióse.

—Lenina, hija mía — dijo en otro tono, — vente conmigo.

Obediente, pero sin sonreír y (del todo insensible al honor que se la dispensaba) sin entusiasmo alguno, Lenina salió de la sala tras él. Los demás invitados siguiéronles tras un respetuoso intervalo. El último cerró de golpe la puerta. Bernard quedó solo.

Atravesado de parte a parte, desinflado del todo, dejóse caer en una silla, y, tapándose la cara con las manos, comenzó a llorar. Reaccionó al cabo de unos minutos, sin embargo, y tomó cuatro tabletas de *soma*.

Allá arriba, en su cuarto, el Salvaje leía *Romeo y Julieta*.

Lenina y el Archichantre detuviéronse en la azotea de la Cantoría.

—Apresúrate, amiguito, quiero decir, Lenina — gritó impaciente el Archichantre, desde la puerta del ascensor. Lenina, que se había detenido un momento para mirar la Luna, bajó los ojos y cruzó apresurada la azotea.

Una Nueva Teoría de la Biología, tal era el título de la memoria que Mustafá Mond terminaba de leer. Siguió sentado un rato, frunciendo meditabundo las cejas; tomó después su pluma y escribió cruzando la portada: "La forma con que el autor trata matemáticamente la concepción de fin, es nueva y muy ingeniosa, pero herética y, en lo que atañe al presente orden social, peligrosa y subversiva en potencia. *No se publique.* — Subrayó estas palabras. — Debe vigilarse al autor. Quizá pueda hacerse necesario su traslado a la Estación de Biología Marina de Santa Elena".

"¡Qué lástima! — pensó mientras firmaba. — Es un trabajo admirable. Pero una vez que se empiezan a admitir explicaciones de orden finalista, no se sabe dónde se irá a parar. Son esta clase de ideas las que más fácilmente pueden desacondicionar las mentes menos sólidamente encuadradas de las castas superiores, haciéndoles perder su fe en la felicidad como Soberano Bien, y hacerles creer, en su lugar, que la meta está en cualquier parte más allá, en cualquier parte fuera de la presente esfera humana; que el fin de la vida no es el mantenimiento del bienestar, sino una intensificación, un refinamiento de la conciencia, un aumento del saber. Lo que — reflexionaba el Administrador — es muy posiblemente verdad. Pero no admisible en las presentes circunstancias". Volvió a coger la pluma, y bajo las palabras *No se publique*, trazó una segunda raya, más gruesa y más negra que la primera; suspiró: "¡Qué bien se pasaría si no se tuviera que pensar en la felicidad!".

Cerrados los ojos, arrobado y radiante el rostro, John declamaba suavemente en la soledad:

A arder enseña con fulgor las teas;
y pende en las mejillas de la noche
cual rica joya de una oreja etíope
para la tierra en demasía bella (¹).

La T de oro brillaba sobre el seno de Lenina. Retozón, cogióla el Archichantre entre sus dedos; alegremente tiró y tiró.

—Me parece — dijo de pronto Lenina, rompiendo un largo silencio — que voy a tomarme un par de gramos de *soma*.

A aquella hora estaba Bernard profundamente dormido y sonreía en el particular paraíso de sus sueños. Pero inexorablemente, cada treinta segundos, el minutero del reloj eléctrico colgado sobre su lecho avanzaba con un ruidillo casi imperceptible. Clic, clic, clic, clic... Y llegó la mañana. Bernard hallóse de nuevo entre las

(¹)   *O, she doth teach the torches to burn bright!*
       It seems she hangs upon the cheek of night
       Like a rich jewel in an Ethiop's ear;
       Beauty too rich for use, for earth too dear...

       (*Romeo and Juliet*, I, 5).

miserias del espacio y del tiempo. Y en el estado de ánimo más deplorable, fué en taxis a su trabajo en el Centro de Acondicionamiento. La embriaguez del triunfo se había disipado; era sobriamente su antiguo *yo*; y contrastando con el pasajero globo de las últimas semanas, el antiguo *yo* parecía ser, aún más que nunca, más pesado que la atmósfera que le rodeaba.

A este deshinchado Bernard mostró el Salvaje una inesperada simpatía.

—Te pareces más a como eras en Malpaís — le dijo cuando Bernard contóle su lastimosa historia. — ¿Te acuerdas cuando hablamos por primera vez? Delante de la casucha. Ahora eres como eras entonces.

—Porque vuelvo a ser desgraciado; por eso.

—Bueno, ¿y qué? ¡Preferiría ser desgraciado a esa especie de felicidad falsa y engañosa que aquí tenías!

—¡Me gusta! — dijo Bernard amargamente. — ¡Cuando eres tú el causante de todo! ¡No quisiste asistir a mi reunión, y todos se volvieron contra mí!

Sabía que cuanto decía era absurdo e injusto. Reconocía para sus adentros y a fin de cuentas la verdad de cuanto decía el Salvaje sobre el escaso valor de unos amigos que podían trocarse, por una desatención tan leve, en encarnizados enemigos. Pero a pesar de que lo sabía y reconocíalo, a pesar del hecho de que su apoyo y simpatía fuesen ahora su único consuelo, Bernard continuaba alimentando perversamente, junto con su en absoluto sincera afección, un secreto agravio contra el Salvaje, y maquinaba todo un plan de vengancillas contra él. Pensar en algo contra el Archichantre era inútil; tampoco le era posible vengarse del Envasador Jefe o del Subdirector de Predestinación. Como víctima, tenía el Salvaje para Bernard esta enorme superioridad sobre los otros: que era accesible. Una de las principales funciones de un amigo es el sufrir (en forma más suave y simbólica) los castigos que queremos, y no podemos, infligir a nuestros enemigos.

El otro amigo-víctima de Bernard era Helmholtz. Cuando, vencido, fué otra vez en busca de una amistad que en sus prosperidades no había juzgado útil conservar, Helmholtz otorgósela; y otorgósela sin una queja, sin un comentario, como si se le hubiera olvidado que hubiese habido jamás entre ellos un disgusto. Conmovido, sintióse Bernard humillado al mismo tiempo por tal magnanimidad, magnanimidad más extraordinaria aún, y por lo tanto aún más humillante, porque no era debida al *soma*, sino por completo a la índole de Helmholtz. Era el Helmholtz de la vida diaria quien olvidaba y perdonaba, no el Helmholtz de las vacaciones que dan medio gramo de *soma*. Bernard mostróse lo debidamente agradecido (era un consuelo enorme haber vuelto a hallar a su amigo) y a la par lo debidamente resentido (sería un gran placer vengarse de Helmholtz por su generosidad).

La primera vez que se encontraron después de su alejamiento, Bernard contóle el cuento de sus desgracias y aceptó sus consuelos. Sólo algunos días después se enteró con sorpresa y dolorosa vergüenza, que no era él solo quien tenía dificultades. También Helmholtz había chocado con la Autoridad.

—A causa de unos versos — explicó. — Explicaba mi curso acostumbrado de Técnica Emocional Superior a los estudiantes del tercer año. Doce conferencias, la séptima de las cuales trata de versos. "Sobre el empleo de los versos en la Propaganda Moral y la Publicidad", para concretar, había ilustrado siempre mi conferencia con una porción de ejemplos técnicos. Esta vez quise ponerles uno que yo mismo acababa de escribir. Pura locura, desde luego; pero no pude resistir la tentación — se echó a reír. — Tenía curiosidad por ver sus reacciones. Además — agregó más en serio — quería hacer un poco de propaganda; quería hacerles sentir algo de lo que sentí cuando escribí los versos. ¡Ford! — Rió de nuevo. — ¡La que se armó! El Jefe me llamó y amenazóme con ponerme inmediatamente de patitas en la calle. ¡Ya estaba fichado!

—Pero ¿qué decían tus versos? — preguntó Bernard.

—Hablaban de la soledad.

Bernard arqueó las cejas.

—Te los recitaré, si quieres.

Y Helmholtz comenzó:

> El comité de ayer
> aún suena en los oídos
> cual el eco apagado
> de lejano zumbido;
>
> flota la medianoche
> en la ciudad vacía
> —las máquinas paradas
> y las faces dormidas —;
>
> desiertos los lugares
> que frecuenta la gente...
> se juntan los silencios
> dulces, tristes, alegres,
>
> y hablan, pero con voces
> que yo entender no puedo:
> nostalgias de Susana
> y Egeria, de sus senos,
>
> brazos y nalgatorio
> forman una presencia;
> ¿cuál, cuál...? Y me pregunto
> el porqué tal esencia,
>
> absurda, de vacío
> y de la nada hecha,
> satura más mi noche
> que esta otra a quien poseo
> tan lleno de tristeza.

175

—Bueno, se los puse como ejemplo, y ellos me denunciaron al Jefe.

—No me sorprende — dijo Bernard. — Es precisamente opuesto a toda su enseñanza durante el sueño. No olvides que se les ha prevenido cuando menos doscientas cincuenta mil veces contra la soledad.

—Ya lo sé. Pero quería ver el efecto que producía.

—Pues ya le has visto.

Helmholtz se limitó a reír.

—Creo — dijo tras una pausa — que empiezo ahora a tener un tema sobre qué escribir. Me parece que comienzo a ser capaz de emplear este poder que siento tengo en mí, suplementario, latente. Me parece sentirle venir a mí.

"A pesar de sus inquietudes, parece — pensó Bernard — muy feliz".

Helmholtz y el Salvaje se entendieron en seguida. Tan cordialmente, que Bernard sintió el escozor de los celos. Al cabo de una porción de semanas no había conseguido intimar tanto con el Salvaje como Helmholtz lo logró inmediatamente. Observándoles, oyendo su conversación, sentía algunas veces haberles puesto en relación. Se avergonzaba de sus celos, y alternativamente hacía esfuerzos de voluntad y tomaba *soma* para no sentirlos. Pero no eran muy afortunados sus esfuerzos; y entre las escapadas de *soma* había necesariamente intervalos. Y el odioso sentimiento retornaba incansable.

En su tercer encuentro con el Salvaje, recitóle Helmholtz sus versos a la soledad.

—¿Qué te parecen? — preguntó cuando hubo terminado.

El Salvaje meneó la cabeza.

—Escucha esto — respondió; y sacando del cajón donde le guardaba bajo llave, su libro roído de ratones, abrióle y leyó:

Deja que el ave en el recio
ramaje del solitario
árbol de la Arabia, sea
trompetero y triste heraldo... (¹).

Escuchó Helmholtz con una excitación creciente. En "solitario árbol de Arabia", sobresaltóse; tras "tú, ruidoso mensajero", sonrió con súbito placer; en "cualquier ave de tiránica ala" subióle la sangre a las mejillas; pero tras "fúnebre música" púsose pálido y tembló con una emoción sin precedentes. El Salvaje siguió leyendo:

La propiedad asustóse
de este yo que no era el mismo;
una natura y dos nombres
sin llamarse dos ni uno,
confundióse la razón
pues creció en ella el tumulto... (²).

—¡Orgía Latria! — dijo Bernard, interrumpiendo la lectura con una desagradable risotada. — Es sencillamente un himno de los Oficios de Solidaridad.

Se vengaba de sus dos amigos porque sentían más afecto entre sí que hacia él.

Durante las dos o tres reuniones siguientes repitió a menudo su vengancilla. Era fácil y, pues los dos, Helmholtz y el Salvaje, sufrían mucho viendo romper y mancillar su amado cristal poético, sumamente eficaz. Por

(¹) *Let the bird of loudest lay*
     On the sole Arabian tree,
     Herald sad and trumpet be...

(²) *Property was thus appall'd*
     That the self was not the same;
     Single nature's double name
     Neither two nor one was call'd.
     Reason in itself confounded
     Saw division graw together...

                    (*The Proenix and the Turtle*)

fin, Helmholtz le amenazó con echarle de un puntapié en el trasero si volvía a interrumpir. Y sin embargo, cosa curiosa, la interrupción siguiente, la más torpe de todas, vino de Helmholtz.

Leía el Salvaje en alta voz *Romeo y Julieta* — leía (pues veíase Romeo, y a Lenina, Julieta) con intensa y vibrante pasión. Helmholtz había escuchado con sumo interés la escena del primer encuentro de los amantes. La escena del jardín había deleitádole con su poesía; pero los sentimientos expresados hiciéronle sonreír. Ponerse de ese modo a causa de una chica, parecíale ridículo. Pero, como detalles verbales, ¡qué magnífica pieza de ingeniería emocional!

—¡Junto a ese fulano, parecen tontos de remate nuestros mejores técnicos de propaganda!

Sonrió triunfalmente el Salvaje y siguió su lectura. Todo fué bien hasta que, en la última escena del tercer acto, Capuleto y su señora empiezan a convencer, a la fuerza, a Julieta de que se case con París. Helmholtz estuvo nervioso durante toda la escena; pero cuando, realzado por el Salvaje con patética mímica, grita Julieta:

> *¿No hay piedad en los cielos, pues no alcanza*
> *a ver el fondo de mi inmensa pena?*
> *¡No me rechaces, dulce madre mía!*
> *Detén mi boda un mes, una semana,*
> *si no mi nupcial lecho sea donde*
> *yace Tibaldo en bóveda sombría... (¹).*

Cuando Julieta hubo acabado de decir esto, soltó Helmholtz una carcajada irreprimible.

(¹) *Is there no pity sitting in the clouds,*
That sees into the bottom of my grief?
O, sweet my mother, cast me not away!
Delay this marriage for a month, a week;
Or, if you do not, make the bridal bed
in that dim monument where Tybalt lies...

¡La madre y el padre (obscenidad grotesca) forzando a la hija a aceptar uno que no quería! ¡Y la idiota de la chica sin decir que ella quería a otro a quien (de momento por lo menos) prefería! ¡En su indecente absurdo, la situación era irresistiblemente cómica! Había logrado, haciendo heroicos esfuerzos, contener su risa creciente; pero el "dulce madre" (en el trémulo tono de angustia con que le había dicho el Salvaje) y la alusión a Tibaldo yaciendo muerto, pero evidentemente sin incinerar y desperdiciando su fósforo en una bóveda sombría, era demasiado. Se rió a carcajadas hasta que las lágrimas empezaron a correrle por el rostro; rió interminablemente a pesar de que, pálido al sentirse ultrajado, mirábale el Salvaje por encima del libro y, viendo que la risa continuaba, cerróle indignado y, levantándose, con el gesto de quien recoge su perla de delante de los puercos, guardóle en su cajón y cerró con llave.

—Y, sin embargo — dijo Helmholtz cuando, habiendo recobrado aliento suficiente para poder disculparse y apaciguado al Salvaje para que se allanase a escuchar sus explicaciones, — comprendo demasiado bien que se necesitan situaciones ridículas y absurdas como éstas; no se puede escribir realmente bien sobre otros temas. ¿Por qué era aquel viejo un tan maravilloso técnico de propaganda? Porque tenía tantas cosas vesánicas y dolorosas que le exaltasen. Hay que estar dolorido, inquieto; de otro modo no se acierta con las frases verdaderamente buenas, penetrantes, frases rayos X. ¡Pero eso de los padres y las madres! — Meneó la cabeza. — No esperes de mí que pueda estar serio oyendo hablar de padres y madres. Y ¿quién demonios se va a impresionar por si un chico se lleva a una chica o la deja? (El Salvaje dió un respingo; pero Helmholtz, que miraba pensativamente al suelo, no lo vió). No — terminó, con un suspiro, — no puede ser. Necesitamos otra especie de locura y violencia. Pero, ¿cuál, cuál? ¿Dónde hallarla? — Calló; luego, moviendo la cabeza: — No lo sé — dijo al fin, — no lo sé.

Capítulo XIII

Henry Forster surgió en la penumbra del depósito de Embriones.

—¿Quieres venir al sensible esta noche?

Lenina negó con la cabeza, sin hablar.

—¿Sales con algún otro?

Le interesaba saber quiénes de sus amigos formaban pareja.

— ¿Es Benito Hoover? — preguntó.

Ella negó otra vez con la cabeza.

Henry notó cansancio en aquellos ojos purpúreos, palidez bajo aquel barniz de lupus, tristeza en las comisuras de los labios carmesíes y sin sonrisa.

—¿No te encuentras mal? — preguntó un poco inquieto, temiendo no tuviese alguna de las pocas enfermedades infecciosas que aún quedaban.

Una vez más Lenina negó con la cabeza.

—De todas formas deberías ir a ver al médico — dijo Henry. — "Médico cada día, médicos en lejanía" — dijo convencido, apoyando la máxima hipnopédica con una palmadita en el hombro. — Quizá necesites un sucedáneo de embarazo — sugirió. — O un serio tratamiento de S. P. V. A veces, ya sabes, no es suficiente el sucedáneo de pasión normal.

—¡Oh, por Ford! — dijo Lenina, rompiendo su terco silencio, — ¡cállate ya!

Y dándole la espalda volvióse a sus embriones.

¡Bueno estaba el tratamiento de S. P. V.! De buena gana se hubiese reído a no estar a punto de llorar. ¡Como si no tuviese dentro bastante S. P. V.! Suspiró profundamente y llenó su jeringuilla.

"John — murmuró entre sí, — John...". Y luego: "¿He puesto a éste o no su inyección de enfermedad del sueño?".

No pudo acordarse. Por fin decidió no correr el riesgo de administrarle una segunda dosis, y dirigióse hacia el siguiente envase.

(Veintidós años, ocho meses y cuatro días después de este suceso, un prometedor joven Alfa-Menos, administrador de Muanza-Muanza, moría de tripanosomiasis, primer caso en más de medio siglo). Suspirando, Lenina prosiguió su trabajo.

Una hora después, en el vestuario, protestaba Fanny enérgicamente.

—Es absurdo ponerte como te pones, completamente absurdo — repitió. — Y ¿por qué causa? Por un hombre, por *uno*.

—Pero es el único que quiero.

—¡Como si no hubiera millones de hombres en el mundo!

—Pero no los quiero.

—¿Cómo puedes saberlo sin probarlos?

—Ya los he probado.

—¿Cuántos? — preguntó Fanny, encogiéndose de hombros desdeñosamente. — ¿Uno, dos?

—Docenas. Pero — agregó bajando la cabeza — de nada me ha servido.

—Bien, pero hay que tener constancia — dijo Fanny sentenciosamente. Pero era indudable que su confianza en sus propios consejos estaba minada. — Nada se puede alcanzar sin constancia.

—Pero mientras tanto...

—No pienses en él...

—No puedo evitarlo.

—Toma *soma*, entonces.

—Ya lo hago.

—Bien, pues sigue.

—Pero en los intervalos, me gusta. Y me gustará siempre.

—Bueno, pues si es así — dijo Fanny decidida, — ¿por qué no vas a donde él y le posees, quiera o no quiera?

—¡Si supieses lo raro que es!

—Razón de más para ser decidida.

—Eso se *dice* muy bien.

—No consientas locuras. Obra. — La voz de Fanny era como un clarín. Hubiese podido ser una conferenciante de la "Asociación de Jóvenes Fordianas", dando una charla vespertina a adolescentes Beta-Menos. — Sí, obra, inmediatamente. Ahora mismo.

—Me da miedo.

—Bueno, no tienes más que tomar antes medio gramo de *soma*. Y ahora voy a tomar mi baño.

Y salió, decidida, arrastrando su toalla.

Sonó el timbre, y el Salvaje, que esperaba impaciente a Helmholtz aquella tarde (pues habiéndose decidido al fin a hablar a Helmholtz de Lenina, no podía demorar un momento más sus confidencias), alzóse de un salto y corrió a la puerta.

—Me daba el corazón que vendrías, Helmholtz — gritó al abrir.

En el umbral, vestida con un traje marinero de satén blanco de acetato, y con un gorrillo blanco picarescamente caído sobre la oreja izquierda, estaba Lenina.

—¡Ah! — dijo el Salvaje, como si le hubiesen dado un fuerte golpe.

Había bastado medio gramo para hacer olvidar a Lenina sus temores y escrúpulos.

—¡Hola, John! — dijo sonriendo, y entró en la habitación pasando por delante de él. Automáticamente John cerró. la puerta y siguióla. Lenina sentóse. Hubo un largo silencio.

—No parece que te has alegrado mucho de verme, John — dijo por fín.

—¿Que no me he alegrado?

El Salvaje la miró quejoso; luego, bruscamente, cayó de hinojos ante ella, y tomando su mano, besósela reverente.

—¿Que no me he alegrado? ¡Oh, si supieras! — susurró, y, atreviéndose a alzar sus ojos a su rostro:

—*Admirada Lenina* — siguió, *cumbre misma* — *de lo admirable; de cuanto precioso* — *hay en el mundo, digna.* (Sonrióle ella con dulcísima ternura). *¡Oh, tú, perfecta.* (Se inclinaba hacia él con la boca entreabierta), *tan perfecta y sin par, creada sólo* (Cada vez más encima) *de lo mejor de cada ser...* (¹) (Se arrimaba aún más).

El salvaje púsose de pronto en pie.

—Por esto — dijo, mirando a otra parte, — quería *hacer* algo primero... Es decir, probarte que soy digno de ti. No es que espere nunca lograrlo, pero querría cuando menos probarte que no soy del todo *indigno.* Querría hacer algo.

—¿Y por qué has de creer que se necesite...?

Lenina empezó, pero dejó sin terminar la frase. Había un dejo de irritación en su voz. Cuando una se ha inclinado, cada vez más cerquita, y la boca entreabierta — para encontrarse con un sitio vacío, mientras un palurdo idiota se pone en pie — hay sobrados motivos, aun con

(¹)   *Admir'd Miranda!*
Inded, the top of admiration; worth
What's dearest in the world...
                    You, o you
So perfect and so peerless, are created
Of every creature's best.
                              (*Tempest,* III. 1).

un medio gramo de *soma* en la sangre, para sentirse molesta.

—En Malpaís — balbuceaba incoherentemente el Salvaje — hay que ofrecerle la piel de un león de las montañas, cuando se quiere desposar a alguna. O si no un lobo.

—No hay leones en Inglaterra — dijo Lenina incisivamente.

—Y si los hubiera — agregó el Salvaje con un repentino y desdeñoso encono — los matarían desde un helicóptero, supongo, con gases asfixiantes o algo por el estilo. Yo no lo haría, Lenina...

Echó los hombros hacia atrás y arriesgóse a mirarla, y topó con su mirada de contrariada incomprensión.

Confuso:

—Haría cualquier cosa — prosiguió cada vez más incoherentemente. — Cualquier cosa que tú me mandaras. Hay deportes penosos, bien lo sabes. Esto es lo que me pasa. Limpiaría los suelos si tú lo desearas.

—Pero si tenemos aspiradores — dijo Lenina, casi en extravío, — no es necesario.

—No, si ya sé que no *es necesario*. Pero *cosas serviles hay que se soportan, noblemente* (¹). Y yo querría soportar algo noblemente. ¿No comprendes lo que quiero decir?

—Pero puesto que hay aspiradores...

—No es eso.

—Y Epsilones semienanos para que los accionen — prosiguió. — ¿Por qué, pues?

—¿Por qué? Pues por ti, por *ti*. Sólo para probarte que

—Y ¿qué diablos tienen que ver los aspiradores con los leones?

—Para probarte cuánto...

<hr />

(¹)   *There be some sports are painful, and their baseness*
        Delight in them sets off: some kinds of labour
        Are nobly undergone.

                                        (*Tempest*, III. 1.)

—...¿O los leones con que te hayas alegrado de verme?...

Estaba cada vez más furiosa.

—...cuánto te amo, Lenina — rompió al fin, casi desesperadamente.

Como un símbolo de la ola interior de rebosante alegría, subió la sangre a las mejillas de Lenina.

—¿De veras, John?

—No quería decírtelo — gritó el Salvaje, juntando sus manos como en agonía. — Hasta... Óyeme, Lenina; en Malpaís la gente se casa...

—¿Se... qué?

La irritación comenzaba a invadir su voz de nuevo. ¿Qué estaba diciendo?

—Para siempre. Hacen promesa de vivir juntos siempre.

—¡Qué horrible idea!

Lenina estaba de veras escandalizada.

—*Durando más que la exterior belleza, — el alma se renueva más aprisa — que la sangre decae* (¹).

—¿Qué?

—Como esto otro de Shakespeare: *Si el nudo virginal rompes primero, — que todas las sagradas ceremonias — puedan en su completo y santo rito...* (²).

—¡Por Ford, John, di cosas de sentido! No entiendo ni una palabra de lo que dices. Primero los aspiradores; luego los nudos. Me vas a volver loca.

Se puso en pie y, como si temiese que huyera de ella físicamente, cual huía en espíritu, agarróle de la muñeca.

—Respóndeme. ¿Te gusto o no te gusto?

(¹)   *Outliving beauty's outward, with a mind*
        That doth renew swifter than bloods decays.
                                    (*Troilus and Cressida*, III, 2.)

(²)   *If thou dost break her virgin knot before*
        All sanctimonious ceremonies may
        With full and holy rite...
                                    (*Tempest*, IV, 1.)

Siguió un silencio; luego, en voz muy baja:

—Te amo más que a nada en el mundo, — dijo él.

—Entonces; ¿por qué diablos no lo decías? — gritó (y en su exasperación clavóle sus afiladas uñas en la muñeca), — en vez de perder el tiempo hablando de nudos, de aspiradores y de leones, y de hacerme sufrir durante semanas y más semanas.

Soltó su mano y se la rechazó con fuerza.

—¡Si no me gustaras tanto estaría furiosa contigo!

Y de repente echóle los brazos al cuello; sintió, suaves, sus labios sobre los suyos. Tan deliciosamente suaves, tan cálidos, tan eléctricos, que no pudo por menos de pensar en los besos de *Tres semanas en helicóptero*. ¡Uh! ¡Uh! La rubia estereoscópica y ¡ah! el negro más que real. ¡Qué horror! Intentó desasirse, pero Lenina apretó su abrazo.

—¿Por qué no me lo decías? — susurró, echando atrás la cabeza para mirarle bien.

Sus ojos estaban llenos de tiernos reproches.

—*El antro más sombrío, el más idóneo* — lugar. (La vos de su conciencia tronaba poéticamente.) *las sugestiones más perversas* — *del peor de nuestros genios, podrán nunca* — *trocar mi honor en abyecto deseo* [1].

¡Nunca, nunca! Tal fué su resolución.

—¡Gaznápiro! — dijo ella. — Yo te deseo con toda mi alma, tú me deseas a mí, ¿por qué no hemos...?

—Pero, Lenina... — comenzó a protestar; y como retirase inmediatamente los brazos y se apartara de él, creyó por un momento que ella iba a obedecer su muda indicación.

Pero cuando se quitó su cartuchera de charolado cuero

[1]   *The murkiest den,*
The most opportune place, the strong st suggestion
Our worser genius can, shall never melt
Mine honour into lust.

(*Tempest*, IV, 1.)

blanco y colgóla cuidadosamente del respaldo de una silla, empezó a pensar que se había equivocado.

—¡Lenina! — repitió con timidez.

Llevóse ésta la mano al cuello y dió un tirón vertical; su marinera blanca se abrió hasta abajo; la sospecha se hizo realidad tangible, ¡y tan tangible!

—¿Qué haces Lenina?

¡Zis, zas! Su respuesta no precisó palabras. Salióse fuera de su pantalón de campana. Su combinación era de un raso pálido de concha. La T de oro del Archichantre temblaba sobre su pecho.

"*A través de las rejas, esos senos — penetran en los ojos de los hombres...* (¹)". Las cantantes, tonantes mágicas palabras, hacíanla parecer doblemente peligrosa, doblemente seductora. ¡Suaves, suaves, pero cuán penetrantes! Socavando y horadando la razón, minando la resolución. "*Son los más firmes juramentos paja — ante la hoguera de la sangre; abstente, — o si no ¡adiós tus votos...!* (²).

¡Zis! La rosada redondez se abrió cual una manzana partida con limpieza. Una leve sacudida en los brazos, alzar primero el pie derecho, y luego el izquierdo, y la combinación quedó en el suelo, sin vida, cual si se hubiera deshinchado.

Con sólo sus calcetines y zapatos y su gorrito picarescamente de lado, se fué hacia él.

—¡Amor mío, amor mío! ¡Si me lo hubieras dicho primero!

Y le tendió los brazos.

Pero, en vez de decirle él también: "¡Amor mío!", y

(¹)   *For those milk paps that through the window bars*
      Bore at men's eyes.
                                          (*Timon of Athens*, IV, 3.)

(²)   *The strongest oaths are straw*
      To the fire in the blood: be nore abstemious,
      Or else goo-night your vow.
                                          (*Tempest*, IV, 1.)

tenderle a su vez los brazos, el Salvaje retrocedió aterro-
rizado, agitando sus manos ante ella, cual si tratase de
echar a algún animal inoportuno y peligroso. Cuatro
pasos atrás y se encontró acorralado contra la pared.

—¡Nene mío! — decía Lenina, y poniéndole las manos en los hombros se apretó contra él. — Cíñeme embri-
briágame a caricias — ordenó.

También ella tenía poesía a que echar'mano, también
sabía palabras que cantaban, y tenían sortilegio y sona-
ban como tambores.

—Bésame... — cerró los ojos y su voz fué sólo un
adormecido murmullo, — bésame hasta que caiga en
coma, — cíñeme estrecha y dulcemente...

Pero el Salvaje la agarró por las muñecas, arrancóle
las manos de su hombros y rechazóla con toda su fuerza.

—¡Ay!... ¡Me haces daño! Estás... ¡Oh! — calló
de pronto.

El terror hízola olvidar el dolor. Al abrir los ojos,
vió su rostro — no, su rostro no, sino el feroz de un
extraño, pálido, desencajado, convulso por una loca e
inexplicable furia.

—¿Qué te pasa, John? — murmuró espantada.

No respondió él, pero miróla con ojos extraviados.
Las manos con que le agarraba las muñecas estaban tré-
mulas. Jadeaba profunda e irregularmènte. Quedo, casi
imperceptible, pero espantoso, sintió de pronto el re-
chinar de sus dientes.

—¿Qué te pasa? — exclamó casi en un alarido.

Y cual si se hubiese despertado por su grito, la cogió
por los hombros y la zarandeó.

—¡Puta! — aulló. — ¡Puta! ¡Impúdica ramera! (¹)

—¡Oh, no, eso no, eso no! — protestaba con una
voz que volvía grotesca el zamarreo de él.

—¡Puta!

—¡Por favor, John!

(¹)   *Impudent strumpet!* (Othello, IV, 2.)

—¡Condenada puta!

—Un gramo es mejor... — empezó a decir.

Rechazóla el Salvaje con tanta fuerza que vaciló y cayó.

—¡Vete! — gritó amenazadoramente de pie a su lado — ¡vete de mi vista, o te mato!

Y apretó los puños

Lenina levantó el brazo para defender el rostro.

—No, no ¡por favor, John!

—Pronto. ¡Aprisa!

El brazo siempre en alto y siguiendo con ojos espantados todos sus movimientos, se incorporó, y en cuclillas y sin dejar de cubrir la cabeza, dió un salto hacia el cuarto de baño.

El ruido de la prodigiosa manotada con que fué acelerada su marcha, pareció el de un pistoletazo.

—¡Ay!

Y Lenina saltó hacia adelante.

Segura ya en el cuarto de baño, cerrado con llave, pudo mirar sus contusiones. En pie y de espaldas al espejo, volvió hacia atrás la cabeza. Mirando por encima del hombro izquierdo vió la huella de una mano abierta, clara y escarlata en su nacarada carne. Suavemente frotó la parte dolorida.

En la otra habitación iba el Salvaje arriba y abajo, dando grandes zancadas, al redoble y la música de las palabras mágicas:

"Lánzase al reyezuelo, y la dorada — mosca se entrega a sus concupiscencias — bajo mi vista...".

Locamente rodaban por sus oídos.

"Ni la garduña, ni el caballo sucio — se arrojan más rijosos. Son centauros — salvo la talla, aun cuando sean hembras. — Hasta la cinta heredan a los dioses, — desde allí abajo todo es de los diablos: — hay infierno, hay tinieblas, hay abismo — de azufre... ardiendo, hirviendo, hedor, destrucción: ¡fu, fu, puah, puah! Da-

me una onza de algalia, buen boticario, para endulzar mi
imaginación (¹)".

—¡John! — se atrevió a decir una vocecilla insinuante, desde el cuarto de baño. — ¡John!

—¡*Oh, mala hierba, tan amable y bella,* — *con tan*
dulce perfume, que el sentido — *llega a sufrir!* . . . *¡Que*
libro tan hermoso se haya hecho — *para escribir* "*puta*"
en sus hojas! — *Cuando te acercas, los cielos se tapan*
— *la nariz* . . . (²).

Pero el perfume flotaba en torno de él, su chaqueta
estaba aún blanca de los polvos que habían perfumado
el aterciopelado cuerpo de Lenina. "¡Impúdica ramera,
impúdica ramera, impúdica ramera!". El inexorable ritmo martilleábase a sí mismo. "Impúdica. . .".

—John, ¿podré coger mis vestidos?

Recogió los pantalones de campana, la marinera, la
combinación.

—¡Abre! — ordenó, dando una patada en la puerta.

—No, no quiero.

La voz era medrosa y retadora.

—Bueno ¿cómo te los voy a dar así?

(¹)   *The wren goes to', and the small gilded fly*
        Does lecher in my sight . . .
        . . . Tre fitchew nor the soiled horse goes to't
        With a more riotous appetite.
        Down from the waist the are Centaurs,
        Though women all above:
        But to the girdle do the gods inherit,
        Beneath is all the fiends's:
        There's hell, there's darkness, there's the sulphurous pit,
        Burning, sealding, stench, consumption; fie, fie, fie! pah,
pah! Give me and ounce of civet, good apothecary, to sweeten my
imagination.

                                          (*King Lear.* IV, 6.)

(²)   *O thou weed!*
        Who art so lovely fair and smell'st so sweet
        That the sense aches at three . . .
        . . . Was this fair paper, this most goodly book,
        Made to write "*whore*" *upon?*
        . . . Heaven stops the nose at it . . .

                                          (*Othello,* IV, 2.)

—Tíralos por el montante de la puerta.

Hizo lo que ella le decía, y púsose de nuevo a andar impacientemente por el cuarto.

"*Impúdica ramera, impúdica ramera. El demonio de la lujuria con su carnoso trasero y su dedo de patata...*" (1).

—¡John!

Él no respondió.

"*Su carnoso trasero y su dedo de patata...*".

—¡John!

—¿Qué pasa? — preguntó ásperamente.

—Si me quisieras dar mi cinturón malthusiano...

Lenina siguió sentada, escuchando los pasos en la otra habitación, y preguntóse, sin dejar de escuchar, hasta cuándo seguiría yendo arriba y abajo a grandes zancadas; si tendría que esperar hasta que marchase; o si sería prudente, tras dejar pasar un rato razonabe para que su locura se calmase, abrir la puerta del cuarto de baño y lanzarse fuera de un salto.

Fué interrumpida en medio de sus molestas cavilaciones por el ruido del timbre del teléfono que sonaba en la otra pieza. Bruscamente cesaron las idas y venidas. Oyó la voz del Salvaje dialogar con el silencio.

—Al habla.

—. . . . . .

—Sí.

—. . . . . .

—Si yo no me substituyo a mí mismo, yo soy.

—. . . . . .

—Sí, ¿no me ha oído decirlo? Es míster Salvaje el que habla.

—. . . . . .

—¿Qué? ¿Quién está mala? Claro que me interesa.

—. . . . . .

(1) (*Troilus and Cressida*, V, 2). En el tiempo de Shakespeare, se tenía a la patata por un afrodisíaco.— (*N. del T*)

—¿Es cosa grave? ¿Está realmente mal? Voy en se-guida...

—......

—¿No está en su casa? ¿Dónde la han llevado?

—......

—¡Ay, Dios mío! ¡Deme la dirección!

—......

—Tres, Park Lane, ¿es así? ¿Tres? Gracias.

Lenina oyó el auricular al colgarle, después pasos apresurados. Un portazo, luego silencio. ¿Se había ido?

Con infinitas precauciones abrió la puerta unos milímetros; miró por la rendija; animóse viendo la habitación vacía; abrió un poco más y sacó la cabeza afuera; y finalmente entró de puntillas; estuvo unos segundos escuchando, latiéndole con fuerza el corazón; corrió después a la puerta de la escalera, la abrió, deslizóse, cerróla de golpe, corrió. Hasta que no se vió en el ascensor y éste comenzó a descender, no empezó a sentirse en salvo.

CAPÍTULO XIV

El Hospital de Moribundos, de Park Lane, era una
torre de sesenta pisos, de ladrillos color prímula. Cuando
el Salvaje bajaba de su taxicóptero, un convoy de aéreos
furgones de muertos, pintados de alegres colores, se elevó
zumbando del techo y dirigióse, cruzando el parque,
hacia el Crematorio de Slough. En la puerta del ascensor,
el portero principal dióle las indicaciones precisas y descendió hasta la sala 81 (una sala para la senilidad galo-
pante, explicó el portero) situada en el piso diecisiete.

Era una estancia amplia, clara merced al sol y a su
pintura amarilla, con veinte camas, llenas todas. Linda
moría acompañada y con todas las comodidades moder-
nas. El aire se vivificaga continuamente por alegres me-
lodías sintéticas. A los pies de cada lecho, frente al mo-
ribundo que ocupábale, había una caja de televisión.
Funcionaba ésta, como un grifo abierto, desde la mañana hasta la noche. Cada cuarto de hora, el perfume de
la sala se cambiaba automáticamente.

—Intentamos — explicaba la enfermera que acompañaba al Salvaje desde la puerta — intentamos crear aquí
un ambiente agradable, algo intermedio entre un hotel
de primer orden y un cine sensible, si entiende usted lo
que quiero decir.

—¿Dónde está? — preguntó el Salvaje, sin hacer caso
de sus corteses explicaciones.

La enfermera se amoscó.

—¡Cuánta prisa tiene! — dijo.

—¿Hay alguna esperanza? — preguntó.

—¿Quiere decir de que no se muera?

Afirmó él.

—No, desde luego no. Cuando envían a alguno aquí, es que no...

Se detuvo, extrañada por la expresión de dolor de su lívido rostro.

—Pero, ¿qué pasa? — preguntó.

No estaba acostumbrada a estas cosas en los visitantes. (No es que, por otra parte, fueran muchos los visitantes; ni ninguna razón había para que lo fueran.)

—¿Se siente mal?

Meneó la cabeza.

—Es que es mi madre — dijo con voz apenas perceptible.

La enfermera le miró con pasmados, aterrados ojos; y miró rápidamente a otro lado. Del cuello a la frente su rostro estaba rojo como un ascua.

—Lléveme a su lado — dijo el Salvaje, haciendo un esfuerzo para hablar en un tono normal.

Ruborizada aún, llevóle a través de la sala. Caras aún frescas y sin marchitarse (pues la senilidad galopaba tan aprisa que no daba tiempo para que envejeciesen las mejillas, sólo el cerebro y el corazón), volvíanse cuando pasaban. Sus pasos eran seguidos por los vagos, descuidados ojos de la segunda infancia. El Salvaje se estremecía al mirarlos.

Yacía Linda en la última de la larga fila de camas, junto al muro. Hundida entre almohadones, miraba las semifinales del Campeonato Sudamericano de Tenis, en la pista de Riemann, que jugábase en silenciosa y reducida reproducción en la caja de televisión a los pies del lecho. Iban las figurillas de aquí para allá en su cuadro de vidrio iluminado, como peces en un acuario, silenciosos pero agitados habitantes de otro mundo.

Linda miraba aquello sonriendo vagamente y sin comprender. Su pálida y gordinflona cara tenía una expresión de estúpida felicidad. Sus ojos se cerraban a cada momento, y durante algunos segundos parecía dormitar. Luego, con un sobresaltillo, se despertaba de nuevo a los grotescos Campeonatos de Tenis en acuario, a la edición por Super-Vox Wurlitzeriana del "Cíñeme, embriágame a caricias...", a la cálida bocanada de verbena lanzada por el ventilador por encima de su cabeza — despertábase a todas estas cosas, o más bien a un sueño donde todas estas cosas, transformadas y embellecidas por el *soma* en su sangre, eran maravillosos constituyentes, y sonreía una vez más con su rota y descolorida sonrisa de pueril contento.

—Bueno, me tengo que ir — dijo la enfermera. — Espero a una patulea de chiquillos. Y, además, hay el número 3. — Señaló hacia el otro extremo de la sala. — Presto a marcharse de un momento a otro. Bueno está usted en su casa.

Y se alejó de prisa.

El Salvaje sentóse junto al lecho.

—Linda — murmuró, cogiéndole la mano.

Al oír su nombre, ella se volvió. Sus vagos ojos tuvieron un destello de conocimiento. Le apretó la mano, sonrió, sus labios se movieron; después, bruscamente, su cabeza cayó hacia atrás. Se quedó dormida. Se quedó allí mirándola, buscando en su arrugada carne, buscando y hallando aquella juvenil y radiante faz que se había inclinado sobre su niñez en Malpaís, recordando (y cerraba los ojos) su voz, sus movimientos, todos los sucesos de su vida común. "Ir en estreptococo hasta Banbury T...". ¡Qué hermosas eran sus canciones! ¡Y aquellas canciones infantiles, cuán mágicamente extrañas y misteriosas!

A. B. C. Vitamina D.
En el hígado hay grasa y en el mar bacalaos.

Sintió ardientes lágrimas afluir a sus ojos al acordarse de la voz de Linda repitiéndolas. Y luego las lecciones de lectura: "el niño está en el tarro, y en la esterilla el gato"; y las "Instrucciones Elementales para los Trabajadores Betas de los Depósitos de Embriones". Y las largas veladas junto al fuego o, en verano, en la azotea de la casucha, cuando ella contábale cosas de Allá Lejos, fuera de la Reserva: aquel hermoso, hermosísimo Allá Lejos, cuyo recuerdo, cual el de un cielo, un paraíso de bienes y delicias, guardaba completo e intacto, sin desflorar por el contacto con la realidad de este real Londres, de sus actuales, civilizados moradores.

Un súbito ruido de agudas vocecillas hízole abrir los ojos y, tras enjugar rápidamente las lágrimas, volverse. Algo que parecía una interminable marea de idénticos gemelos de ocho años derramábase por la estancia. Niños iguales, niños iguales, uno tras otro, uno tras otro, ¡qué pesadilla! Sus rostros, su repetido rostro, pues sólo había uno para todos, se achataba, todo orificios de nariz y ojos pálidos y saltones. Su uniforme era caqui. Todos tenían las bocas abiertas y caídas. Entraron chillando y charlando. En un momento pareció la habitación hormiguear de ellos. Apretujábanse como un enjambre entre las camas, subíanse encima, gateaban por debajo, curioseaban en las cajas de televisión, hacían muecas a los enfermos.

Linda les sorprendió y hasta se alarmó. Un grupo se detuvo a los pies de su cama, mirándola con medrosa y estúpida curiosidad de animales que se encuentran bruscamente ante lo desconocido.

—¡Ah!, ¡mirad, mirad!

Hablaban con voz baja, asustada.

—¿Qué tiene? ¿Por qué está tan gorda?

Nunca habían visto una cara como aquella, nunca habían visto cara que no fuese tersa y juvenil, ni cuerpo que hubiese dejado de ser delgado y derecho. Todas aquellas sexagenarias moribundas tenían aspecto de jovencillas, casi niñas. A los cuarenta y cuatro, Linda parecía, por contraste, un monstruo de fofa y deformada senilidad.

—¡Qué fea es! — fueron los comentarios cuchicheados. — ¡Mira qué dientes!

De pronto, de debajo de la cama, salió un crío casi romo, entre la silla de John y el muro, y se quedó mirando el rostro dormido de Linda.

—Dime... — empezó; pero la frase terminó prematuramente en un chillido.

El Salvaje lo había agarrado por el cuello del uniforme, lo levantó en peso por encima de la silla, y lo despachó dando berridos, de una buena bofetada.

Sus gritos atrajeron a la enfermera, que se precipitó en su ayuda.

—¿Qué le ha hecho usted? — preguntó furiosa. — ¡No consiento que pegue usted a los niños!

—Bueno, pues entonces apártelos de esta cama.

La voz del Salvaje estaba trémula de indignación.

—¿Qué hacen aquí estos mocosos? ¡Es vergonzoso!

—¿Vergonzoso? ¿Qué quiere decir? Se les acondiciona para la muerte. Y le advierto — dijo amenazadora — que si interrumpe otra vez su acondicionamiento, llamaré a los porteros para que le echen.

El Salvaje se puso en pie y dió dos pasos hacia ella. Sus ademanes y la expresión de su rostro eran tan amenazadores que la enfermera retrocedió horrorizada. Con un gran esfuerzo contúvose él, y sentóse de nuevo junto al lecho.

Tranquilizada, pero con una dignidad un tantico vacua e incierta.

—Ya está usted advertido — dijo la enfermera. — no lo olvide.

Pero apartó, sin embargo, a los críos más curiosos, y les hizo tomar parte en una partida del ratón y el gato organizada por uno de sus colegas en la otra punta de la sala.

—Vaya a tomar ahora su taza de solución de cafeína, amiga mía, — dijo a la otra enfermera.

El ejercitar su autoridad volvióla su confianza, e hízola sentirse mejor.

—Vamos, niños, — llamó.

Linda se había rebullido, inquieta; abrió un momento sus ojos, miró vagamente en torno y volvió a quedarse adormecida. Sentado a su lado, intentó el Salvaje ardientemente recobrar su estado de ánimo de unos minutos antes.

—A. B. C. vitamina D — se repetía, como si estas palabras fuesen un conjuro que volviera a la vida al pasado muerto.

Pero el conjuro era ineficaz. Obstinadamente, los hermosos recuerdos rehusaban alzarse; hubo sólo una odiosa resurreción de celeras, fealdades y miserias. Popé con la sangre corriéndole de la herida del hombro, y Linda repugnantemente dormida, y las moscas zumbando alrededor del *mescal* derramado en el suelo junto al lecho, y los muchachos llamándola aquellas cosas cuando pasaba... ¡No, no! Cerró los ojos, sacudió la cabeza, rechazando con resolución tales recuerdos.

—A. B. C. vitamina D...

Intentó pensar en aquellos momentos cuando estaba en sus rodillas y ella le estrechaba entre sus brazos y cantaba, cantaba y volvía a cantar, mientras le mecía hasta dormirlo:

—A. B. C. vitamina D, vitamina D, vitamina D...

La Super-Vox-Wurlitzeriana habíase alzado hasta un sollozante crescendo, y de pronto, la verbena en el aparato de circulación de perfumes, a un intenso pachulí. Rebullóse Linda, despertó, miró vagarosamente unos instantes a los semifinalistas; luego, alzando la cabeza, aspiró una o dos veces el aire con el nuevo perfume, y sonrió de repente, con una sonrisa de éxtasis infantil.

—¡Popé! — susurró, y cerró los ojos. — ¡Cómo me

gusta esto, como me...! — suspiró, y déjóse caer sobre las almohadas.

—Pero, Linda — dijo el Salvaje, implorante, — ¿no me conoces?

Se había esforzado todo lo posible, había hecho cuanto había podido. ¿Por qué no le dejaba ella olvidar? Cogióla su débil mano, casi con violencia, cual si quisiese forzarla a abandonar su sueño de placeres abyectos, de bajos y odiosos recuerdos, para volver al presente, a la realidad, al inquietante presente, la espantosa realidad, pero sublimes, preñados de significaciones, desesperadamente importantes precisamente a causa de la inminencia de lo que les hacía tan temibles.

—¿No me conoces, Linda?

Sintió la leve presión de su mano en respuesta. Las lágrimas afluyeron a sus ojos. Inclinóse sobre ella y la besó.

Se movieron sus labios:

—¡Popé! — susurró de nuevo, y sintió él como si le hubiesen arrojado al rostro un cubo de basuras.

Ardió súbitamente la cólera en él. Contenida por segunda vez la pasión de su dolor, había hallado otro escape, se había trocado en pasión de exasperada rabia.

—¡Pero si yo soy John! — gritó. — ¡Soy John!

Y en su terrible dolor, cogióla por los hombros y zarandeóla.

Abriéronse, parpadeando, los ojos de Linda; le vió, reconocióle:

—¡John!

Pero situó la cara real, las reales y violentas manos en un imaginario mundo, entre los interiores y personales equivalentes del pachulí y la Super-Wurlitzer, entre los transfigurados recuerdos y las extrañamente traspuestas sensaciones que constituían el universo de su sueño. Reconocióle como John, su hijo, pero se le representaba como un intruso en aquel paradisíaco Malpaís, donde ella pasaba sus vacaciones de *soma* con Popé. Estaba irritado porque le gustaba Popé, la zarandeaba porque Popé estaba en la cama con ella. ¡Como si eso fuera algo malo, como si todas las personas civilizadas no hiciesen lo mismo!

—Cada uno pertenece a to...

Su voz murió súbitamente en un casi inaudible jadeo, su boca se abrió, hizo un desesperado esfuerzo por llenar de aire sus pulmones. Pero fué como si hubiese olvidado el respirar. Intentó gritar, mas no acudió el sonido; sólo el terror de sus ojos desorbitados revelaba su sufrimiento. Llevóse las manos a la garganta, atrapó el aire, el aire que no podía respirar más, el aire que, para ella, había dejado de existir.

El Salvaje estaba en pie, inclinado sobre ella.

—¿Qué tienes Linda? ¿Qué tienes?

Su voz era implorante; se diría que la suplicaba le tranquilizase.

La mirada que lanzóle estaba llena de un terror indecible; de terror, y parecióle de reproche. Trató de incorporarse en la cama, pero cayó sobre las almohadas. Su cara estaba horriblemente contraída, sus labios azules.

Volvióse el Salvaje y corrió hacia la otra punta de la sala.

—¡Aprisa, aprisa! — gritó. — ¡Venga aprisa!

La Enfermera Mayor estaba en el centro de un círculo de gemelos que jugaban al ratón y al gato. Al primer instante de sorpresa, sucedió casi inmediatamente el reproche.

—¡No grite! ¡Mire que hay niños! — dijo frunciendo el ceño. — Va usted a desacondicionarlos... Pero, ¿qué hace? — Había roto el corro. — ¡Tenga usted cuidado!

Un crío empezó a chillar.

—¡Aprisa, aprisa! Algo le ha ocurrido. La he matado.

Cuando llegaron al extremo de la sala, Linda había muerto.

El Salvaje permaneció un momento en pie, inmóvil

en su silencio; luego cayó de hinojos junto al lecho y, tapándose la cara con las manos, sollozó locamente.

La enfermera quedóse perpleja, mirando ya a la figura arrodillada junto al lecho (¡qué escandalosa exhibición!) ya (¡pobres niños!) a los gemelos que habían interrumpido su ratón y el gato y miraban desde la otra punta de la sala, abiertos ojos y narices, la estrambótica escena que se desarrollaba junto a la cama número 20. ¿Debía hablarle? ¿Intentar hacerle volver a lo correcto? ¡Recordarle dónde estaba! ¡Las fatales consecuencias que ello podía acarrear a aquellos pobres inocentes! ¡Destruir así todo su saludable acondicionamiento para la muerte, con gritos de mal gusto, como si la muerte fuese algo terrible, como si un individuo tuviese tanta importancia! Podría esto producirles las más deplorables ideas sobre el particular, trastornarles y hacerles reaccionar en un sentido enteramente erróneo, completamente antisocial.

Adelantóse hasta él y tocóle en el hombro.

—¿No puede usted conducirse correctamente? — dijo con voz baja, irritada.

Pero, al volver la cabeza, vió una media docena de gemelos que estaban ya en pie y venían por la sala adelante. El corro se deshacía. Un momento más y... No, el peligro era grande. Todo el grupo podía retroceder cinco o seis meses en su acondicionamiento. Volvió presurosa a sus amenazados polluelos.

—¿Quién quiere una barrita de chocolate? — preguntó con voz alta y alegre.

—¡Yo! — aulló a coro el Grupo Bokanowsky. La cama número 20 quedó olvidada completamente.

—¡Oh, Dios, Dios, Dios mío...! — seguía repitiendo el Salvaje.

Entre el caos de pena y remordimientos que llenaba su alma, era la única palabra articulada.

—¡Dios! — murmuró en voz alta. — ¡Dios!

—¿Qué está diciendo? — dijo una voz muy próxima, distinta y penetrante, entre los trinos del Super-Wurlitzer.

Sobresaltóse violentamente el Salvaje y, descubriéndose el rostro, miró alrededor. Cinco gemelos caqui, cada uno con un pedazo de barrita en la mano derecha y sus caras idénticas diversamente pintadas de chocolate, le estaban mirando con sus ojos redondos, saltones.

Miráronse entre sí y rompieron a reír simultáneamente. Uno de ellos señaló con la punta de su barrita.

—¿Está muerta? — preguntó.

El Salvaje le miró un momento en silencio. Luego, en silencio, púsose en pie, y en silencio dirigióse despacio hacia la puerta.

—¿Está muerta? — repitió el curioso chiquillo, trotando a su lado.

El Salvaje bajó su mirada hacia él y, sin decir palabra, rechazóle. El crío cayó al suelo y se puso a chillar. El Salvaje ni se volvió.

Capítulo XV

El servicio del Hospital de Moribundos de Park Lane
estaba constituído por ciento sesenta y dos Deltas, divididos en dos Grupos Bokanowsky, de ochenta y cuatro
gemelas pelirrojas y setenta y ocho gemelos dolicocéfalos
y pelinegros, respectivamente. A las seis, cuando su trabajo diario terminaba, reuníanse los dos grupos en el
vestíbulo del hospital y recibían del Subecónomo interino
su ración de *soma*.

Al salir del ascensor, cayó el Salvaje en medio de ellos.
Estaba por completo abstraído — por la muerte, el dolor
y sus remordimientos; — mecánicamente, sin conciencia
de lo que hacía, empezó a abrirse camino a empujones
por entre la turba.

—¿Por qué empuja así? ¿Dónde se cree que está?

Altas o bajas, saliendo de una multitud de gargan-
tas, sólo dos voces piaban o gruñían. Repetidos hasta el
infinito, cual en una serie de espejos, dos rostros, uno
de monda y pecosa luna, nimbada de naranja; el otro,
afilado, corvo, de pájaro, con una barba de dos días, se
volvieron coléricos hacia él. Sus palabras y sus recios co-
dazos en sus costados, rompieron su inconsciencia. Des-
pertóse a la realidad exterior, miró en torno suyo, y
dióse cuenta de lo que veía; dióse cuenta con una sensación de horror y de disgusto, por el constante delirio de
sus días y sus noches, por la pesadilla de aquel enjam-

bre de identidad indistinguible. Gemelos, gemelos...
Habían venido en montón, como gusanos, a babear el
misterio de la muerte de Linda. Ahora, gusanos aún,
pero más grandes, ya formados del todo, trepaban por
su dolor y su arrepentimiento. Detúvose y, con extraviados y horrorizados ojos; miró en torno suyo aquella
turba caqui, en medio de la cual se encontraba, descollando sobre ella la cabeza. "¡Cuántas divinas criaturas
halló!". Las sonoras palabras se burlaban de él sarcásticamente. "La humanidad, ¡qué hermosa! ¡Oh, dichoso
mundo, mundo nuevo...!"

—¡Distribución de *soma*! — gritó una voz potente.
—Con orden, haced el favor. Más aprisa los de atrás.

Se había abierto una puerta, y sacaron una mesa y
una silla al vestíbulo. La voz era la de un elegante joven
Alfa, que entró trayendo consigo una cajita negra de
hierro. Un murmullo de satisfacción alzóse entre los gemelos que esperaban. Se olvidaron por completo del Salvaje. Su atención estaba concentrada en la negra cajita
que el joven había colocado sobre la mesa, y estaba a
punto de abrir. La tapa se alzó.

—¡Aah, aah!— dijeron simultáneamente los ciento
sesenta y dos, como si estuvieran mirando fuegos artificiales.

El joven sacó un puñado de minúsculas cajitas de
píldoras.

—Ahora — dijo con voz perentoria — id viniendo,
haced el favor. Uno por uno, y sin empujar.

Uno a uno y sin empujar avanzaron los gemelos. Primero dos hombres, luego una mujer, luego otro hombre,
después tres mujeres, después...

El Salvaje permaneció mirándolos. "¡Oh magnífico
mundo, mundo nuevo...!". En su mente, las sonoras
palabras parecieron cambiar de tono. ¡Se habían burlado
de él en su miseria y remordimiento, burlado de él y
con qué tono odioso de cínico sarcasmo! Riéndose dia-
bólicamente, habían insistido en su inmunda vileza, la

nauseabunda fealdad de aquella pesadilla. Ahora, de pronto, clarineaban una llamada al arma. "¡Oh, magnífico mundo, mundo nuevo!". Miranda proclamaba la posibilidad de la belleza, la posibilidad de transformar la pesadilla en algo hermoso y noble. "¡Oh, magnífico mundo, mundo nuevo!". Era un desafío, una orden.

—¡No empujar! — gritó furioso el Subecónomo interino.

Y cerró con fuerza la tapa de la cajita.

—¡Suspenderé la distribución si no os portáis correctamente!

Los Deltas murmuraron, empujáronse un poco unos a otros, y callaron. La amenaza había sido eficaz. Privación de *soma*, ¡qué espantosa idea!

—Ya vamos bien — dijo el joven y volvió a abrir la cajita.

Linda había sido una esclava, Linda había muerto; otros vivirían con libertad, y el mundo tornaríase hermoso. Era una reparación, un deber. Y, súbitamente, parecióle al Salvaje que él podría hacerlo; era como si se hubiese abierto una ventana, corrido una cortina.

—Vamos — dijo el Subecónomo.

Avanzó otra mujer caqui.

—¡Alto! — gritó el Salvaje con fuerte y sonora voz. — ¡Alto!

Se abrió paso hasta la mesa; los Deltas miráronle asombrados.

—¡Ford! — dijo el Subecónomo interino, quedamente. — ¡El Salvaje!

Sintió miedo.

—Oídme, os lo ruego — gritó con ardor el Salvaje. — "Prestadme oídos..." (¹).

Jamás había hablado en público y hallaba mucha dificultad para expresar lo que quería decir.

(¹)   *Friends, Romans, countrymen, lend me your ears.*
                          (*Julius Caesar*, III, 2.).

—No toméis esa horrible droga. Es veneno, es veneno.

—Pienso, míster Salvaje — dijo el Subecónomo interino, sonriendo propiciatoriamente, — que me dejaréis...

—Un veneno, así para el alma como para el cuerpo.

—Bien, pero déjeme continuar la distribución, ¿no le parece? Sea bueno. Sea bueno...

Con la cautelosa suavidad de quien acaricia a un animal notoriamente resabiado, daba palmaditas en el brazo del Salvaje.

—Déjeme...

—¡Nunca! — gritó el Salvaje.

—Pero mire, amigo...

—¡Tire todo ese horrible veneno!

Las palabras "¡Tire todo ese...!" atravesaron las envolventes capas de incomprensión, llegando a lo vivo de la conciencia de los Deltas. Un colérico murmullo alzóse de la turba.

—Vengo a traeros la libertad — dijo el Salvaje, volviéndose hacia los gemelos. — Vengo...

El Subecónomo interino no oyó más; se había escurrido del vestíbulo y estaban buscando un número en la lista de teléfonos.

—No está en su cuarto — resumió Bernard. — Ni en el mío, ni en el tuyo. Ni en el Aphroditœum; ni en el Centro, ni en la Escuela. ¿Adónde puede haber ido?

Helmholtz se encogió de hombros. Habían vuelto del trabajo, esperando hallar al Salvaje aguardándoles en cualquiera de los sitios acostumbrados, y no había rastro de él. Era desagradable, pues tenían intención de ir a Biarritz en el deporticóptero, de cuatro asientos, de Helmholtz. Llegarían tarde a la cena si no venía pronto.

—Esperemos cinco minutos más — dijo Helmholtz. — Si no viene por aquí, nos...

Interrumpióle el timbre del teléfono. Cogió el auricular.

—Al habla. Diga.

Luego, tras escuchar un largo intervalo:

—¡Ford en el volante! — juró. — Voy ahora mismo.

—¿Qué pasa? — preguntó Bernard.

—Un amigo del Hospital de Park Lane — respondió Helmholtz. — El Salvaje está allí. Parece que se ha vuelto loco. Sea lo que sea, es urgente. ¿Vienes?

Corrieron juntos por el pasillo, hacia los ascensores.

—¿Pero os gusta ser esclavos? — decía el Salvaje cuando entraban en el Hospital.

Tenía rojo el rostro y sus ojos brillaban de ardor e indignación.

—¿Os gusta ser como bebés? Bebés, sí, llorones y babosos, — agregó, exasperado por su bestial estupidez, insultando a los mismos a quienes había venido a salvar.

Los insultos rebotaban en su caparazón de recia estupidez; le miraban con una vacua expresión de estúpido y avieso resentimiento en los ojos.

—¡Sí, babosos! — gritó a voz en cuello.

Dolor y remordimiento, compasión y deber, todo lo había olvidado ya, arrebatado como estaba por un intenso y avasallador odio hacia aquellos monstruos infrahumanos.

—¿No queréis ser libres y hombres? ¿No queréis saber lo que son la hombría y la libertad?

La rabia hacíale flúido; las palabras acudíanle fácilmente, en continuo flujo.

—¿No queréis? — repitió, mas no obtuvo respuesta.

—Muy bien, pues entonces — dijo malhumorado, — yo os lo enseñaré; yo os haré ser libres, queráis o no queráis.

Y abriendo una ventana que daba al patio del hospital, empezó a tirar a puñados las cajitas de *soma*.

Por un momento, la turba caqui permaneció silenciosa, petrificada, a la vista de aquel audaz sacrilegio, con pasmo y horror.

—Está loco — murmuró Bernard, mirándole con los ojos desorbitados. — Le van a matar. Le van...

Un súbito alarido alzóse de la turba; una ola de movimiento lanzóla amenazadoramente hacia el Salvaje.

—¡Que Ford le ayude! — dijo Bernard, y apartó los ojos.

—¡Ford ayuda a quien se ayuda!

Y con una viva, con una auténtica risa de triunfo, Helmholtz Watson abrióse paso entre la multitud.

—¡Libres, libres! — gritaba el Salvaje, y con una mano seguía tirando el *soma* al patio, mientras, con la otra, golpeaba los indistinguibles rostros de sus asaltantes. — ¡Libres!

Y de repente apareció Helmholtz a su lado.

—¡Bien, Helmholtz, bien!

Golpeando también Helmholtz, dijo:

—¡Hombres al fin y al cabo!

Y en el intervalo, lanzando también el veneno a puñados por la abierta ventana:

—¡Sí, hombres, hombres!

Y ya no quedaba más veneno que tirar. Alzó la cajita, y mostróles su negro vacío.

—¡Ya sois libres!

Aullando, cargaron los Deltas con redoblada furia.

Dudando al margen de la lucha:

—Están perdidos — dijo Bernard y, acuciado por un súbito impulso, corrió adelante en su socorro; pero lo pensó mejor y paróse; avergonzado, prosiguió· adelante; de nuevo lo pensó mejor, y detúvose en una agonía de humillante indecisión, pensando que *los* podían matar si no les ayudaba, y que podían *matarle* si lo hacía. Entonces (¡bendito sea Ford!) ojirredondos y con el hocico de cerdo de sus máscaras contra gases, llegaron los policías.

Bernard lanzóse a su encuentro. Agitó los brazos: entraba en acción, hacía algo.

—¡Socorro! — gritó varias veces, cada vez más fuerte, para forjarse en sí mismo la ilusión de ayudar. — ¡Socorro! ¡Socorro! ¡SOCORRO!

Los policías echáronle a un lado y comenzaron su faena. Tres hombres con pulverizadores sujetos a sus espaldas mediante correas, esparcieron por el aire espesas nubes de *soma*. Otros dos estaban ocupados en un aparato portátil de música sintética. Armados de pistolas de agua, cargadas con un poderoso anestésico, otros cuatro abríanse camino entre la multitud, dejando metódicamente fuera de combate, con un chorro tras otro, a los más fieros combatientes.

—¡Aprisa, aprisa! — chillaba Bernard. — Los van a matar si no andáis listos. Los... ¡Oh!

Cansado de su cháchara, uno de los policías le había disparado su pistola de agua. Bernard estuvo tambaleándose durante uno o dos segundos sobre sus piernas, que parecían haber perdido sus huesos, sus tendones, sus músculos, haberse tornado meras barras de jalea, y luego, ni aún jalea: agua; y cayó en tierra como un fardo.

Súbitamente, desde el aparato de música sintética, comenzó a hablar una voz: la voz de la Razón, la voz de los Buenos Sentimientos. Desarrollábase el rollo sonoro en el discurso sintético número dos (potencia media) contra los motines, extraído de lo profundo de un inexistente corazón:

"Amigos míos, amigos míos" — decía la voz tan patéticamente, con un dejo de reproche tan infinitamente tierno que, aun detrás de sus máscaras contra gases, los ojos de los policías se arrasaron momentáneamente de lágrimas. — "¿Qué es esto? ¿Por qué no estáis unidos? ¿Por qué no sois felices y buenos?".

"Felices y buenos", repetía la voz.

"En paz, en paz".

Tembló, volvióse murmullo y momentáneamente expiró.

"¡Oh!, ¡cuánto deseo que seáis felices!", recomenzó con un ardor convencido. "¡Deseo tanto que seáis buenos! ¡Sed buenos, sed buenos, os lo ruego!....".

Dos minutos después la voz y los vapores del *soma* produjeron su efecto. Los Deltas se besaban y acariciábanse, llorando, unos a otros, media docena de gemelos a la vez en un comprensivo abrazo. Hasta casi lloraban Helmholtz y el Salvaje. Trájose del Economato una nueva provisión de cajitas; se hizo aprisa y corriendo una nueva distribución y, al son de las afectuosas despedidas abaritonadas de la voz, dispersáronse los gemelos, sollozando como si se les partiese el alma.

"¡Salud, amigos, queridos amigos! ¡Qué Ford os guarde! ¡Salud, amigos, queridos amigos! ¡Que Ford os guarde! ¡Salud, amigos, queridos amigos!....".

Cuando el último de los Deltas hubo salido, el policía cortó la corriente. La voz angélica calló.

—¿Vienen ustedes de buen grado? — preguntó el Sargento. — ¿O habrá que anestesiarlos?

Y apuntóles amenazadoramente su pistola de agua.

—¡Iremos de buen grado! — respondió el Salvaje, restañándose alternativamente la sangre de un labio roto, un codo rozado y la mano izquierda mordida.

El pañuelo en su nariz que sangraba, Helmholtz afirmó con la cabeza.

Vuelto ya en sí y recobrado el uso de sus piernas, Bernard había aprovechado este momento para ir hacia la puerta, haciéndose lo menos visible que pudo.

—¡Alto ahí! — gritó el sargento, y un policía, con su máscara de hocico de cerdo, cruzó corriendo la sala y púsole una mano en el hombro.

Bernard volvióse con expresión de inocencia ofendida. ¿Escapar? ¡Ni soñado había en tal cosa!

—Aunque, ¿para qué *me* quiere usted a mí? — dijo al sargento. — No se me acude para qué,

—Es usted amigo de los detenidos, ¿no es cierto?

—Bien... — dijo Bernard, y dudó.

No, en realidad no podía negarlo.

—¿Y por qué no había de serlo? — preguntó.

—Venga, entonces — dijo el sargento, y marchó hacia la puerta, y hacia el coche de la policía, que esperaba.

Capítulo XVI

La habitación a la que se les condujo era el despacho del Inspector.

—Su Fordería bajará dentro de un momento.

El mayordomo Gamma les dejó solos.

Helmholtz rompió a reír a carcajadas.

—Más parece esto una reunión, para tomar una solución de cafeína, que un juicio.

Y dejóse caer en el sillón neumático más lujoso.

—¡Anímate, Bernard! — agregó al tropezar con el semblante verdoso y triste de su amigo.

Pero Bernard no quería que le tranquilizasen; sin responder, sin mirar siquiera a Helmholtz, fué a sentarse en la silla más incómoda de la habitación, cuidadosamente elegida, con la oscura esperanza de aplacar de algún modo la ira de las potencias superiores.

El Salvaje, sin embargo, daba vueltas inquieto alrededor de la pieza, mirando con vaga, superficial curiosidad los libros de los estantes, los rollos de las máquinas de leer en sus numerosos columbarios. En la mesa, bajo la ventana, yacía un grueso volumen, encuadernado en flexible imitación de cuero, con grandes tes áureas estampadas. Cogióle y le abrió: *Mi vida y mi obra, por nuestro Ford.* El libro había sido editado en Detroit por la Sociedad para la Propagación de Conocimientos Fordianos. Perezosamente pasó las páginas, leyendo una sentencia aquí, un parágrafo allá, y llegaba a la conclusión de que no le interesaba el libro, cuando abrióse la puerta y el Inspector Mundial de la Europa Occidental entró en la habitación con ligeros pasos.

Mustafá Mond dió la mano a los tres; pero se dirigió al Salvaje.

—Así, pues, no le gusta mucho la civilización, míster Salvaje — dijo.

El Salvaje le miró. Había venido decidido a mentir, fanfarronear, encastillarse en su silencio; pero, tranquilizado por la intèligente simpatía del rostro del Inspector, decidió decir la verdad sin rodeos.

—No.

Y meneó la cabeza.

Bernard se estremeció y miróle horrorizado. ¿Qué iba a pensar el Inspector? Estar fichado como amigo de un hombre que dice que no le gusta la civilización, que lo dice abiertamente y al Inspector en persona, era espantoso.

—Pero, John... — comenzó.

Una mirada de Mustafá Mond le redujo a un abyecto silencio.

—Sin duda — reconoció el Salvaje, — hay cosas muy agradables. Toda esa música aérea, por ejemplo...

—*A veces mil sonoros instrumentos* — *acarician mi oído; otras, mil voces* (¹).

El rostro del Salvaje se iluminó con un súbito placer.

—¿También le ha leído? — preguntó. — Creía que nadie sabía nada de ese libro en Inglaterra.

—Casi nadie. Soy yo uno de los poquísimos. Está prohibido. Pero como yo hago aquí las leyes, puedo también quebrantarlas. Impunemente, míster Marx —

(¹)   *Sometimes a thousand twangling instruments*
Will hum about my ears, and sometimes voices.

(*Tempest*, III, 2).

agregó volviéndose hacia Bernard, — pero me temo que usted no pueda hacer otro tanto.

Bernard sumióse en un estado de mayor abatimiento aún.

—Pero, ¿por qué está prohibido? — preguntó el Salvaje.

Con la emoción de haber hallado un hombre que había leído a Shakespeare, olvidaba momentáneamente todo lo demás.

El Inspector se encogió de hombros.

—Porque es viejo; tal es la principal razón. Y aquí no usamos cosas viejas.

—¿Aun cuando sean bellas?

—Sobre todo cuando son bellas. La belleza es atractiva, y no queremos que el pueblo se sienta atraído por las cosas viejas. Queremos que le gusten las nuevas.

—Pero es que las nuevas son estúpidas y horribles. ¡Esas farsas en que sólo hay helicópteros volando por todas partes y donde se *siente* personas besándose.

Hizo una mueca.

—¡*Cabrones y micos!*

Sólo en las palabras de *Otelo* halló un adecuado vehículo para su odio y desprecio.

—*Bonitos animales, no dañinos* — murmuró el Inspector a guisa de paréntesis.

—¿Por qué no hacen que lean, mejor, *Otelo*?

—Ya se lo dije: es viejo. Por otra parte, tampoco le entenderían.

Sí, era verdad. Recordó que Helmholtz se había reído de *Romeo y Julieta*.

—Bueno — dijo tras una pausa, — entonces algo nuevo que se parezca a *Otelo* y que puedan entenderlo.

—Eso es lo que todos hemos deseado escribir — dijo Helmholtz, rompiendo un largo silencio.

—Y lo que jamás escribirán — dijo el Inspector. — Porque si realmente se pareciera a *Otelo*, ninguno podría entenderlo, aunque fuese nuevo. Y si era nuevo, no se podría parecer a *Otelo*.

—¿Por qué no?

—Eso es ¿por qué no? — repitió Helmholtz.

Él olvidaba a su vez las desagradables realidades de la situación. Lívido de ansiedad y aprensión, sólo Bernard recordábalas; los otros no les hacían caso.

—¿Por qué no?

—Porque nuestro mundo no es el mismo que el de *Otelo*. No se pueden hacer automóviles sin acero, y no se pueden hacer tragedias sin inestabilidad social. El mundo es estable ahora. Las gentes son felices; tienen cuanto desean, y no desean nunca lo que no pueden tener. Están a gusto; están seguras; nunca están enfermas; no tienen miedo a la muerte; viven en una bendita ignorancia de la pasión y la vejez; no están cargados de padres ni madres; no tienen esposas, ni amantes que les causen emociones violentas; están acondicionados de tal suerte que, prácticamente, no pueden dejar de comportarse como deben de producirse. Y si cualquiera cosa no anda bien, ahí está el *soma*. Que habéis arrojado lindamente por la ventana en nombre de la libertad, míster Salvaje. ¡*La Libertad*! — rió. — ¡Esperar que los Deltas sepan lo que es la libertad! ¡Y ahora esperar que comprendan *Otelo*! ¡Pobre infeliz!

El Salvaje quedó un momento silencioso.

—A pesar de todo — insistió obstinadamente, — *Otelo* es bueno, *Otelo* es mejor que esas películas sensibles.

—Desde luego — dijo el Inspector. — Pero es el precio que hemos pagado por la estabilidad. Hay que escoger entre la dicha y lo que las gentes llamaban antaño arte sublime. Hemos sacrificado el arte sublime. Ahora tenemos las sensibles y el órgano de perfumes.

—Pero no tienen ningún sentido.

—Tienen su propio sentido; representan una porción de sensaciones agradables para el auditorio.

—Pero están... contadas por un idiota (¹).

El Inspector se echó a reír.

—No es usted muy amable con su amigo míster Watson, uno de nuestros más distinguidos Ingenieros de emociones...

—Pero tiene razón — dijo sombríamente Helmholtz. — Es idiota. Escribir cuando no hay nada que decir...

—Precisamente. Ello requiere la más enorme habilidad. Hacéis autos con el absoluto mínimo de acero, obras de arte sin prácticamente otra cosa que sensación pura.

El Salvaje meneó la cabeza.

—Todo esto me parece horrible en absoluto.

—Desde luego lo es. La actual felicidad siempre parece muy menguada en comparación de las compensaciones que brinda la miseria. Y, además, la estabilidad no es ni con mucho tan espectacular como la inestabilidad. Y el estar satisfecho no tiene el encanto de una denodada lucha contra la desgracia, ni el pintoresquismo de una pugna contra la tentación, o de una fatal derrota a manos de la pasión o de la duda. La felicidad nunca es grandiosa.

—Creo que tiene usted razón — dijo el Salvaje, tras un silencio. — Pero ¿es necesario que sea tan horrible como esos gemelos? — Pasóse la mano por los ojos, cual si quisiese borrar el recuerdo de la imagen de aquellas teorías de idénticos enanos en las mesas de montaje, de aquellos rebaños de enanos formando cola a la entrada de la estación del monorriel en Brentford, de aquellos gusanillos humanos pululando alrededor del lecho de muerte de Linda, del rostro interminablemente repetido de sus asaltantes. Miró su mano izquierda vendada y se estremeció.

(¹)　　　　*Life is a tale*
Told by an idiot, full of sound and fury
Signifying nothing.

(*Macbeth*, V, 9).

—¡Qué horrible!

—¡Pero qué útil! Veo que no le gustan nuestros grupos Bokanowsky; pero, le aseguro que constituyen el cimiento sobre lo que todo lo demás se construye. Son el giróscopo que estabiliza el avión-cohete del Estado en su inflexible marcha.

La voz profunda vibraba hasta taladrar los oídos; la gesticulante mano parecía representar la potencia y el espíritu de la irresistible máquina. La oratoria de Mustafá Mond rayaba casi tan alto como los modelos sintéticos.

—No comprendo por qué los tienen — dijo el Salvaje — pudiendo producir lo que se quiera en los envases. ¿Por qué no hacen ustedes en cada uno un Alfa-Más-Doble, si se puede lograr?

Mustafá Mond se echó a reír.

—Porque no tenemos malditas las ganas de hacernos retorcer el pescuezo — respondió. — Nosotros creemos en la felicidad y en la estabilidad. Una sociedad de Alfas no podría evitar el ser inestable y desgraciada. Imagine una fábrica donde todos fuesen Alfas, es decir, individuos diferenciados y sin parentesco, de buena herencia y acondicionados para ser capaces (con ciertas limitaciones) de escoger libremente y asumir responsabilidades. ¡Imagínela! — repitió.

El Salvaje trató de imaginársela, mas no con muy buen éxito.

—Es absurdo. Un hombre decantado para Alfa, acondicionado para Alfa se volvería loco si tuviese que hacer el trabajo de un Épsilon semienano, se volvería loco o se pondría a destruirlo todo. Los Alfas pueden ser completamente socializados, pero sólo a condición de que trabajen como Alfas. Sólo a un Épsilon se le pueden pedir sacrificios de Épsilon, por la sencilla razón de que no son sacrificios para él; es la línea de menor resistencia. Su acondicionamiento ha tendido los rieles por donde él ha de rodar. No puede impedirlo; está predestinado. Aun después de la decantación, está siempre en el interior de un envase, de un invisible envase de infantiles y embrionarias restricciones. Cada uno de nosotros, desde luego — continuó pensativamente el Inspector — cruza su vida dentro de un envase. Pero si somos Alfas, nuestros envases son, relativamente hablando, enormes. Y sufriríamos intensamente si nos viésemos confinados en un espacio más estrecho. No se puede echar el champaña artificial de las castas superiores en las botellas de la casta inferior. Es teóricamente evidente. Pero ha sido demostrado tambión en la práctica. El resultado del experimento de Chipre fué convincente.

—¿Qué fué eso?

Mustafá Mond sonrió:

—Bien, puede llamarse un experimento de reenvasación, si gustáis. Acaeció en el año 473 de N. F. Los Inspectores hicieron evacuar la isla de Chipre por todos sus habitantes, y recolonizáronla con una hornada de veintidós mil Alfas preparada especialmente. Entregóseles maquinaria industrial y agrícola y dejóseles gobernarse por sí solos. El resultado cumplió exactamente todas las predicciones teóricas. Las tierras no se cultivaron bien; hubo huelgas en todas las fábricas; las leyes eran menospreciadas, las órdenes se desobedecían; todas las gentes destinadas a efectuar un trabajo de orden inferior estaban constantemente intrigando para conseguir otro mejor, y todos los empleados en los trabajos superiores contraintrigaban para mantenerse a toda costa donde estaban. En menos de seis años tenían una guerra civil de primer orden. Cuando murieron diecinueve de los veintidós mil, los sobrevivientes pidieron unánimes a los Inspectores Mundiales reasumiesen el gobierno de la isla. Así lo hicieron. Y tal fué el fin de la única sociedad de Alfas que ha habido en el mundo.

El Salvaje suspiró profundamente.

—La población óptima — dijo Mustafá Mond, —

es como el iceberg: ocho novenos bajo el agua y uno encima.

—¿Y son felices bajo el agua?

—Más felices que encima. Más felices que sus amigos, por ejemplo — y los señaló con el índice.

—¿A pesar de su odioso trabajo?

—¿Odioso? No lo creen así ellos. Al contrario, les gusta. Es leve y de una simplicidad infantil. No agota la mente ni los músculos. Siete horas y media de un trabajo leve y muy llevadero, y luego la ración de soma, y deportes y copulación sin trabas y el cine sensible. ¿Qué más pueden pedir? Cierto — agregó — que podrían pedir menos horas. Y desde luego podríamos concedérselas. Técnicamente, sería sencillísimo reducir el trabajo de las castas inferiores a tres o cuatro horas al día. Pero ¿serían más felices por ello? De ningún modo. Ya se hizo el experimento, hace más de siglo y medio. Irlanda entera se organizó a base de cuatro horas al día. ¿Cuál fué el resultado? Revueltas y un aumento en el consumo de soma; nada más. Estas tres horas y media suplementarias de ocio estaban tan lejos de ser un manantial de dicha, que las gentes veíanse obligadas a procurarse vacaciones para librarse de ellas. La Oficina de Inventos rebosa de planos de procedimientos para economizar trabajo: a millares... — Mustafá Mond hizo un amplio ademán. — Y ¿por qué no lo realizamos? Por el bien de los trabajadores; sería pura crueldad el afligirles con un excesivo ocio. Lo mismo ocurre con la agricultura. Podríamos producir por síntesis hasta el último bocado de nuestros alimentos, si quisiéramos. Pero no hacemos tal. Preferimos que un tercio de la población se dedique a los trabajos de la tierra. Y esto en su propio beneficio: sólo porque cuesta más tiempo obtener el alimento de la tierra que de una fábrica. Además, hemos de pensar en nuestra estabilidad. No queremos cambiar. Cada cambio es una amenaza a la estabilidad. Ésta es otra razón por la que estamos tan poco inclinados a aplicar invenciones nuevas. Cada descubrimiento de ciencia pura es potencialmente subversivo; hasta la ciencia ha de ser tratada como un posible enemigo. Sí, hasta la ciencia.

¿La ciencia? El Salvaje frunció el ceño. Conocía la palabra. Pero no podía decir lo que significaba exactamente. Shakespeare y los ancianos del pueblo nunca la habían mencionado, y de Linda solamente había recogido vagas indicaciones: la ciencia era algo con lo que se construían helicópteros, algo que os hace reíros de las Danzas del Maíz, algo que os preserva de estar enfermo y de que se os caigan los dientes. Hizo un desesperado esfuerzo para comprender lo que quería decir.

—Sí — proseguía Mustafá Mond, — ése es otro cargo en el coste de la estabilidad. No es solamente el arte lo incompatible con la dicha, sino también la ciencia. La ciencia es peligrosa; hemos de tenerla cuidadosamente encadenada y amordazada.

—¿Cómo? dijo Helmholtz pasmado. — ¡Pero si siempre estamos diciendo que la ciencia lo es todo! Es un lugar común hipnopédico.

—Tres veces por semana, desde los trece a los diecisiete años, — apoyó Bernard.

—Y toda la propaganda científica que realizamos en la Escuela...

—Sí; pero ¿qué ciencia? — preguntó Mustafá Mond sarcásticamente. — Ustedes no han recibido cultura científica, así que no pueden juzgar. Yo era un físico bastante bueno en mi tiempo. Bastante bueno, lo bastante bueno para comprender que toda nuestra ciencia es ni más ni menos que un libro de cocina, con una ortodoxa teoría del cocinado, que nadie tiene el derecho de poner en duda, y una lista de recetas a las que nada se puede añadir, salvo con especial permiso del Cocinero Mayor. Yo soy ahora el Cocinero Mayor. Pero fuí también un galopín curiosillo. Me dió también por cocinar un poco a mi manera. Cocinar heterodoxo, cocinar ilícito. Un poco de verdadera ciencia en suma.

Calló.

—Y ¿qué pasó? — preguntó Helmholtz Watson.

Suspiró el Inspector.

—Poco más o menos lo que les va a pasar a ustedes, muchachos. Estuve a punto de que me enviaran a una isla.

Tales palabras galvanizaron a Bernard, produciéndole una violenta y extemporánea actividad.

—¿*Mandarme* a una isla?

Se puso en pie de un bote, cruzó corriendo el cuarto y detúvose gesticulando ante el Inspector:

—No es posible. No he hecho nada. Fueron los otros. Juro que fueron los otros — y señaló acusadoramente a Helmholtz y el Salvaje. — ¡Oh, se lo ruego, no me mande a Islandia. Le prometo no hacer más que lo que tenga que hacer. Concédame otra oportunidad. Concédame otra oportunidad, por favor — comenzaron a afluirle las lágrimas. — Es culpa suya, nada más que suya — sollozaba. — A Islandia no, Su Fordería; a Islandia, no . . .

Y en un paroxismo de rastrera abyección, arrodillóse ante el Inspector. Mustafá Mond intentó levantarle, pero Bernard persistía en su ahinojamiento; su flujo de palabras corría inagotablemente. Al fin el Inspector tuvo que llamar a su cuarto secretario.

—Traiga tres hombres y llévense a míster Marx a un dormitorio. Denle una buena vaporización de *soma* y déjenlo acostado.

El cuarto secretario salió y volvió con tres lacayos gemelos, uniformados de verde. Se llevaron a Bernard aún sollozando y chillando.

—Cualquiera diría que le iban a cortar el pescuezo — dijo el Inspector, al cerrarse la puerta. — Si tuviese un poco de sentido, comprendería que su castigo es en realidad un premio. Le mandan a una isla. Es decir, le mandan a un lugar donde hallará la compañía de los hombres y mujeres más interesantes que podría encontrar en todo el mundo. Cuantas personas que, por una u otra causa, han alcanzado demasiada personalidad para poder adaptarse a la vida en común. Cuantas personas no están conformes con la ortodoxia. Cuantas tienen ideas propias. Cuantas, en una palabra, son alguien. Casi les envidio, míster Watson.

Helmholtz se echó a reír.

—¿Por qué, entonces, no está usted también en una isla?

—Porque, a fin de cuentas, prefiero esto — respondió el Inspector. Se me dió a escoger: enviarme a una isla, donde hubiese podido continuar mis estudios de ciencia pura, o entrar en el Consejo de Inspectores, con la perspectiva de llegar con el tiempo a un Inspectorado. Escogí éste y dejé la ciencia.

Tras una breve pausa:

—A veces — agregó — me da por añorar la ciencia. La felicidad es un dueño tiránico, sobre todo la felicidad de los demás. Un dueño mucho más tiránico, si no se está acondicionado para aceptar incuestionablemente nada, salvo la verdad.

Suspiró, cayó de nuevo en el silencio y continuó luego en un tono más animado:

—En fin, el deber es el deber. No se pueden consultar los propios gustos. Me interesa la verdad, amo la ciencia. Pero la verdad es una amenaza y la ciencia un peligro público. Tan peligrosa cuanto fué benéfica. Nos ha dado el más estable equilibrio de la Historia. El de China en comparación, era desesperadamente inseguro; aun los primitivos matriarcados no eran más seguros que nosotros. Gracias, repito, a la ciencia. Pero no podemos permitir a la ciencia deshacer su propia, excelente obra. Por eso limitamos tan cuidadosamente el campo de sus investigaciones, por eso estuve a punto de ser mandado a una isla. No le permitimos ocuparse más que en los problemas más inmediatos del momento. Todas las demás investigaciones se evitan constantemente. Es curioso — prosiguió tras una breve pausa — leer lo que se escribía en tiempo de Nuestro Ford acerca del progreso científico. Parecían haber imaginado que proseguiría indefinidamente, sin tener en cuenta ninguna otra cosa. El saber era el más alto bien; la verdad, el valor supremo; todo lo demás era secundario y subordinado. Cierto que las ideas comenzaban a cambiar por entonces. Nuestro Ford mismo hizo mucho por quitar prestigio a la verdad y la belleza y dárselo al *confort* y la felicidad. La producción en masa exigía este cambio. La felicidad universal conserva los engranajes funcionando con regularidad; la verdad y la belleza, no. Y desde luego, siempre que las masas obtenían el poder político, era la felicidad, más bien que la verdad y la belleza, lo que interesaba. Pero, a pesar de todo, se permitían aún las investigaciones científicas sin restricciones, continuábase hablando de la verdad y la belleza como si fueran los soberanos bienes. Así siguió hasta la Guerra de los Nueve Años. Esta hízoles cambiar de tono. ¿Con qué se comen la belleza o el saber cuando las bombas de ántrax estallan a vuestro alrededor? Fué entonces cuando, por primera vez, la ciencia comenzó a ser vigilada: tras la Guerra de los Nueve Años. Las gentes estaban dispuestas entonces hasta a que se les vigilasen sus apetitos. Cualquier cosa a cambio de vivir tranquilos. Siempre hemos vigilado desde entonces. Claro es que esto no ha sido muy bueno que digamos para la verdad. Pero sí para la felicidad. Todo tiene su precio. La felicidad había que pagarla. Usted la paga, míster Watson, la paga porque le interesa demasiado la belleza. Yo, que me interesaba mucho por la verdad, también la he pagado.

—Pero usted no fué a una isla — dijo el Salvaje, rompiendo un largo silencio.

Sonrió el Inspector.

—Así es como lo he pagado. Escogiendo servir a la felicidad. La de los otros, no la mía. Es una suerte — agregó tras una pausa — que haya en el mundo una porción de islas. No sé qué haríamos sin ellas. Les meteríamos a ustedes en la cámara asfixiante, creo. A propósito, míster Watson, ¿le gustaría un clima tropical? ¿Las Marquesas, por ejemplo, o Samoa? ¿O bien algo más vivificante?

Helmholtz alzóse de su sillón neumático.

—Preferiría un clima malo — respondió. — Me parece que podría escribir mejor si el clima fuera malo. Si hay en abundancia vientos y tempestades, por ejemplo...

El Inspector aprobó con un signo de cabeza.

—Me gusta su temple míster Watson. Mucho, en verdad. Tanto como oficialmente le desapruebo.

Sonrió.

—¿Qué tal las islas Falkland?

—Sí, creo que servirán — respondió Helmholtz. — Y ahora, si no le parece mal, iré a ver cómo anda el pobre Bernard.

Capítulo XVII

—Arte, ciencia... Me parece que habrá pagado muy cara su felicidad — dijo el Salvaje, cuando se quedaron solos. — ¿Algo más aún?

—Sí, la religión ni qué decir tiene — replicó el Inspector. — Había antes algo que se llamaba Dios, antes de la Guerra de los Nueve Años. Pero, me olvidaba, supongo que sabe usted lo que es Dios.

—La verdad... — El Salvaje titubeaba. Hubiese querido decir algo acerca de la soledad, acerca de la noche, acerca de la mesa yaciendo lívida bajo la luna, del precipicio, de la buceada en las sombrías tinieblas, de la muerte. Hubiese querido hablar, pero le faltaron palabras. Ni aun en Shakespeare.

El Inspector, entre tanto, había atravesado la habitación y abría una gran caja de caudales empotrada en el muro entre estantes de libros. La pesada puerta se abrió. Rebuscando en la oscuridad de la caja:

—He aquí algo — dijo — que me ha interesado siempre mucho. — Sacó un grueso volumen negro. — No habrá leído esto nunca, me parece.

El Salvaje cogióle.

—*La Santa Biblia, que contiene el Antiguo y el Nuevo Testamento,* — leyó en voz alta en la portada.

—Ni éste.

Era un librillo, que había perdido la cubierta: *La Imitación de Cristo.*

—Ni éste.

Y también otro volumen: *Las Variedades de la Experiencia Religiosa,* por William James.

—Y tengo aún muchos más — continuó Mustafá Mond volviendo a su silla. — Toda una colección de libros pornográficos. Dios en la caja y Ford en los anaqueles.

Y señaló riendo su biblioteca oficial, los anaqueles de libros, los bastidores llenos de bobinas de máquinas de leer y de rollos de impresión sonora.

—Pero, si sabe usted de Dios, ¿por qué no les habla de él? — preguntó indignado el Salvaje. — ¿Por qué no les da estos libros sobre Dios?

—Por la misma razón que no les damos *Otelo:* son viejos; hablan de Dios como hace cientos de años. No como es ahora.

—Pero Dios no cambia.

—Pero los hombres, sí.

—¿Y qué importa eso?

—Todo un mundo de diferencia — dijo Mustafá Mond. — Se levantó otra vez y fuése a la caja. — Había un hombre que se llamaba el Cardenal Newmann — dijo; — un Cardenal — explicó entre paréntesis — es una especie de Archichantre.

—"Yo, Pandulfo, Cardenal de Milán la bella... (¹). He leído algo de esto en Shakespeare.

—Seguramente. Bueno, como iba diciendo, había un hombre llamado el Cardenal Newman. ¡Ah, aquí está el libro! — Le sacó — Y ya que estoy sobre esto, voy a coger este otro también. Es de uno que se llamaba Maine de Biran. Era un filósofo, si es que sabe usted lo que esto era.

(¹) *King John,* III, 1.

—Un hombre que sueña menos cosas que existen en el cielo y la tierra (^{1}) — dijo prontamente el Salvaje.

—Muy bien. Dentro de un momento leeré una de las cosas que soñó. Entre tanto, escuche lo que dice este viejo Archichantre. — Abrió el libro por un lugar señalado con una tira de papel y empezó a leer: — "No somos más nuestros que nuestro es lo que poseemos. No habiéndonos nosotros hecho a nosotros mismos, no podemos tener potestad suprema sobre nosotros mismos. No somos nuestros dueños. Somos propiedad de Dios. ¿No consiste nuestra felicidad en mirar las cosas de este modo? ¿Es, desde cualquier punto que se mire, una dicha o un consuelo considerar que somos nuestros dueños? Pueden pensar tal los jóvenes y los afortunados. Éstos pueden creer que es una gran cosa poder ordenarlo todo a su gusto, no depender de nadie, como ellos suponen, no tener que pensar en nada que no se vea, verse libre del fastidio del continuo reconocimiento, de la continua plegaria, del continuo recordatorio de que han de hacer la voluntad de otro. Pero conforme el tiempo pasa, ellos, como todos los demás hombres, hallan que la independencia no se hizo para el hombre, que es un estado antinatural, que puede satisfacer durante algún tiempo, pero que no nos lleva, seguros, hasta el fin..." — Mustafá Mond detúvose, dejó el primer libro y, cogiendo el otro, hojeóle. — Esto, por ejemplo — dijo, y con su voz profunda volvió a leer: — "Envejece el hombre; percibe un sentimiento radical de flaqueza, de cansancio, de malestar, que acompaña al avance de la edad; y, al sentirse así, se cree enfermo, adormece sus temores pensando que aquel penoso estado se debe a una causa determinada, de la que, cual de una enfermedad, espera curarse. ¡Vanas imaginaciones! La enfermedad es

(^{1}) *There are more things in heaven and earth. Horatio Than are dreamt of in your philosophy.*

(*Hamlet*. I. 5).

la vejez; y es bien desagradable. Dícese que es el miedo
a la muerte y de lo que vendrá después el que vuelve
religiosos a los hombres conforme entran en años. Pero
mi propia experiencia me ha llevado a la convicción de
que, completamente aparte de toda clase de terrores e
imaginaciones, el sentimiento religioso tiende a desarrollarse, conforme vamos para viejos, a causa de que, cal-
madas las pasiones, la imaginación y la sensibilidad menos excitadas y excitables, la razón está menos turbada
en sus funciones, menos oscurecida por imágenes, deseos
y distracciones que de continuo le absorbían; entonces
Dios surge como de detrás de una nube; nuestra alma
siente, ve, tiende hacia la fuente de toda luz; natural
e inevitablemente; pues ahora que todo cuanto da vida
y encanto al mundo de las sensaciones ha comenzado a
huir de nosotros; ahora que la existencia fenoménica no
está mantenida por las impresiones internas o externas,
sentimos la necesidad de apoyarnos sobre algo que per-
manezca y que no nos engañe, una realidad, una absoluta y eterna verdad. Sí, volvemos inevitablemente a
Dios; pues este sentimiento religioso es de índole tan
pura, tan delicioso para el alma que la experimenta, que
nos compensa de todas las demás pérdidas..." — Mustafá Mond cerró el libro y se recostó en su sillón. —
Una de las muchas cosas del cielo y de la tierra sobre
las que estos filósofos no soñaron fué esto (movió su
mano): nosotros, el mundo moderno. "Sólo se puede
ser independiente de Dios mientras se es joven y afortu-
nado; la independencia no nos lleva, seguros, al fin".
Bueno, pues nosotros tenemos juventud y fortuna hasta
el fin. ¿Qué se deduce? Evidentemente, que podemos ser
independientes de Dios. "El sentimiento religioso nos
compensa de todas las demás pérdidas". Pero es que nosotros no tenemos pérdidas que compensar; el sentimiento
religioso es superfluo. Y ¿para qué buscar un sucedáneo
de los deseos juveniles, cuando los deseos juveniles no
nos faltan? ¿Ni un sucedáneo de distracciones, cuando

seguimos gozando de todas las antiguas bagatelas hasta el fin? ¿Qué necesidad tenemos de reposo, si nuestras almas y nuestros cuerpos continúan deleitándose con la actividad? ¿ni de consuelos, cuando tenemos el *soma*. ¿ni de algo inmutable, cuando existe el orden social?

—¿Creen entonces que no hay Dios?

—No; creo que muy probablemente lo hay.

—¿Por qué, entonces...?

Mustafá Mond le detuvo.

—Pero se manifiesta de diversas maneras a los diversos hombres. En los tiempos premodernos se manifestaba como el ser que se describe en estos libros. Ahora...

—¿Cómo se manifiesta ahora? — preguntó el Salvaje.

—Bien; se manifiesta como una ausencia; como si no existiese en absoluto.

—Culpa de ustedes.

—Diga culpa de la civilización. Dios no es compatible con las máquinas y la medicina científica y la felicidad universal. Hay que escoger. Nuestra civilización ha escogido las máquinas y la medicina y la felicidad. Por eso tengo que guardar estos libros encerrados en la caja de caudales. Son pura inmundicia. La gente se escandalizaría si...

El Salvaje le interrumpió:

—¿Pero no es *natural* sentir que hay Dios?

—Lo mismo podría usted preguntar si es natural cerrar pantalones con cremallera — dijo el Inspector sarcásticamente. — Me recuerda otro de los antiguos, llamado Bradley. Definía la filosofía como la invención de una mala razón para lo que creemos por instinto. ¡Como si se creyese nada por instinto! Uno cree las cosas porque ha sido acondicionado para creerlas. Inventar malas razones para lo que se cree por otras malas razones: tal es la filosofía. La gente cree en Dios porque ha sido acondicionada para creer en Dios.

—Pero, a pesar de los pesares — insistió el Salvaje, —

es natural creer en Dios cuando estamos solos, completamente solos, de noche, pensando en la muerte...

—Pero nadie está nunca solo ahora — dijo Mustafá Mond. — Les hacemos odiar la soledad; y disponemos sus vidas de suerte que les sea casi imposible lograrla.

El Salvaje asintió tristemente con la cabeza. En Malpaís, había sufrido al verse excluído de las comunes actividades del pueblo; en el civilizado Londres sufría por no poder librarse de esas comunes actividades, ni estar tranquilamente solo.

—¿Se acuerda de aquel pasaje del *Rey Lear*? — dijo por último el Salvaje. — "Los dioses son justos, y de nuestros agradables vicios hacen instrumentos para atormentarnos; el lugar corrompido y sombrío donde te concibió, cuéstale los ojos"; y Edmundo responde, como recordará, malherido, agonizante: "Bien dicho; es verdad. La rueda ha dado toda la vuelta; y aquí estoy". ¿Qué me dice ahora? ¿No parece, según eso, que hay un Dios dirigiendo las cosas, castigando, premiando?

—¿Sí, eh? — preguntó el Inspector a su vez. — Puede entregarse a cuantos agradables vicios quiera con una neutra, sin correr el riesgo de que le saque los ojos la querida de su hijo. "La rueda ha dado la vuelta; y aquí estoy". Pero ¿dónde estaría Edmundo en nuestros días? Sentado en un sillón neumático, el brazo alrededor del talle de una chica, chupando su goma de mascar de hormona sexual, en un cine sensible. Los dioses son justos. Sin duda. Pero su código de leyes se dicta, en última instancia, por las gentes que organizan la sociedad; la Providencia recibe órdenes de los hombres.

—¿Está seguro? — preguntó el Salvaje. — ¿Está bien seguro de que el Edmundo del sillón neumático no ha sido tan duramente castigado como el Edmundo ensangrentado y herido de muerte? Los dioses son justos. ¿No habrán hecho uso de sus agradables vicios para degradarle?

—¿Degradarle de qué? Como ciudadano feliz, trabajador y buen consumidor, es perfecto. Claro está, si escoge usted otras normas diferentes de las nuestras, quizá pueda decir que está degradado. Pero hay que atenerse a una serie de postulados. No se puede jugar al Golf Electromagnético siguiendo las reglas de la Pelota Centrífuga.

—*No reside el valor en el capricho* — *particular* — dijo el Salvaje. — *La dignidad y estima* — *conserva igual en donde era preciosa* — *como en la tienda de quien la cautiva* (¹).

—Vaya, vaya — protestó Mustafá Mond; — eso es ir demasiado lejos, ¿no le parece?

—Si se permitieran pensar en Dios, no se dejarían degradar por agradables vicios. Tendrían una razón para llevar las cosas con paciencia y para ejecutarlas con valor. Yo lo he visto en los Indios.

—Estoy seguro de ello — dijo Mustafá Mond. — Pero nosotros no somos Indios. Un hombre civilizado no tiene ninguna necesidad de soportar nada que sea realmente desagradable. Y en cuanto a hacer las cosas, ¡Ford le libre de que tal idea se le pase por la cabeza! Se trastornaría todo el orden social si los hombres se pusiesen a hacer cosas por su cuenta y riesgo.

—¿Y el renunciamiento? Si tuvieran un Dios, tendrían una razón para el renunciamiento.

—Pero la civilización industrial es sólo posible cuando no hay renunciamiento. El goce hasta los límites que impone la higiene y la economía. Sin esto, el mecanismo cesa de funcionar.

—¡Había una razón para la castidad! — dijo el Salvaje, enrojeciendo un poco al pronunciar estas palabras.

—Pero castidad significa pasión, castidad significa

(¹)   *But value dwells not in particular will.*
      It holds his estimate and dignity
      As well wherein 'tis precious in itself
      As in the prizer.
                                    (*Troilus and Cressida*, II. 2)

neurastenia. Y pasión y neurastenia significan inestabilidad. E inestabilidad significa el fin de la civilización. No puede haber una civilización duradera sin abundancia de agradables vicios.

—Pero Dios es la razón de ser de todo lo noble y hermoso y heroico. ¡Si tuviesen un Dios...!

—Mi joven y querido amigo — dijo Mustafá Mond, — la civilización no tiene en absoluto necesidad de nobleza ni de heroísmo. Ambas cosas son síntomas de ineficacia política. En una sociedad bien organizada como la nuestra, nadie tendrá ocasión de ser noble ni heroico. Es preciso que las circunstancias se hagan fundamentalmente inestables para que tal ocasión pueda surgir. Donde hay guerras, donde hay juramentos de fidelidad, donde hay tentaciones que resistir, donde hay objetos de amor porque luchar o que defender, allí, naturalmente, nobleza y heroísmo tienen una explicación. Pero hoy ya no hay guerras. Se tiene el mayor cuidado de preservarse de amar a nadie demasiado. No hay juramentos de fidelidad; está uno acondicionado de tal suerte que no puede dejar de hacer lo que tiene que hacer. Y lo que tiene que hacer es, en conjunto, tan agradable, tantos impulsos naturales se dejan manifestarse libremente, que no hay en realidad tentaciones que resistir. Y si, por una desgraciada casualidad, le pasa a uno algo desagradable, siempre queda el *soma* que le permite evadirse de la realidad. Siempre queda el *soma* para calmar su cólera, para reconciliarle a uno con sus enemigos, para volverle paciente y sufrido. Antaño, sólo podían lograrse estas cosas realizando un gran esfuerzo y tras años y años de disciplina moral. Ahora se traga uno dos o tres tabletas de medio gramo, y se acabó. Todos pueden ser buenos ahora. Pueden llevar consigo, en un frasquito, la mitad cuando menos de su moralidad. Cristianismo sin lágrimas, tal es el *soma*.

—Pero las lágrimas son necesarias. ¿No recuerda lo que dice Otelo? "¡Si tras cada tempestad vienen tales calmas, soplen los vientos hasta que despierten a la muerte!". Un indio viejo solía contarnos la historia de la Muchacha de Matsaki. Los jóvenes que querían casarse con ella, tenían que pasar una mañana cavando su jardín. Parecía fácil, pero había moscas y mosquitos encantados. La mayoría de los jóvenes no podían resistir las picaduras. Pero uno que pudo, aquel obtuvo la chica.

—¡Precioso! Pero en los países civilizados — dijo el Inspector — se pueden tener muchachas sin cavar para lograrlas; y no hay moscas ni mosquitos que le piquen. Hace ya siglos que nos hemos librado de ellos por completo.

Asintió el Salvaje frunciendo las cejas.

—Se han librado, cierto. Lo de siempre. Se libran de todo lo desagradable en vez de aprender a soportarlo. *Pero es más noble sufrir en el alma — los golpes y saetas de la suerte, — o tomando las armas contra un piélago — de desgracias, triunfar de ellas al fin...* (¹). Pero ustedes no hacen ni lo uno ni lo otro. Ni sufren ni luchan. Se contentan con abolir en redondo tiros y saetas. Demasiado fácil.

Calló bruscamente, pensando en su madre. En su cuarto del piso treinta y siete, Linda había flotado en un mar de canoras luces y perfumadas caricias, flotado fuera, fuera del espacio, fuera del tiempo, fuera de la prisión de sus recuerdos, de sus hábitos, de su carne vieja y fofa. Y Tomakin, Ex Director de Incubación y Acondicionamiento, estaba también de vacaciones, huyendo de la humillación y la amargura, en un mundo donde no podía oír aquellas palabras, aquellas risas burlonas, donde no podía ver aquella faz horrible, aquellos sudorosos y fláccidos brazos en torno a su cuello, en un bellísimo mundo...

(¹) *Whether tis worthier in the mind to suffer
The slings and arrows of outrageous fortune,
Or to take arms against a sea of troubles,
And by opposing end them.*

(*Hamlet*, III, 1).

—Les hace falta — prosiguió el Salvaje — algo que cueste lágrimas. Nada cuesta aquí nada.

("Doce millones y medio de dólares — había protestado Henry Foster cuando el Salvaje se lo dijo una vez. — Doce millones y medio; tal es el coste del nuevo Centro de Acondicionamiento. Ni un céntimo menos").

—*Exponer lo mortal y lo inseguro — desafiando al azar, peligro y muerte — aunque por una cáscara de huevo sea tan sólo* (1). ¿No vale eso nada? — preguntó mirando a Mustafá Mond. — Aun prescindiendo de Dios, y eso que Dios, desde luego, sería una razón para ello, ¿no vale nada vivir peligrosamente?

—¡Ya lo creo que vale! — replicó el Inspector. — Hombres y mujeres necesitan que se les estimule de tiempo en tiempo las glándulas suprarrenales.

—¿Qué? — preguntó, sin comprender, el Salvaje.

—Es uno de los requisitos de la perfecta salud. Por eso hemos puesto obligatorios los tratamientos de S. P. V.

—¿S. P. V.?

—Sucedáneo de Pasión Violenta. Generalmente una vez. Irrigamos el organismo con adrenalina. Es el completo equivalente fisiológico del miedo y de la cólera. Todos los efectos tónicos de la muerte de Desdémona y el hecho de ser muerta por Otelo, sin ninguno de sus inconvenientes.

—Pero es que me gustan los inconvenientes

—Pues a nosotros, no — dijo el Inspector. Preferimos hacer las cosas cómodamente.

—Pero yo no quiero la comodidad. Yo quiero a Dios, quiero la poesía, quiero el verdadero riesgo, quiero la libertad, quiero la bondad. Quiero el pecado.

—En resumen — dijo Mustafá Mond: — usted reclama el derecho a ser desgraciado.

(1) *Exposing what is mortal and unsure*
To all that fortune, death and danger dare,
Even for an eggshell.

(*Hamlet*, IV, 4).

234

—Bueno, vaya — dijo el Salvaje: — reclamo el derecho a ser desgraciado.

—Sin hablar del derecho a envejecer y volverse feo e impotente; el derecho a tener sífilis y cáncer; el derecho a tener poco que comer; el derecho a ser piojoso; el derecho a vivir en constante inquietud por lo que ocurrirá mañana; el derecho a pescar la tifoidea; el derecho a ser atormentado por indecibles dolores de todas clases.

Siguió un largo silencio.

—Los reclamo todos, — dijo por último el Salvaje.

Mustafá Mond se encogió de hombros.

—Por nosotros, concedidos.

Capítulo XVIII

La puerta estaba entreabierta; entraron.

—¡John!

Del cuarto de baño vino un ruido desagradable y característico.

—¿Te pasa algo? — gritó Helmholtz.

No hubo respuesta. El ruido desagradable se repitió otras dos veces; nuevo silencio. Luego, con un clic metálico, la puerta del cuarto de baño abrióse y, muy pálido, apareció el Salvaje.

—¡Qué mala cara tienes, John! — exclamó Helmholtz solícitamente.

—¿Te ha sentado mal algo que has comido? — preguntó Bernard.

El Salvaje asintió con la cabeza.

—He comido civilización.

—¿Qué?

—Me ha envenenado; estaba manchado. Y entonces — agregó en voz más baja — he comido mi propio pecado.

—Bueno; pero ¿qué, exactamente?... Quiero decir ahora...

—Ahora ya estoy purificado — dijo el Salvaje. — He bebido mostaza en agua tibia.

Los otros le miraron pasmados.

—¿Quieres decir que lo has hecho a propósito? — preguntó Bernard.

—Así se purifican siempre los indios. — Sentóse y, suspirando, se pasó la mano por la frente. — Quiero descansar un mómento — dijo. — Estoy algo cansado.

—Bueno, no me sorprende — dijo Helmholtz. Y tras un silencio: — Venimos a decirte adiós — prosiguió en otro tono. — Marchamos mañana por la mañana.

—Sí, marchamos mañana por la mañana — dijo Bernard, en cuyo rostro observó el Salvaje una expresión nueva, de resuelta resignación. — Y de paso, John — continuó inclinándose sobre su silla y poniendo una mano en las rodillas del Salvaje, — querría decirte cuánto deploro lo ocurrido ayer. — Enrojeció. — Cuán avergonzado estoy — prosiguió, a pesar de lo incierto de su voz; — cuánto, en realidad...

El Salvaje paróle en seco y, tomando su mano, se la estrechó afectuosamente.

—Helmholtz se ha portado muy bien conmigo — continuó Bernard tras una breve pausa. — Si no llega a ser por él, habría...

—¡Calla, calla! — protestó Helmholtz.

Hubo un silencio. A pesar de su tristeza — a causa de ella quizá, pues su tristeza era el síntoma del afecto que sentían unos por otros, — los tres jóvenes se sentían felices.

—He ido a ver al Inspector esta mañana — dijo por fin el Salvaje.

—¿Para qué?

—Para preguntarle si podía ir a las islas con vosotros.

—Y ¿qué ha dicho? — preguntó ávidamente Helmholtz.

El Salvaje meneó la cabeza.

No ha querido dejarme.

—¿Por qué?

—Dice que quiere continuar el experimento. Pero,

que me lleven los demonios — agregó el Salvaje, con un súbito furor, — que me lleven los demonios si continúo siendo sujeto de experimentos. Ni por todos los Inspectores del mundo. También yo me iré mañana.

—Pero ¿adónde? — preguntaron los otros a coro.

El Salvaje se encogió de hombros.

—A cualquier sitio. Lo mismo me da. Con tal de que pueda estar solo.

Desde Guildford, la línea descendente seguía el valle de Wey hasta Godalming. Luego, por encima de Milford y Witley, se dirigía a Haslemere y, cruzando Petersfield, hacia Portsmouth. Aproximadamente paralela a ella, la línea ascendente pasaba sobre Worplesden, Tongham, Puttenham, Elstead y Grayshott. Entre Hog's Back y Hindhead, había sitios en que ambas líneas no estaban separadas más que por cinco o seis kilómetros. La distancia era demasiado pequeña para los aviadores descuidados, particularmente de noche y cuando habían tomado un medio gramo de más. Había habido accidentes. Algunos serios. Se decidió desviar la línea ascendente algunos kilómetros al Oeste. Entre Grayshott y Tongham cuatro faros aéreos abandonados señalaban la dirección de la antigua ruta de Portsmouth a Londres. El cielo sobre ellos estaba ahora silencioso y desierto. Por encima de Selborne, Borden y Farnham, era por donde pasaban sin cesar los helicópteros, zumbando y rugiendo.

El Salvaje había escogido para su eremitorio el viejo faro situado en la cima de la colina entre Puttenham y Elstead. El edificio era de cemento armado y hallábase en excelente estado, casi con demasiadas comodidades, pensó el Salvaje cuando por primera vez exploró aquellos lugares, casi demasiado lujosamente civilizado. Tranquilizó su conciencia prometiéndose compensarlo mediante una autodisciplina más dura, con purificaciones más completas y radicales. Su primera noche en el eremitorio fué deliberadamente una noche de insomnio. Pasó las horas rezando de hinojos, ya al Cielo del que el culpable Claudio mendigó su perdón, ya en zuñi a Awonawilona, ya a Jesús y Pukong, ya a su propio animal tutelar, el águila. De tiempo en tiempo extendía sus brazos cual si estuviese en una cruz, y teníalos así durante largos minutos de dolor que aumentaba gradualmente hasta convertirse en trémula y penosa agonía; teníalos así, en voluntaria crucifixión, mientras repetía, con los dientes apretados (el sudor, entre tanto, corría por su faz):

—¡Oh, perdóname! ¡Purifícame! ¡Oh, ayúdame a ser bueno! — una y otra vez, hasta estar a punto de desfallecer de dolor.

Cuando vino la mañana, sintió que había ganado el derecho de habitar en el faro; sí, aunque hubiese cristales en casi todas las ventanas, aunque tuviese tan buenas vistas desde la plataforma. Pues la propia razón porque escogió el faro habíase convertido casi instantáneamente en una razón para irse a vivir a cualquier otro sitio. Había decidido vivir allí por las buenas vistas, porque, desde aquel descollado punto, le parecía contemplar a lo lejos la encarnación de un ser divino. Pero ¿quién era él para verse colmado diariamente, y aun cada hora, con la visión de la belleza? ¿Quién era él para vivir en la visible presencia de Dios? Todo cuanto merecía para vivir era alguna inmunda zahurda, algún sombrío agujero bajo tierra.

Encorvado y dolorido tras su larga noche de penitencia, pero por la misma razón interiormente tranquilo, trepó a la plataforma de su torre, y miró el resplandeciente mundo del amanecer donde había reconquistado el derecho a habitar. Al Norte, la vista estaba limitada por la larga arista gredosa del Hog's Back, detrás de cuya extremidad oriental alzábanse las torres de los siete rascacielos que formaban Guildford. Al verlos, hizo el Salvaje una mueca; pero con el tiempo llegaría a reconciliarse con ellos; pues por la noche titilaban alegremente con geométricas constelaciones, o bien, iluminados por los reflectores, señalaban con sus dedos luminosos (con un ademán cuyo significado nadie, salvo el Salvaje, comprendía a la sazón en Inglaterra) solemnemente hacia los insondables misterios de los cielos.

En el valle que separaba el Hog's Back de la arenosa colina en que se emplazaba el faro, Puttenham era un modesto pueblecillo, de nueve pisos, con silos, una granja de avicultura y una pequeña fábrica de vitaminas D Al otro lado del faro, hacia el Sur, la tierra descendía en largas pendientes pobladas de malezas hasta una cadena de lagunas.

Mas allá, descollando de los bosques intermedios, se erguía la torre de catorce pisos de Elstead. Esfumadas entre el brumoso ambiente inglés, Hindhead y Selborne atraían los ojos con su azul lejano y romántico. Pero no eran tan sólo las lejanías las que habían atraído al Salvaje a su faro; las inmediaciones eran tan seductoras como aquéllas. Los bosques, los campos llenos de brezos y amarillas retamas, los sotillos de pinos de Escocia, las luminosas charcas con sus esbeltos abedules, sus nenúfares, sus lechos de juncos, todo era muy bello y, para unos ojos acostumbrados a la aridez del desierto americano, asombroso. ¡Y qué soledad! Se pasaban los días sin ver un ser humano. El faro estaba solo a un cuarto de hora de vuelo de la Torre de Charing-T; pero las montañas de Malpaís difícilmente serían más solitarias que esta tierra de Surrey. Las muchedumbres que diariamente dejaban Londres, dejábanle sólo para ir a jugar al golf electromagnético o al tenis. Puttenham no tenía campos; y las pistas de Riemann, más próximas, estaban en Guildford. Flores y paisajes eran aquí las únicas atracciones. Y como no había ninguna razón para venir, nadie venía. Durante los primeros días, el Salvaje vivió solo y tranquilo.

La mayor parte del dinero que a su llegada recibió John para sus gastos, habíala gastado en equiparse. Antes de dejar Londres, compró cuatro mantas de lana de glutina, cuerdas y bramantes, clavos, cola, algunas herramientas, cerillas (si bien pensaba más adelante construirse un parauso para hacer fuego), algunos pucheros y cacerolas, dos docenas de paquetes de semillas y diez kilogramos de harina de algodón.

—No harina artificial de almidón sintético y residuos de algodón — había insistido. — Aun cuando sea más nutritiva.

Pero cuando se trató de las galletas panglandulares y de la carne de vaca artificial vitaminada, no pudo resistir a la persuasiva elocuencia del tendero. Contemplando ahora los botes de hojalata, se reprochaba su debilidad amargamente. ¡Odiosos productos civilizados! Había resuelto no comerlos nunca, aun cuando se muriese de hambre.

"Así aprenderán", pensó vindicativamente. Así aprendería él también.

Contó el dinero. Lo poco que le quedaba le bastaría, a su parecer, para pasar el invierno. Desde la próxima primavera su huerto le produciría con que hacerse independiente del mundo exterior. Mientras tanto, siempre habría caza. Había visto muchos conejos, y había también aves acuáticas en las lagunas. Empezó a hacer un arco y flechas.

Crecían fresnos junto al faro y, para las astas de las saetas, todo un sotillo de avellanos jóvenes, magníficamente derechos. Comenzó por derribar un fresno joven, cortó unos dos metros del tronco sin ramas, le descortezó y, capa por capa, quitó toda la albura, como el anciano Mitsima le había enseñado, hasta que quedó una vara de su altura, rígida y gruesa en el centro, nerviosa y viva en los adelgazados extremos. El trabajo prodújole un intenso placer. Tras aquellas semanas de ociosidad en Londres, sin tener que hacer más, cuando quería alguna cosa, que oprimir un conmutador o dar vuelta a una manivela, era una pura delicia hacer algo que precisara habilidad y paciencia.

Había casi terminado de labrar la vara, cuando se dió cuenta con sobresalto que estaba cantando, ¡cantando! Fué como si se cayese desde fuera dentro de sí mismo; se había traicionado de súbito, cogido a sí mismo en flagrante delito. Enrojeció como un culpable. No había venido allí para divertirse y cantar, sino para escapar de la contaminación inmunda de la vida civilizada; sino para purificarse y hacerse bueno, para redimirse mediante el trabajo. Comprobó, entristecido, que, absorto con la talla de su arco, había olvidado lo que se juró a sí mismo recordar siempre: la pobre Linda, y su dureza asesina para con ella, y aquellos odiosos gemelos, bullendo como piojos en torno al misterio de su muerte, insultando con su presencia, no sólo su propia pena y arrepentimiento, sino a los dioses mismos. Había jurado recordarlos siempre, había jurado repararlo incesantemente. Y he aquí que estaba, sentado, trabajando feliz en la vara de su arco, cantando, sí, cantando... Entró, abrió la caja de mostaza, y puso a calentar agua en el fuego.

Media hora después, tres Deltas-Menos, trabajadores del campo de uno de los Grupos Bokanowsky de Puttenham, que por casualidad iban en un camión a Elstead, vieron atónitos, desde la cima de la colina, un joven de pie ante el faro abandonado, desnudo hasta la cintura, azotándose con unas disciplinas de cuerdas con nudos. Su espalda estaba listada horizontalmente de escarlata y de cada una de estas listas corrían hilillos de sangre. El conductor paró el camión a un lado del camino y contempló, juntamente con sus dos compañeros, boquiabierto y con los ojos desorbitados, el extraordinario espectáculo. — Uno, dos, tres, — contaron los golpes. Al octavo, el joven interrumpió su autocastigo, y corrió a la orilla del bosque a vomitar violentamente. Cuando hubo terminado, cogió las disciplinas y comenzó a azotarse otra vez. Nueve, diez, once, doce...

—¡Ford! — murmuró el chófer. Y sus gemelos fueron de la misma opinión.

—¡Fordey! — dijeron.

Tres días después, como buharros sobre una carroña, vinieron los reporteros.

Seco y endurecido sobre un fuego manso de leña verde, estaba presto el arco. El Salvaje estaba ocupado en sus flechas. Treinta varas de avellano habían sido cortadas y secadas, provistas de un agudo clavo y con la necesaria muesca. Había hecho cierta noche una escapatoria a la granja avícola de Puttenham, y tenía las suficientes plumas para equipar toda una armería. Estaba emplumando las astas de las flechas, cuando hallóle el primero de los reporteros. Sin hacer ruido, a causa de sus zapatos neumáticos, acercósele por la espalda.

—Buenos días, míster Salvaje — dijo. — Soy el corresponsal del *Radio Horario*.

Sobresaltado como por la picadura de una víbora, el Salvaje se puso en pie de un salto, desparramando en todas direcciones flechas, plumas, cola y pincel.

—Usted dispense — dijo el reportero, sinceramente apenado. — No tenía intención...

Llevóse la mano al sombrero (el tubo de chimenea de aluminio en que llevaba su receptora y emisora de radio).

—Dispénseme que no me lo quite — dijo. — Es un poco pesado. Bueno, como iba diciendo, soy el representante del *Radio*...

—¿Qué desea? — preguntó el Salvaje, mirándole de soslayo.

El reportero devolvióle, en cambio, su más agradable sonrisa.

—Bueno, nuestros lectores se interesan vivamente por ..

Púsose de perfil, su sonrisa tomó un tinte de coquetería.

—Sólo unas palabras suyas, míster Salvaje.

Y rápidamente, con una serie de movimientos rituales, desarrolló dos alambres conectados a la batería portátil que llevaba arrollada a la cintura; enchufólos simultáneamente en los lados de su sombrero de aluminio; tocó un resorte en la copa, y surgieron antenas; tocó otro en el bordé, y como un muñeco de una caja mágica, salió el micrófono y quedó suspendido temblequeando a quince centímetros de su nariz; bajó los dos receptores hasta sus orejas; apretó un conmutador en el lado izquierdo de su sombrero, y del interior llegó un ligero zumbido de avispas; giró un botón hacia la derecha, y el zumbido interrumpióse por un silbido y un tosiqueo estetoscópicos, por hipos y chillidos repentinos.

—¡Hola! — dijo al micrófono, — ¡hola, hola!

Sonó un timbre en el sombrero.

—¿Eres tú, Edzel? Aquí habla Primo Mellon. Sí, le he descubierto. Míster Salvaje va a coger ahora el micrófono y decir unas palabras. ¿No es cierto, míster Salvaje?

Miró al Salvaje con una de sus sonrisas atrayentes.

—Sólo decir a nuestros lectores por qué se ha venido aquí. Por qué ha abandonado tan inopinadamente Londres (no cortes, Edzel), y no deje de hablar de su látigo.

El Salvaje se sobresaltó. ¿Cómo habían llegado a saber lo del látigo?

—Estamos todos impacientes por saber algo de él. Y díganos algo sobre la Civilización. Ya entiende lo que quiero decir: "Lo que pienso sobre la mujer civilizada". Sólo unas pocas palabras, muy pocas.

El Salvaje obedeció con una desconcertante literalidad. Pronunció cinco palabras, ni una más, las mismas que le dijo a Bernard sobre el Archichantre de Canterbury:

—*Háni! Sons éso tse-ná!*

Y cogiendo al reportero por un hombro, le hizo girar en redondo (el joven se reveló como tentadoramente almohadillado), se preparó y, con toda la fuerza y la destreza de un futbolista consumado, le pegó una patada prodigiosa.

Ocho minutos después, una nueva edición del *Radio Horario* se vendía en las calles de Londres. "*Un reportero del* RADIO HORARIO *recibe del salvaje misterioso un puntapié en el cóccix"*, decían las titulares de la primera plana. *"Sensación en Surrey"*.

"Y en Londres", pensó el reportero cuando, a su regreso, leyó estas palabras. Y lo que era aún peor, muy dolorosa. Y se sentó a comer con infinitos cuidados.

Sin escarmentar por la significativa contusión de su acoceado colega, cuatro nuevos reporteros, corresponsales del *Times*, de Nueva York, el *Continuum de Cuatro Dimensiones*, de Francfort, *El Monitor de la Ciencia Fordiana*, y *El Espejo de los Deltas*, llegaron aquella misma tarde al faro y hallaron recibimientos de violencia progresivamente acelerada.

Desde una prudente distancia, y frotándose aún la rabadilla:

—¡Extraviado ignorante! — gritóle el de *El Monitor de la Ciencia Fordiana*, — ¿por qué no toma *soma*?

—¡Largo de aquí!

El Salvaje le enseñó el puño.

Retiróse el otro algunos pasos, y volvió.

—El mal no existe si se toman dos gramos.

—*Kchakwa iyathokyai!*

El tono era de amenazador sarcasmo.

—El dolor es una ilusión.

—¿De veras? — dijo el Salvaje; y, tomando una gruesa vara de avellano, avanzó hacia él.

El de *El Monitor de la Ciencia Fordiana* dió un salto hacia su helicóptero.

Tras esto se dejó algún tiempo en paz al Salvaje. Sólo algunos helicópteros vinieron a planear curiosamente alrededor de la torre. Lanzó una flecha al que se acercaba más importunamente. Atravesó el suelo de aluminio de la cabina; se oyó un agudo chillido, y el aparato dió un salto en el aire con toda la celeridad que le permitió el supercargador. En adelante, guardaron los demás respetuosamente las distancias. Desdeñando su fastidioso zumbido (comparábase *in mente* a uno de los pretendientes de la Doncella de Matsaki, impasible y constante entre los alados bichos), cavaba el Salvaje lo que había de ser su huerto. Al cabo de algún tiempo, los bichos se cansaban y marchábanse; durante horas enteras, el cielo estaba vacío sobre su cabeza, y, salvo las alondras, silencioso.

El tiempo era pesado y caluroso; se mascaba la tormenta. Había cavado toda la mañana y descansaba tendido en el suelo.

Súbitamente, el pensamiento de Lenina fué una presencia real, desnuda y tangible, diciéndole "¡Nene!" y "¡Abrázame!", con sólo sus calcetinitos y sus zapatos, perfumada. ¡Impúdica ramera! Pero, ¡ah ah!, ¡sus brazos en torno al cuello de John, el temblar de sus pechos, su boca! *La eternidad estaba en nuestros labios — y en nuestros ojos...*

¡No, no no, no! Se puso en pie de un salto, y tal como estaba, semidesnudo, salió corriendo de la casa. Al borde del matorral había un bosquecillo de blanquecinos enebros. Lanzóse a ellos y estrechó, no el suave cuerpo de sus deseos, sino una brazada de enebros espinosos verdes. Agudos, con sus mil puntas, le punzaron. Intentó pensar en la pobre Linda, sin palabra ni aliento, con sus manos crispadas y el indescriptible terror de sus ojos; en la pobre Linda, que había jurado recordar siempre. Pero era la presencia de Lenina la que le obsesionaba. Lenina, a la que había prometido olvidar. Aun bajo las heridas y las punzadas de las agujas del enebro, su estremecida carne la sentía, ineludiblemente real. "¡Nene, nene mío!.... Si me deseas tú también ¿por qué no...?"

El azote colgaba de un clavo en la puerta, preparado por si venían los reporteros. Frenético, volvió corriendo a casa. Asióle y le blandió. Las nudosas cuerdas mordieron su carne.

—¡Ramera! ¡Ramera! — gritaba a cada golpe, como si fuese a Lenina (¡y con qué anhelo, sin saberlo, deseaba que lo fuese!), la blanca, tibia, perfumada, infame Lenina la que azotaba así. — ¡Ramera!

Y luego, con voz desesperada:

—¡Oh, Linda, perdóname! ¡Pedóname, Dios mío! Soy malo. Soy perverso. Soy... No, no... ¡Tú, tú, ramera, ramera!

Desde su escondrijo, hábilmente disimulado en el bosque, a trescientos metros de allí, Darwin Bonaparte, el más experto de los fotógrafos de fieras de la "Compañía de Películas Sensibles", observaba toda la escena. Su paciencia y habilidad habían sido premiadas al fin. Había pasado tres días acurrucado en el hueco de un roble artificial, y tres noches arrastrándose por entre los brezos para disimular los micrófonos en las manchas de retamas, para enterrar los alambres en la suave y húmeda arena. Setenta y dos horas de profunda incomodidad. Pero el momento supremo había llegado, el más supremo. Darwin Bonaparte tuvo tiempo de pensarlo, mientras se movía entre sus instrumentos, el más supremo después de su famoso *film* sensible, aullante y estereoscópico, del matrimonio de gorilas.

"¡Soberbio!", se dijo entre sí, cuando el Salvaje comenzó su extraña farsa. "¡Soberbio!".

Enfocó bien sus cámaras telescópicas, trabadas a su movible objetivo; instaló otra de gran potencia, para obtener un gran primer término final del rostro enloquecido y descompuesto (¡soberbio!); rodó durante medio minuto con movimiento retardado (un efecto exquisitamente cómico, prometióse); escuchó, entre tanto, los golpes, los gemidos, las salvajes y vesánicas palabras que se iban impresionando en la lista sonora al borde de su cinta, probó el efecto de una leve amplificación (sí, decididamente, estaba mejor así); se deleitó oyendo, en un momentáneo silencio, el penetrante canto de una alondra; hubiese querido que el Salvaje se volviese, para poder obtener un buen término final de la sangre corriendo por su espalda, y, casi instantáneamente (¡qué suerte tan pasmosa!) el complaciente chico se volvió y pudo tomar un perfecto primer término final.

"¡Bien, magnífico!", se dijo cuando todo hubo acabado. "¡Realmente magnífico!" Enjugó su rostro. Cuando se le hubiesen agregado los efectos del sensible en el estudio, sería una cinta maravillosa. "Casi tan buena — pensó Darwin Bonaparte — como la *Vida Amorosa del Cachalote*". ¡Y, por Ford, que ya era decir algo!

Doce días después se estrenaba *El Salvaje de Surrey* Y podía verse, oírse y sentirse en todos los cines sensibles de primera categoría de la Europa Occidental.

El efecto de la cinta de Darwin Bonaparte fué inmediato y enorme. Desde la tarde siguiente a su estreno, la rústica soledad de John vióse bruscamente rota por la llegada, por los aires, de un gran enjambre de helicópteros.

Cavaba su huerto, y cavaba a la par en su alma removiendo laboriosamente la substancia de sus pensamientos: la muerte, y hundía el azadón una vez y otra. "Y todos nuestros ayeres han iluminado a los necios el polvoriento camino de la muerte". Un convincente trueno rugía en estas palabras. Alzó una paletada de tierra. ¿Por qué había muerto Linda? ¿Por qué se le había permitido hacerse gradualmente menos que humana y, por último... (se estremeció), *una carroña buena para besos?* (¹). Apoyó el pie sobre su laya hincándola reciamente en la dura tierra. *Igual que moscas para los traviesos — niños para los altos dioses somos: — nos aniquilan para su deporte* (²). De nuevo el trueno; palabras que se proclamaban verdaderas, más verdaderas, en cierto modo, que la verdad misma. Y, sin embargo, el propio

(¹) *A good kissing carrion.* (*Hamlet*, II, 2).

(²) *As flies to wanton boys are we to the gods: They Kill us for their sport.*

(*Lear*, IV, 1.)

Gloucester habíales llamado dioses siempre benéficos. *Dormir es lo mejor de tu descanso: — provócasle a menudo, y, sin embargo, — temes la muerte, que es la misma cosa* (¹). Nada más que dormir. *Dormir. Soñar acaso* (²). Su laya saltó contra una piedra. Agachóse a recogerla. *Y en este dormir de la muerte, ¿qué sueños...?* (³).

El zumbido sobre su cabeza habíase vuelto rugido: y bruscamente hallóse a la sombra, había algo entre el Sol y él. Miró hacia arriba, y sobresaltóse de su trabajo, de sus pensamientos; miró hacia arriba deslumbrado y desconcertado; su espíritu divagaba por otro mundo más verdadero que la verdad, concentrado aún en las inmensidades de la muerte y la divinidad; miró hacia arriba y vió, casi encima de él, el enjambre de aparatos planeando. Venían como langostas, quedábanse suspendidos, inmóviles, y descendían a su alrededor, en el descampado. Y del vientre de aquellas langostas gigantes salían hombres con trajes de franela blanca de glutina, y mujeres (pues el tiempo era caluroso) con piyamas de chantung de acetato o en pantalones cortos de pana y jerseys sin mangas, de cierre de cremallera semiabierto: una pareja por aparato. A los pocos minutos había ya docenas, formando un ancho círculo en torno al faro, mirándole, riendo, desplegando sus máquinas fotográficas, tirándole (como a un mono) cacahuetes, paquetes de goma para mascar de hormona sexual, *petits-beurre* panglandulares. Y a cada momento (pues, sobre Hog s Back, la corriente del tráfico fluía ahora incesantemente)

(¹) *Thy best of rest is sleep.*
     And that thou oft provok'st; yet grossly fear'st
     Thy death which is no more.
                         (*Measure for Measure*, III, 1.)

(²) *To sleep: perchanse to dream.*
                         (*Hamlet*, III, 1.)

(³) *For in that sleep of death what dreams may come?*
                         (*Hamlet*. III, 1.)

aumentaba el número. Como en una pesadilla, las docenas volvíanse veintenas, las veintenas cientos.

El Salvaje se había retirado buscando un abrigo, y ahora, como un animal acorralado, apoyaba la espalda contra el muro del faro, pasando de un rostro a otro su mirada con mudo horror, como un hombre enloquecido.

Sacóle de su estupor a un más inmediato sentido de la realidad el golpe dado en su mejila por un certero paquete de goma para mascar. Un sobresalto de sorpresa y dolor, y hallóse despierto, despierto y lleno de rabiosa fiereza.

—¡Largo de aquí! — gritó.

El mono había hablado; hubo una explosión de risas y de aplausos.

—¡Bien por el Salvaje! ¡Hurra, hurra! — Y entre aquella baraúnda oyó gritos de: — ¡¡Látigo, látigo, el látigo!!

Obedeciendo a la sugestión de la palabra, descolgó de su clavo tras de la puerta las disciplinas de cuerdas nudosas y blandiólas con rabia ante sus verdugos.

Siguió un alarido de irónico aplauso.

Avanzó amenazadoramente hacia ellos. Una mujer lanzó un grito de espanto. La línea cedió en el punto más inmediatamente amenazado, pero enderezóse luego, permaneciendo firme. La conciencia de su fuerza aplastante daba a estos mirones un valor que el Salvaje no esperaba en ellos. Detúvose sorprendido y miró en torno.

—¿Por qué no me dejáis en paz? — Había un dejo casi doloroso en su cólera.

—¡Toma unas almendras saladas con magnesio! — dijo el hombre que, si avanzaba el Salvaje, sería el primer atacado. Le tendió un paquete. — Son realmente muy buenas, ya verás — agregó con una sonrisa propiciatoria algo nerviosa, — y las sales de magnesio te ayudarán a conservarte joven.

El Salvaje no hizo caso de su oferta.

—¿Qué queréis de mí? — preguntó mirando alrededor aquellos rostros irónicos. — ¿Qué queréis de mí?

—El látigo — respondieron confusamente cien voces.

— ¡Queremos ver los latigazos! ¡Queremos ver los latigazos!

Luego, al unísono y con un lento, pesado ritmo:

—¡El látigo, el látigo! — gritó un grupo al extremo de la línea. — ¡El látigo, el látigo!

Otros también hicieron suyo el grito, y la frase fué repetida, como los papagayos, una vez y otra, con una intensidad creciente, hasta que, a la séptima u octava repetición, no se oía ninguna otra palabra:

—¡El látigo, el látigo!

Gritaban todos juntos; y, embriagados por el sonido, por la unanimidad, por el sentido de rítmico acuerdo, podían, parecía, continuar horas y horas, casi indefinidamente. Pero a la vigésimoquinta repetición, la cosa fué interrumpida de súbito. Otro helicóptero había llegado de la parte de Hog's Back; quedó suspendido sobre la multitud y después paróse a algunos metros de donde estaba el Salvaje, en el espacio libre entre la línea de curiosos y el faro. El zumbido de sus hélices dominó momentáneamente el vocerío; luego, cuando el aparato tocó tierra y los motores se pararon:

—¡El látigo, el látigo! ¡El látigo, el látigo! — surgió de nuevo en el mismo tono, recio, insistente, monótono.

La puerta del helicóptero se abrió y salió primero un joven rubio, de roja faz tostada; luego, con unos pantaloncitos verdes, camisa blanca y gorra de jockey, una joven.

Al verla, el Salvaje se estremeció, retrocedió, púsose pálido.

La joven quedóse quieta, sonriéndole, con incierta, implorante, casi humilde sonrisa. Pasaron unos segundos. Sus labios se movían, iba a decir algo; pero el sonido de su voz se ahogaba con el rudo y machacón estribillo de los curiosos.

—¡El látigo, el látigo!

La joven apoyó ambas manos en su costado izquierdo, y en su rostro, luciente como un melocotón, hermoso como una muñeca, apareció una extraña, incongruente expresión de congoja y de ardiente deseo. Sus azules ojos parecían hacerse más grandes, más brillantes; y, de pronto, dos lágrimas rodaron por sus mejillas. Habló otra vez ininteligiblemente; luego, con rápido, apasionado ademán, tendió sus brazos al Salvaje y avanzó.

—¡El látigo, el látigo!

Y bien pronto tuvieron lo que querían.

—¡Ramera! — El Salvaje se había lanzado sobre ella como un loco. — ¡Zorra! — Como un loco comenzó a azotarla con las disciplinas.

Aterrada dió media vuelta para huir, pero tropezó y cayó entre el matorral.

—¡Henry, Henry! — gritó.

Pero su rubicundo compañero se había puesto en salvo tras del helicóptero.

Con un alarido de gozosa excitación rompióse el cerco; hubo una avalancha convergente hacia aquel centro de atracción magnética. El dolor era un horror fascinante.

—¡Quema, lujuria, quema! (¹). — Frenético, el Salvaje la azotó de nuevo.

Ávidamente se apiñaban alrededor, empujándose como cerdos en torno al dornajo.

—¡Oh, la carne! — El Salvaje rechinó los dientes. Esta vez fué sobre sus lomos donde cayó el azote. — ¡Muera, muera!

Arrastrados por la fascinación horripilante del dolor e impelidos desde dentro por el hábito de cooperación, por el deseo de unanimidad y concordancia que su acondicionamiento había inarrancablemente implantado en ellos, pusiéronse a imitar el frenesí de sus ademanes, golpeándose unos a otros, como el Salvaje golpeaba su re-

(¹)   *Fry, lechery, fry!* (*Troilus and Cressida*. V. 2.)

belde carne o aquella gordita encarnación de la torpeza que se retorcía a sus pies entre la maleza.

—¡Muera, muera...! — seguía gritando el Salvaje.

De pronto, uno comenzó a cantar *Orgía Latria*, y en un momento repitieron el estribillo todos y, cantando, pusiéronse a bailar. *Orgía Latria*, dando vueltas y más vueltas, golpeándose unos a otros en un compás de seis por ocho. *Orgía Latria*...

Era más de medianoche cuando el último de los helicópteros emprendió el vuelo. Embriagado de *soma* y exhausto por un prolongado frenesí de sensualidad, el Salvaje yacía dormido en tierra. Ya estaba el Sol muy alto cuando despertó. Continuó tendido un momento, parpadeando ante la luz con una incomprensión de buho; luego, bruscamente, lo recordó todo.

—¡Ay, Dios mío! ¡Ay, Dios mío! — Y se cubrió la cara con las manos.

Aquella tarde, el bando de helicópteros que llegó zumbando por encima de Hog's Back formaba una sombría nube de diez kilómetros de largo. La descripción de la orgía en común de la noche anterior había aparecido en todos los periódicos.

—¡Salvaje! — llamaron los primeros llegados al bajar de sus aparatos. — ¡Míster Salvaje!

No obtuvieron respuesta.

La puerta del faro estaba entreabierta. Empujáronla y entraron en un crepúsculo de ventanas cerradas. A través de un arco, en el fondo de la sala, vieron el arranque de una escalera que iba a los pisos altos. Justo bajo la clave del arco bamboleábanse un par de pies.

—¡Míster Salvaje!

Lentamente, muy lentamente, como dos despaciosas agujas de brújula, los pies giraban hacia la derecha, Norte, Nordeste, Este, Sudeste, Sur, Sudsudoeste; se pararon. Y luego, tras algunos segundos, giraron con la misma calma hacia la izquierda. Sudsudoeste, Sur, Sudeste, Este...

F I N

Esta obra se terminó de imprimir en los talleres de
Impresora Publimex, S.A. de C.V.
Calz. San Lorenzo No. 279-32, Col. Estrella Iztapalapa,
C.P. 09850, México, D.F.
Se imprimieron 1,000 ejemplares más sobrantes
Marzo de 2002